傲慢与偏见

[英]
简·奥斯汀
Jane Austen
_著

于果果_译

Pride and Prejudice

江苏凤凰文艺出版社
JIANGSU PHOENIX LITERATURE AND ART PUBLISHING

图书在版编目（CIP）数据

傲慢与偏见 / (英) 简 · 奥斯汀 (Jane Austen) 著 ; 于果果译 . — 南京 : 江苏凤凰文艺出版社 , 2023.3（2023.8 重印）
ISBN 978–7–5594–7420–9

Ⅰ . ①傲… Ⅱ . ①简… ②于… Ⅲ . ①长篇小说 – 英国 – 近代 Ⅳ . ① I561.44

中国版本图书馆 CIP 数据核字 (2022) 第 242587 号

傲慢与偏见

［英］简 · 奥斯汀（Jane Austen）著　　于果果 译

责任编辑　周颖若
特约编辑　张雪帆
装帧设计　艾　藤　王雪纯
责任印制　刘　巍
出版发行　江苏凤凰文艺出版社
　　　　　南京市中央路 165 号，邮编：210009
网　　址　http://www.jswenyi.com
印　　刷　嘉业印刷（天津）有限公司
开　　本　787 × 1092 毫米　1/32
印　　张　14
字　　数　247 千字
版　　次　2023 年 3 月第 1 版　2023 年 8 月第 4 次印刷
书　　号　ISBN 978 - 7 - 5594 - 7420 - 9
定　　价　48.00 元

目 录

第一卷

第一章

有一个放之四海而皆准的道理：每个钻石王老五都要娶老婆。

这个道理太过深入人心——每逢这样一个男人搬到新地方，街坊邻居不管对他的性情和名声如何知之甚少，都觉得他理所当然要归自己某个女儿所有。

“我的班内特老爷哟，”一天，班内特太太说，“你听说了吗，奈泽斐庄园终于租出去了。”

班内特先生回答没有听说。

“是真的，”她说，“朗太太刚去过，她一五一十地给我讲啦。”

班内特先生没接话。

“你不想知道是谁租下的吗？”班内特太太激动地叫嚷了起来。

“既然你这么想告诉我，那我听听也无妨。”

这回答算是饶有兴致了。

"听我说，亲爱的，朗太太说租下奈泽斐庄园的是英格兰北部来的一个年轻人，很有钱。他星期一坐着一辆驷马大轿车来看房，一眼相中，立马和莫里斯先生谈妥了。米迦勒节[1]之前接手这房子，仆人们下周末就先搬进去。"

"他叫什么名字？"

"彬利。"

"已婚还是单身？"

"哦，单身，亲爱的，当然单身！一个黄金单身汉，一年四五千英镑的收入。咱女儿们可真有福了！"

"咱女儿？这跟她们有什么关系？"

"我亲爱的班内特老爷哟，"班内特太太说，"你可真烦人！你明知道我琢磨着让他娶我们家的一个女儿才好。"

"他搬到这儿来就是这么盘算的？"

"盘算？你净胡说！不过他本来就很可能爱上她们其中一个呀，所以等他一搬过来你就赶紧去拜访拜访。"

"我看没这个必要。你和女儿们可以去，或者让她们自己去更好。你的美貌和她们比起来毫不逊色，说不定彬利先生最中意的是你呢。"

"亲爱的，你太抬举我了。我年轻时确实是个美女，可

---

1 Michaelmas，是纪念天使长米迦勒的节日，根据西方基督教会，定于每年九月二十九日。

现在人老珠黄啦。一个女人有了五个成年的女儿，就不能太在意自己的美貌了。”

“这样的女人也没多少美貌好在意了。”

“可是亲爱的，彬利先生搬来之后你可一定得去拜访。”

“我不去，你别惦记了。”

“替女儿们想想吧。她们中不管哪一个，要是能嫁给他，日子得多好过啊。威廉爵士和卢卡斯夫人已经决定要去了，还不就是为了这个，你知道他们平常从不拜访新邻居的。你可一定得去，你要是不去，我们就没法去。”

“这你多虑了。我相信彬利先生一定很乐意见到你，我可以写个字条儿让你带去，向他保证，不管他想娶哪个女儿，我都由衷地支持。不过我得替我的小丽兹[1]美言几句。”

“你可千万别——她哪点也不比其他几个女儿强。论长相，她比简差多了；论性格，她远赶不上莉迪亚，可你就是偏心她。”

“我对她们几个说不出什么好话，”他说，“她们和其他女孩子一样傻乎乎的，丽兹比她们还机灵些。”

“班内特老爷，你怎么能这样贬低自己的孩子呢？你就喜欢故意气我寻开心，一点也不体谅我脆弱的神经。”

“亲爱的，这你可就错怪我了。对于你的神经我无比敬

1　丽兹（Lizzy）是班内特家二女儿伊丽莎白（Elizabeth）的昵称。

重，它们可是我的老朋友了。过去二十年里，你每次提到它们都像煞有介事。”

“唉，你根本不懂我的苦。”

“可我真希望你能挺过去，这样才能亲眼见到更多年薪四千英镑的单身汉搬进来。”

“你要是不去拜访他们，来二十个也没用。”

“亲爱的，你放心好了，等来了二十个，我就一口气把他们都拜访一遍。”

班内特先生性情古怪，一方面喜欢插科打诨，挖苦别人；另一方面又很高冷，让人捉摸不透。他太太和他一起生活了二十三年，还是摸不准他的脾气。相反，班内特太太的心思可简单多了。她这人没什么深刻的想法，见识也不多，性格有点喜怒无常。只要遇到不如她意的事，就要可怜自己衰弱的神经了。她平生最大的事业就是把女儿们都嫁出去，而最大的乐趣则是四处串门和打听八卦。

第二章

虽然一直跟太太表示自己不会去，但其实班内特先生早就计划好要去拜访彬利了，甚至是最早去拜访的那一拨人。可直到拜访结束的那天晚上，他太太还对此一无所知。他是这样透露消息的——望着正在装饰帽子的二女儿，他突然说道：

“我希望彬利先生会喜欢它，丽兹。”

她妈妈恨恨地说：“你又不去拜访，我们怎么知道彬利先生会喜欢什么。”

“妈妈，你忘了，”伊丽莎白说，“舞会的时候我们会见到他的，朗太太不是答应给我们介绍了嘛。”

“我才不信朗太太会这么做，她自己还有两个侄女呢。她很是自私、虚伪，我真看不上她。”

“我也是，”班内特先生说，“你不指望她可太好了。”

班内特太太本不想接话，可又忍不住，于是朝女儿撒起气来。

“老天哪，凯蒂[1]，别咳这么大声！可怜可怜我的神经吧，都快让你震碎了。”

“凯蒂这孩子，咳嗽也不知道挑个好时候。”她爸爸说。

“我又不是咳着玩的。”凯蒂恼火地说。

“你们下一次舞会是哪天，丽兹？”

“从明天算，还有两周。”

“哎，果然！”她妈妈嚷道，“朗太太舞会前一天才回来，根本不可能帮我们介绍，她自己都还不认识呢。”

“这样的话，亲爱的，你倒抢在你朋友前面了，到时候可以反过来把彬利先生介绍给她。”

“没可能，班内特老爷，这没可能，我都还不认识他呢。你怎么这么爱挖苦人？”

“你的慎重让我钦佩。认识两周确实算不上什么，不可能了解一个人真实的面貌。可如果我们不试试，就会被别人捷足先登。不管怎么说，朗太太和她的侄女们一定会去碰碰运气的。你要是不乐意介绍，那只好我来了，反正她一定会把这当作一番好意的。”

女儿们都定定地看着他。“又说胡话，胡说八道！”班内特太太说。

---

1 凯蒂（Kitty）是班内特家四女儿凯瑟琳（Catherine）的昵称。

“这话什么意思？”他大声说，“你觉得不辞辛苦地给人介绍毫无意义？这我不敢苟同。玛丽，你怎么看？我知道你是个见解深刻的女孩子，读了许多名著，还做了笔记。”

玛丽很想说几句聪明话，但又不知道说什么。

“让玛丽斟酌斟酌，”他继续说，“咱们说回彬利先生吧。”

“说到彬利先生我就烦！”他太太嚷道。

“那可太遗憾了，你怎么不早说？那我今早就不会去了。这下麻烦了，人我已经拜访过了，现在不认识都不行了。”

正如他所料，家里的女人们都一脸惊愕，尤其是班内特太太。不过最初的欢欣鼓舞过后，她又声称自己早料到会是这样。

“你可真是个大好人，我亲爱的班内特老爷！我就知道你最终会听我的话。你那么疼女儿们，怎么可能不去结识他呢。哎呀，我真是太高兴了！你这玩笑也有意思，一早就去了，可到现在才开口。”

“好了，凯蒂，现在你可以随便咳嗽了。”班内特先生说着走出了房间，无法招架他太太的这顿喜出望外。

“你们真是有个好父亲啊，孩子们！”房门关上时她说，“我不知道你们如何能报答他的恩情，还有我的恩情。

说实话，到了我们这个年纪，每天去结识陌生人可不是什么乐事，但为了你们，我们什么都愿意做。莉迪亚，亲爱的，虽然你是最小的，但我敢说下次舞会彬利先生会请你跳舞的。”

“噢，我才不担心呢，”莉迪亚笃定地说，“虽然我年纪最小，但我长得最高。”

她们又是猜测彬利先生什么时候回访，又是考虑什么时候邀请他来吃晚饭，一个晚上就这样过去了。

第三章

尽管有五个女儿帮腔，班内特太太也没能从丈夫嘴里撬出任何有关彬利先生的描述。她们用尽了各种办法——单刀直入、旁敲侧击、胡乱猜测……可是班内特先生见招拆招，她们只得退而求其次，听听邻居卢卡斯夫人的二手消息。她对彬利赞不绝口，说威廉爵士很喜欢他，说他年轻英俊，性格和善，最要紧的是，他打算带一群人参加下次的舞会。这简直是天大的好消息！喜欢跳舞是坠入爱河的必经步骤，大家都想借此赢得彬利先生的心。

“要是能看到一个女儿成为奈泽斐庄园的女主人，剩下的女儿也都能找到这样的好人家，”班内特太太对丈夫说，“我就别无他求了。”

几天后，彬利先生回访了班内特先生，在他的书房里坐了十来分钟。他对班内特家小姐们的美貌已有耳闻，本希望借此机会能见见她们，可结果就只见到了她们的父亲。

小姐们比他幸运点，她们扒着楼上的窗子，看到他穿一件蓝色的大衣，骑一匹黑马。

很快，班内特家就送出了请帖，请彬利先生到家来吃饭。班内特太太对菜肴做了精心的准备，以彰显她如何持家有方，可回信一来，却使这一切都延期了。信上说，彬利先生第二天要进城[1]，很遗憾无法接受他们的盛情邀请了。班内特太太慌了神，她想不出彬利先生在城里能有什么要紧事，他才刚刚搬来赫特福德郡几天啊。她开始担心他一直这样东奔西跑，不会在奈泽斐安顿下来。幸亏卢卡斯夫人想到了个解释——彬利此行去伦敦可能只是为了接那一帮来参加舞会的朋友，这让班内特太太的心稍微放下了一些。很快就有消息传来，说彬利先生会带十二位女士和七位先生来参加舞会。听说要来这么多女士，班内特家的女儿们有些失落。但舞会前一天来的消息让她们又放宽了心，这次说他从伦敦带来的女士不是十二位，而只有六位——他的五个亲姐妹和一个表姐妹。而等到舞会当天，入场的宾客就只有五个人——彬利先生、他的两个姐妹、他的姐夫，还有另外一个年轻人。

彬利先生相貌英俊、风度翩翩、为人和蔼，毫不装腔作势。他的两位姐妹举止优雅、仪态高贵。姐夫赫斯特先

1 指伦敦。

生是个乏善可陈的绅士，而那位朋友达西却很快吸引了全场的目光——他身材高挑、相貌堂堂，举手投足间尽显贵族气，入场不到五分钟，他年入一万英镑的消息就不胫而走。男人们称赞他一表人才，女人们则声称他比彬利先生还要帅。舞会的前半场，人们向他投去赞赏的目光，可后来，他的举止引起众人厌恶，不再受人追捧。人们发现他十分傲慢，高高在上，难以取悦。纵然在德比郡坐拥豪宅，但他那副拒人于千里之外的冷峻面孔也令人生厌，大家都说他和他的朋友完全没法比。

彬利先生很快和舞会上有头有脸的人物都熟悉起来。他性格外向，有舞必跳，还怪舞会结束得太早，说要在奈泽斐再办一场。如此亲切的个性，人人都看在眼里，和他的朋友真是判若云泥！达西先生整场只和赫斯特太太跳了一次，和彬利小姐跳了一次，所有介绍给他跳舞的小姐被一概拒绝。余下的时间他就在舞会上晃来晃去，偶尔和同来的人讲几句话。他的个性让人一目了然，无疑是这世上最骄傲、最讨人厌的人了，所有人都希望他再也不要出现。最讨厌他的要数班内特太太，她本来就对他的举止颇为不满，后来见他怠慢了自己的女儿，更加讨厌他了。

因为舞会上女多男少，伊丽莎白·班内特有两支舞只能干坐着。中间有段时间，达西就站在离她不远的地方。她正好听到彬利从舞池中抽身几分钟，来到达西身边敦促他一起跳舞。

“来嘛，达西，”彬利说，“我今天一定要让你跳舞。我看你这样傻兮兮地一个人站着就别扭。快来跳舞吧。”

“我坚决不要。你知道的，除非和舞伴很熟，不然我是多么痛恨跳舞。在这种舞会上更是坚决不可能。你的姐妹们已经和别人跳了，除了她俩，这舞会上让我跟谁跳舞都是折磨。”

“我要是你，就不会这么挑剔，”彬利先生大声说，“绝不会！我这辈子从没见过今晚这么多漂亮的女孩子，其中有几个美得不可方物。”

“舞池里只有一个漂亮的女孩子，就是跟**你**跳舞的那个。”达西说着，望向班内特家的大小姐。

“是呀，她真是我见过最美的姑娘了！不过她妹妹就坐在你身后，她也很漂亮，我敢说性格也一定招人喜欢。让我的舞伴给你介绍一下吧。”

“你说哪个妹妹？”他说着转头去看伊丽莎白，直到伊丽莎白与他对视才收回了自己的目光，然后冷冰冰地说：“她还凑合吧，但绝没到能吸引**我**的程度。我现在可没兴致去捧一个别的男人都看不上的小姐。你还是快回到舞伴身边，享受她的微笑吧，别在我这儿浪费时间了。”

彬利听了他的话回去跳舞了。达西很快走开了，伊丽莎白还坐在那里，对他实在没有好感。不过她倒是兴高采烈地把这个故事讲给了朋友们听，因为她这个人生性活泼，爱开玩笑，尤其以荒唐的事情为乐。

总的来说，班内特家度过了一个愉快的晚上。班内特太太看出大女儿很受奈泽斐那一帮人的喜欢。彬利先生和她跳了两轮舞，他的两姐妹也对她格外关注。简和妈妈一样为此感到开心，不过没她那么张扬。伊丽莎白感受到了简的快活。玛丽听到有人跟彬利小姐说自己是当地才华最出众的女孩。凯瑟琳和莉迪亚很幸运，一直都有舞伴陪着跳舞，在她们那个年纪，参加舞会也不为别的了。因此所有人都高高兴兴地回到了朗博恩——他们就住在这里，是村里的大户人家。到家的时候，她们发现班内特老爷还没睡。他只要拿起书就会忘记时间，更何况他还很好奇被给予厚望的晚上究竟过得怎么样。他本期待太太会对那个陌生人大失所望，却很快发现自己要听的故事完全不是这样。

“噢，我的班内特老爷哟，”太太一进门就说，“我们今晚过得太尽兴了，舞会棒极了。你没去真可惜。简真是人见人爱，大家都夸她长得好看，彬利先生也觉得她很美，跟她跳了两轮舞！能相信吗，亲爱的，跟她跳了两轮！简是唯一被邀请跳两次的人。第一轮，他邀请的是卢卡斯小姐。看到他们俩站在一起我可生气了。结果很不巧，他对她没感觉。话说回来，谁会对她有感觉呢？简跳着舞经过彬利先生身边的时候，好像完全把他迷住了。他去打听了简是谁，找人帮忙介绍，然后邀请她跳了接下来的两支舞。第三轮是和金小姐跳的，第四轮和玛利亚·卢卡斯，第五轮的两支舞又是和简，第六轮和丽兹，布朗杰舞是和……”

“他要是对**我**有一丝同情的话，”她丈夫不耐烦地嚷道，“就不会跳这么多支舞了！行行好吧，别再给我数他的舞伴了。他要是一开始就把脚踝扭伤了该有多好！”

“哎呀，亲爱的，我可是很喜欢他的。他长得可帅了！他的姐妹们也很讨人喜欢。我这辈子都没见过她们那样讲究的裙子。我敢说赫斯特夫人长裙上的蕾丝花边……”

说到这她又被打断了。班内特先生拒绝再听她絮叨那些华丽的衣服了。她不得不再找一个新话题，于是她咬牙切齿、添油加醋地说起达西先生有多么没礼貌。

“不过我可以告诉你，”她说，“丽兹就算没入**他的**眼，也没什么损失，因为他真是个顶讨厌、可恶的人，完全没有必要去讨他的欢心。他那个高傲自大的劲儿，真让人受不了！走过来踱过去的，自我感觉良好得要命。嫌别人不够漂亮，不配和他跳舞！当时你要是在就好了，亲爱的，狠狠教训他几句。我真是烦死那个人了。”

第四章

简一直收敛着对彬利先生的赞美之词，可等到她和伊丽莎白独处时，终于吐露了心中的爱慕之情。

“他真是年轻人的典范——”简说，“明事理、脾气好，又很活泼。我从没见过谁的举止如此讨人喜欢——又随和，又有教养！”

“长得也很帅啊，”伊丽莎白说，“要做年轻人的典范，脸最好也是英俊的。所以他真是面面俱到了。”

“他第二次邀请我跳舞的时候，我真是受宠若惊。没想到他会这么瞧得起我。”

“你没想到？**我**可想到了。不过这是我们俩很不一样的地方。别人一抬举总是让**你**出乎意料，**我**就从来不会。他邀请你两次这不是再自然不过的事了吗？他一眼就看出你比舞会上其他女人要漂亮好几倍，所以用不着为了他的殷勤而心怀感激。当然了，他人很好，你喜欢他我没意见，毕竟你之前喜欢过的不少人都比他蠢多了。”

“我的天啊，丽兹！”

“别大惊小怪的。你就是太容易对人产生好感了，从来看不到别人的缺点。在你眼里这世上全是好人，这辈子我没听你说过任何一个人的坏话。”

“我不想轻易地指摘别人，但我说的都是心里话。”

“我知道，让我困惑的也正是这一点。你这么聪明，怎么就对别人身上的荒唐和愚蠢视而不见呢！装出来的坦率很平常，到处都能碰见。但不为炫耀，也没有目的的坦率——总是看到别人的优点，甚至放大他们的优点，对缺点却绝口不提——这唯独你有。我猜你也挺喜欢他的姐妹吧？她们可没有他那么讨人喜欢。”

“是比不上他，但那只是一开始，聊几句就会发现她们也很好相处。彬利小姐和她哥哥住在一起，帮他料理家务，我相信她一定会是个好邻居的。”

伊丽莎白只是听着，心里并不以为然——她们在舞会上的表现显然没想要讨好别人。她看人的眼光比姐姐更犀利，性格也比姐姐更刚强、有主见，一旦做出了判断，不会因为别人待她好就有所改观，所以她对那两个姐妹没什么好感。她们是高贵优雅的小姐，高兴的时候能谈笑风生，只要愿意也可以和蔼可亲，但为人骄傲自大。两个人长得都挺好看，也在伦敦最早的女子寄宿学校受过教育，拥有两万英镑的身家。她们花钱大手大脚，喜欢结交有身份的人，因此也自然会自视甚高，瞧不起别人。她们生在英国北部的一个名门望族，这事她们记得十分清楚；可她们的兄弟和自己的财产都是靠做生意赚来的，这事她们却没什么印象了[1]。

彬利先生从他父亲那里继承了将近十万英镑的财产。他父亲本打算买下一座庄园，但心愿未了就去世了。彬利先生原本也做了这样的打算，甚至还定下过在哪个郡购置，但眼下他有了这幢不错的房子，附带狩猎权。很多熟悉他的人觉得凭他那随遇而安的性子，说不定这辈子就待在奈泽斐了，买庄园的事留给下一代去完成。

倒是他的姐妹急切地希望他拥有自己的房产，不过即便他现在只是以租客的身份住下来，彬利小姐还是很乐于帮他掌管家务。赫斯特夫人也是——她嫁了个派头有余，但财产不足的人，所以也乐于把彬利的家当作自己的家。当时彬利先生刚成年[2]还不到两年，在一个偶然的推荐之下去看了奈泽斐庄园。他里里外外看了半个小时，对于房子的地理位置、周遭环境，以及几个主屋都很满意，再加上房东把房子吹得天花乱坠，于是立刻就定了

1　在简·奥斯汀时代的英国，通过做生意获得财富不如通过出租土地获得财富来得体面。

2　在简·奥斯汀时代的英国，成年年龄为二十一岁。

下来。

他和达西，尽管性格截然相反，二人的友谊却十分牢固。达西喜欢彬利开朗随和的好脾气，虽然这和他自己的性格有着鲜明的对比，而他也从未觉得自己的性格有什么不好。达西的长处则是能够给予彬利有力的依靠，他的看法对彬利而言是金科玉律。达西在对事情的见解上比彬利更胜一筹。倒不是说彬利愚钝，只是达西更聪明。他既高冷又挑剔，举止虽然有教养，对人却很冷淡。在这方面，他的朋友就有很大优势了。彬利不管到哪儿都很受欢迎，而达西到哪儿都得罪人。

他们俩谈到麦里屯舞会的态度就很能说明性格。彬利说从未遇到过这么好的人们和这么漂亮的姑娘们；所有人都很和善，待他十分体贴周到，大家的举止既不拘束，也不生硬，很快他就和舞会上所有人打成一片了；说到班内特小姐[1]，他觉得天使也没有她美。达西的看法则正相反，在他眼里这些人长得不好看，举止也没有风度，没有任何一个人能引起他丝毫的兴趣，反过来也没有人关注他，或对他有丝毫的好感。他承认班内特小姐长得确实漂亮，只可惜笑得太多了。

1　据英国当时的习惯，直接用姓氏加“小姐”称呼的一般为家里最大的女儿，故此处班内特小姐特指简·班内特。称呼其他小姐时则会带上名字，比如伊丽莎白·班内特小姐。

赫斯特夫人和她妹妹同意达西的看法——但这不妨碍她们赞赏她、喜欢她，她们觉得她是个甜美的女孩，并且乐于进一步了解她。就这样，班内特小姐被认定是个甜妞儿，凭借她们的首肯，彬利也可以尽情地想念她了。

第五章

离朗博恩不远的地方住着一户人家，和班内特家关系很近。威廉·卢卡斯爵士曾经在麦里屯做生意，赚到了一笔可观的财富，并在担任镇长期间通过上书国王获得了爵士封号。他怕是对身份的改变有点反应过度，封爵之后开始讨厌做生意，也讨厌住在小集镇上。于是，他生意不做了，举家搬到离麦里屯大约一英里的一座宅子里。他给宅子取名为“卢卡斯小舍”，从此在这里享受显赫的地位，远离生意的纷扰，一心一意地与人为善。虽然地位的提升让他沾沾自喜，他却并没有变得目中无人，反而对所有人都彬彬有礼。他本性敦厚老实，乐善好施，觐见封爵之后更是谦逊有礼。

卢卡斯夫人也是个和善的女人，因为不太聪明，反倒成了班内特太太的好邻居。他们家有好几个孩子，老大是个聪慧的小姐，年约二十七岁，是伊丽莎白的好朋友。

每次舞会之后，卢卡斯家和班内特家的小姐们都要聚在一起聊聊八卦。舞会第二天，卢卡斯家的小姐们就跑到朗博恩来交流心得了。

“昨晚**你**开了个好头，夏洛特，”班内特太太克制着得意，客气地对卢卡斯小姐说，“**你**是彬利先生的第一选择。”

“是啊，但他似乎更中意第二个选择。”

“哦，你是说简，我猜是吧，毕竟他和她跳了两轮。这**确实**会让人觉得他很喜欢简——我**肯定**希望如此——我好像听到有人这么说，但也不知道具体怎么回事，好像是关于罗宾森先生的。”

“您是在说我无意间听到彬利和罗宾森先生的对话吧，我没跟您说吗？罗宾森先生问他对我们麦里屯的舞会感觉如何，是否觉得舞会上有不少漂亮女孩，以及他觉得哪一位最漂亮？他不假思索地回答了最后一个问题：‘哦！那一定是班内特家的大小姐，这一点毫无疑问。’”

“我的天哪！那就很明显了，他肯定是喜欢简的，不过结果也可能是空欢喜一场。”

“我听到的对话可比你的中听多了，伊丽莎[1]，”夏洛特说，“和他朋友比起来，达西先生说话可真难听，是不是？可怜的伊丽莎，被说成‘**还凑合**’。”

---

1 伊丽莎是伊丽莎白的爱称。

“拜托你别再提这事了，省得丽兹为他的胡说八道生气。他可真讨人厌，被他看上了才叫倒霉呢。昨晚朗太太告诉我，他在她身边坐了半个小时，一句话也没跟她说。”

“妈妈，你确定吗？”简问，“我可是看到达西先生和她讲话了。”

“是啊，因为最终还是朗太太开口了，问他是否喜欢奈泽斐，于是他不得不回答她，不过她说他看起来很生气，似乎一点也不想被搭话。”

“彬利小姐告诉我，”简说，“他就是不爱说话，除非是跟相熟的朋友。他对**朋友们**就会变得非常亲切。”

“亲爱的，这话我一个字都不信。他要真是个亲切的人，肯定会和朗太太说说话。但我也能猜到是怎么一回事，所有人都说他高傲透顶，他准是听说朗太太家没有马车，租了廉价的马车来参加舞会。”

“我倒不在意他有没有和朗太太说话，”卢卡斯小姐说，“但我觉得他当时应该和伊丽莎跳舞。”

“丽兹啊，如果我是你，”她妈妈说，“下次绝不跟他跳舞。”

“我向你保证，妈妈，我**永远**都不会跟他跳舞的。”

“他的骄傲，”卢卡斯小姐说，“倒不像其他人那样冒犯到我，我觉得情有可原。相貌英俊、出身高贵、财产雄厚，一个要什么有什么的年轻人，肯定自视颇高。要我说，他有权利骄傲。”

“话是没错，”伊丽莎白说，“我也完全能谅解他的骄傲，可前提是他不能伤害我的骄傲。”

“骄傲这种东西，在我看来——”对自己的见解信心十足的玛丽娓娓道来，“是一种很常见的毛病。看过那么多书之后，我坚信这是个普遍存在的缺点。人的本性就是容易骄傲，因为自己有些许与众不同的品质就沾沾自喜，不管是真的还是想象出来的。虚荣和骄傲是有区别的，尽管它们经常被用作同义词。一个人可以骄傲却不虚荣。骄傲是一种自我认知，而虚荣则与别人对你的看法有关。”

“我要是像达西先生那么有钱的话，”卢卡斯家一个和姐姐们一道来的小男孩嚷道，“我才不在乎自己有多骄傲呢。我就养几条猎狐犬，每天喝一瓶红酒。”

“那你可要喝太多了，”班内特太太说，“要是让我看见，非把你手里的酒瓶子抢走不可。”

小男孩表示抗议，说她不能这么做；班内特太太则说她可以。两人一直吵到卢卡斯家打道回府才罢休。

第六章

很快，朗博恩的小姐们去拜访了奈泽斐的小姐们，接着对方照例回访。班内特小姐可爱的举止赢得了赫斯特夫人和彬利小姐的好感。虽然她们觉得班内特太太令人难以忍受，和班内特家的几个小女儿也没什么好聊的，但还是表达了和班内特家两位大小姐深交的意愿。简非常开心地接受了这番盛情，可伊丽莎白还记得她们面对众人的态度是如何高傲，连对自己的姐姐也不例外，因此没法喜欢上她们。她们对简的好感，多半也是出于兄弟中意她的缘故。他们俩每次见面，大家都看得出彬利对简的喜爱。而伊丽莎白还看得出，简对彬利从一开始就产生的好感如今更加深切，简直不可自拔了。不过她暗自高兴，似乎其他人都还没有发现这一点，简虽然感情丰富，但性格沉稳，待人接物永远都开开心心的，这让旁人很难窥测出她内心真实的波澜。伊丽莎白和好友卢卡斯小姐谈起了这一点。

“瞒过众人的耳目也许值得高兴，”夏洛特回答说，“但有时太遮掩也是问题。如果一个女人在心上人面前也这么扭捏地掩饰自己的爱意，那她可能会失去拴住他的机会。到时候就只剩下自我安慰，至少她藏在心里的爱意别人并不知情。每段关系中都会混杂着感激和虚荣的成分，把一切交由顺其自然太不保险了。感情的开始可能是很随意的——对某人生发好感是自然的事，但很少有人能在没有对方鼓励和回应的情况下，奋不顾身地投入爱河。女人十有八九要流露出比心里感受到的更多的爱意。彬利显然很喜欢你姐姐，可如果她不推他一下，他可能也就止步于喜欢了。”

“可是以她的性子，这已经算是在鼓励他了。她对他的感情，如果我都能感受到，而他却感受不到的话，那他准是个呆瓜。”

“可是伊丽莎，你别忘了，他可不像你一样了解简的性子。”

“如果一个女人喜欢一个男人，并且没有刻意隐藏，那男方肯定会发现的。”

“他们要是能经常待在一起的话，也许是这样。但现在彬利和简虽然算是常常见面，每次独处却没有几个小时，更何况他们见面时总有许多旁人在场，根本不可能只和对方讲话。因此，简应该抓住一切能完全占据彬利注意力的时间。等她牢牢抓住他的心，再随心所欲地恋爱也不迟。”

“这是个好计策，”伊丽莎白回答说，“前提是你只想嫁得风光，其他都不在乎。如果我就想嫁个有钱的丈夫，或者随便找个人嫁了，那我准会照做的。可简没有这种想法，她也不是那种会使心机的人。她自己都还不确定有多喜欢他，或者这种喜欢是否明智。她认识他不过两个星期，和他在麦里屯跳了四支舞，某个早上在他家见过一面，在其他人的陪同下和他吃了四次饭。要了解他是个怎样的人，这点时间哪儿够。”

“照你这么说确实不够。如果只是和他吃吃饭，简也许只能了解他胃口好不好，可你别忘了，他们还一起待了四个晚上——四个晚上能发生很多事呢。”

“是啊，四个晚上足够他们聊出两个人都喜欢玩二十一点多过康默斯[1]，至于主要的性格特点，我觉得聊不出多少。”

“好吧，”夏洛特说，“我衷心希望简能成功求得心上人，我觉得即便她明天就嫁给彬利先生，获得美满婚姻的可能性也不亚于花上一年研究他的个性品质再嫁。能否获得幸福的婚姻全凭运气。双方的脾气即便彼此非常熟知，或者婚前性格十分相似，也不会增添丝毫的幸福。因为婚后两人的脾气肯定会变，然后就会开始互相气恼，所以，对于

1 Commerce，一种纸牌游戏，玩家之间通过互换纸牌获得更好的组合。

要白头偕老的人的缺点，知道得越少越好。”

“你可真逗，夏洛特。但这话说得不对，你自己知道，而且你也绝不会这样做的。”

伊丽莎白忙于观察彬利先生对姐姐的关注，完全没意识到她自己成了彬利朋友留意的对象。达西先生一开始拒绝承认她长得美，在舞会上看到她时，对她毫无倾慕之情，等两人再见面，他打量她也只是为了挑毛病。可自打他明明白白地告诉自己和朋友们她长得一无是处之后，就发现伊丽莎白那双深色的眼睛中流露出非同寻常的智慧。此后，他又有了更多令自己尴尬的发现。虽然他带着挑剔的目光，看出她身上不止一处不够完美匀称的地方，可又不得不承认她体态轻盈、赏心悦目；虽然他坚称她的举止缺乏上流社会的气质，却又被她的活泼俏皮吸引了。对于这一切，伊丽莎白都毫不知情。在她看来，达西就是一个在哪儿都不受待见的人，还觉得她不够漂亮，不配和他跳舞。

达西开始希望能多了解她一点。为了争取和她攀谈，他留心她与别人的对话。这个举动引起了伊丽莎白的注意。那是在威廉·卢卡斯爵士家搞的一个大聚会上。

“达西先生什么意思？”伊丽莎白对夏洛特说，“他为什么要听我和弗斯特上校的对话？”

“这问题只有达西先生能回答。”

“他要是再这样，我一定要让他知道我看出了他的诡计。他一心寻找挖苦人的机会，我也得表现得不好惹，不然真要怕他了。”

刚说完，达西就走了过来。卢卡斯小姐自己不打算说话，却怂恿朋友向他提起这事，伊丽莎白被她这么一激，立刻转过头对达西说：“达西先生，我刚才和弗斯特上校开玩笑，要他在麦里屯办一场舞会，您觉不觉得我当时那番话讲得很好？”

“你讲得激情洋溢。不过女士们说到舞会都挺激动的。”

“您对我们太苛刻了。”

“现在玩笑开到了**她**身上，”卢卡斯小姐说，“我要去把琴打开了，伊丽莎，你知道接下来会怎么样。”

“哪儿有你这样的朋友！——总是要我在所有人面前弹琴唱歌！如果我想在音乐上出风头，那你真是个千金难买的朋友。可事实上，我可不愿意在那些听惯了一流演奏的人面前献丑。”可是经不住卢卡斯小姐的一再坚持，她说，“那好吧，如果非要我献丑，那就来吧。”她沉着脸瞥了达西先生一眼，说：“在座的都听过那句老话‘把气省来吹凉粥[1]’，那我就把气省下来唱首歌吧。”

她的弹唱虽算不上一流，但也十分悦耳。唱了一两首之后，她就被妹妹玛丽急切地取而代之了，那些让她再唱

---

1 Keep your breath to cool your porridge，英语谚语，意为不要对别人评头论足，管好自己的事。

两首的请求她都没来得及回答。玛丽是家里最相貌平平的女儿，只得刻苦钻研学问和才艺，且总是迫不及待地想要展示自己。

玛丽缺乏天赋，品位也不高，虚荣心虽能督促她刻苦练习，也同样造就了她学究一样迂腐卖弄又骄傲自负的态度。就算她的造诣比现在更高，还是会被这种态度所拖累。伊丽莎白虽然弹得远不及玛丽，却随性而不做作，因此让人听得更高兴。玛丽在演奏了一曲冗长的协奏曲之后，被两个妹妹要求弹奏苏格兰和爱尔兰小调。为换取赞赏和感激，玛丽欣然同意了。于是班内特家的两个小女儿、卢卡斯家的几位小姐，还有两三个军官，在房间的另一头欢快地跳起舞来。

达西先生站在他们身边，为这样度过了一个夜晚而兀自生闷气，不和任何人聊天。他沉浸在自己的心事里，全然没发现威廉·卢卡斯爵士已经站在了他身边，最后还是威廉爵士先开口了："达西先生，对年轻人来说这是何等乐事呀！我看，什么都比不上跳舞，这真是上流社会中最高雅的活动了。"

"没错，先生。不过跳舞在没那么上等的社会里也很流行，哪里来的野蛮人都会跳舞。"

威廉爵士只好笑笑，说道："你的朋友跳得很好。"眼看彬利也去跳舞，他顿了一下补充道，"您也是舞技精湛啊，达西先生。”

“您是在麦里屯的时候见过我跳舞吧，先生。”

“是的，没错，您的舞跳得真是赏心悦目。您常到皇宫去跳舞吗？”

“从没去过，先生。”

“您连那里也不肯赏光？”

“但凡能躲开，哪里我都不愿意赏光。”

“您一定在城里有房子吧？”

达西先生躬了躬身子。

“我曾经也想过到城里去定居——因为我喜欢上流社会的生活，但我拿不准伦敦的空气是否适合卢卡斯夫人。”

他本期待着对方的回应，可达西却无意开口。正巧，伊丽莎白朝他们这边走来，他灵机一动，想献个殷勤，于是叫住了她：“亲爱的伊丽莎小姐，你怎么不跳舞呀？达西先生，请务必允许我将这位小姐介绍给您，她是个非常理想的舞伴。面对这样的美女，您可不能拒绝跳舞了。”他说着，牵过伊丽莎白的手，准备交给达西先生。达西虽然倍感意外，接受得却并不勉强，而伊丽莎白却立刻把手抽了回去，有些慌乱地对威廉爵士说：

“先生，我一点也不想跳舞。请千万别误会，我并不是走过来求舞伴的。”

达西先生彬彬有礼地请伊丽莎白赏光跳一支舞，结果却被拒绝了。伊丽莎白已经打定了主意，任凭威廉爵士再怎么劝她也无济于事。

“伊丽莎小姐，你舞跳得那么好却不让我饱饱眼福，真是太狠心啦！而且啊，虽然这位先生平常不太喜欢跳舞，但劳烦他跳半个小时，他是不会拒绝的。”

“那是达西先生太客气了。”伊丽莎白笑着说。

“他确实很客气，可是亲爱的伊丽莎小姐，他这么彬彬有礼恐怕是因为诱惑太大了——谁能拒绝你这样的舞伴呢？”

伊丽莎白狡黠地看了他们一眼，转身走了。她的拒绝非但没有影响达西对她的好感，反而让他意犹未尽地记挂着她。这时，彬利小姐过来跟他搭话：“我猜也猜得出你正在想什么。”

“我看不见得。”

“你正在想，和这群人一起度过一个又一个夜晚，真让人无法忍受，我完全赞同。我可真是烦透了！这些人，又无聊，又吵闹，那么无足轻重，却又那么自命不凡！我真想听你挖苦他们几句！”

“告诉你吧，你完全猜错了，我所想的比这些愉快多了。我在想，一双美丽的眼睛长在一个漂亮女人脸上，能给人带来多大的快乐啊。”

彬利小姐顿时盯着他的脸，要他说出是哪位小姐让他生出这样的感慨。达西毫不避讳地说："是伊丽莎白·班内特小姐。"

"伊丽莎白·班内特小姐！"彬利小姐惊叹道，"太令人惊讶了。你从什么时候看上她的？——我的天啊，我该向你道喜吗？"

"我料到你会问这个问题。女人的想象力太发达了，一瞬间从好感跳到恋爱，又从恋爱跳到婚姻了。我就知道你要向我道喜。"

"得了，你看起来够认真的，我看这事八九不离十了。你将获得一位极可爱的岳母，而且她一定会跟着你一起住到彭伯里去的。"

她自娱自乐地说着，达西毫不在意地听着。他若无其事的样子让她觉得但说无妨，于是又滔滔不绝地讲了很久。

第七章

班内特先生的全部财产几乎全靠一座年收入两千英镑的庄园，因为只能传给男性继承人，他可怜的女儿们要眼睁睁地看着它落入一位远方亲戚手中。她们母亲的财产就她个人的情况来说绝不算少，可还是不够补贴丈夫收入的不足。班内特太太的父亲曾在麦里屯当律师，给她留下了四千英镑的遗产。

她有个妹妹嫁给了菲利普先生，那人曾是她们父亲的手下，后来接过了他的衣钵。她还有个弟弟住在伦敦，做着体面的生意。

朗博恩村离麦里屯不过一英里，这距离对班内特家的小姐们来说正好。她们每周要到麦里屯三四次，看看姨妈，也顺路到女装店里瞧瞧。班内特家最小的两个女儿凯瑟琳和莉迪亚，去得尤其勤。她们俩比姐姐们更无忧无虑，一旦找不到更有趣的事做，就会走到麦里屯去，不但能消磨白天的时光，也能给晚上的闲聊找些话题。乡下通常没什么新闻，但她们总能从姨妈那里搜刮来一点八卦。不过眼下，一个民兵团刚刚在附近驻扎下来，这段时间他们都不缺新闻和快乐的源泉了。民兵团要在这儿待一个冬天，总部就设在麦里屯。

如今她们俩去拜访菲利普夫人，总能获得有趣的消息。每天她们都能打听到几个军官的名字和人际关系。他们的驻扎地不久成了公开的秘密，姐妹俩后来甚至和军官们都认识了。菲利普先生拜访了所有的军官，为侄女们打开了一扇前所未有的快乐之门。她们张口闭口都是“军官们”。彬利先生的万贯家财，班内特太太一提起来就眉飞色舞，可在两位小姐眼中，这和军官制服比起来简直一文不值。

一天早上，班内特先生听着她们兴高采烈地聊着这个话题，冷冷地说道：

“从你们聊的这开心样，我看出来了，你们真是这乡里最傻的两个丫头。我以前只是怀疑，现在确信无疑了。”

凯瑟琳听了这话有点尴尬，没吱声；莉迪亚则完全无动于衷，继续滔滔不绝地诉说着她对卡特上尉的爱慕之情，还说因为他明天要去伦敦，希望当天能再见他一面。

“亲爱的，我真是奇怪，”班内特太太说，“你怎么能这么轻易就说自己的孩子傻呢。说谁家的孩子傻，也不能说自己家的呀。”

“我觉得，如果我的孩子真的很蠢，那还是有自知之明为好。”

“这话没错——可事实上，她们都是很聪明的孩子啊。”

“我自认为这是我们之间唯一的分歧。我曾希望我们能在每件小事上都达成一致，可说到我们的两个小女儿，恕我难以赞同你的看法，她们就是非常愚蠢。”

“我的班内特老爷哟，你可不能要求这些孩子像我们当父母的一样成熟。等她们到了我们这把年纪，对这些军官的态度肯定和我们现在差不多。我记得我也曾喜欢红制服——说实话，我现在心里也还喜欢着。要是有个年轻有为，年入五六千英镑的上校看上了我们的女儿，我可不会拒绝。在威廉爵士家那晚，我看那位弗斯特上校穿着军装就很帅气嘛。”

“妈妈，”莉迪亚嚷道，“姨妈说那位弗斯特上校和卡特上尉不像刚来时那样常到沃森小姐家去了，她现在总见到他们站在克拉克图书馆门口。”

班内特太太正要回话，一个男仆走了进来，送来一张写给班内特小姐的信。信是从奈泽斐来的，他们的仆人还等着回信呢。班内特太太高兴得两眼放光，没等她女儿读完信，就激动地嚷道：“简啊，是谁的信？信上说什么？怎么说的？哎哟，简，快告诉我们。快点，亲爱的！”

“是彬利小姐的来信。”简说，然后把信念了出来。

亲爱的朋友：

你若不行行好，今晚同我和路易莎共进晚餐[1]，那我们俩可能永世都要结下仇怨了。两个女人面对面过一天，总要以吵架收尾。收到信请立刻动身。我哥哥和朋友们要和军官们一起吃饭。

你永远的朋友，

卡洛琳·彬利

“和军官们一起！”莉迪亚叫嚷道，“这事姨妈竟然没告诉我们。”

“出门吃饭，”班内特太太说，“这可太不巧了。”

“我能坐马车去吗？”简问道。

“不，宝贝，你还是骑马去吧，这天像是要下雨。那样一来，你就得留下过夜了。”

“这可真是个好主意，”伊丽莎白说，“可你得保证他们不会提出送她回家。”

---

1 在小说所描述的时代（十八世纪末到十九世纪初），晚餐（dinner）的意义与现代并不完全相同，它指一天中最重要的一餐饭，通常安排在下午四五点钟。晚餐之前的时间被统称为“morning”。

“哦！那些男士需要彬利的马车去麦里屯，而赫斯特家有车没马。”

“我还是想坐马车去。”

“可是，亲爱的，你爸爸肯定腾不出马给你用。他们还得在农场干活呢，是吧，班内特老爷？”

“农场要用马的时候是很多，可马却常常不在我手里。”

“可如果你今天把马攥在手里，”伊丽莎白说，“妈妈的愿望就实现了。”

她最终还是让他爸爸点头，说马确实已经被占用了。简因此只得骑马去。走的时候，班内特太太把她送到门口，欢快地祈祷老天爷一定要变天。她果真如愿了——简没走多大一会儿，就下起了大雨。姐妹们都替她担心，她妈妈则非常高兴。雨一刻不停地下了整晚，简肯定是回不来了。

“幸亏我想到这么个主意！”这话班内特太太念叨了好几遍，好像老天爷下雨都是她的功劳。不过，直到第二天早上，她才意识到这场神机妙算带来了多大的好处。早饭还没吃完，奈泽斐的仆人就给伊丽莎白送来了信：

亲爱的丽兹：

我今早觉得很不舒服，大概是因为昨晚被雨淋得浑身透湿。好心的朋友们坚持让我身体恢复些再回去。他们还非要让琼斯医生来给我看看——你们如果听说他来了，可别为我担心——我只是有点喉咙痛和头痛，没什么大事。

你的……

“亲爱的，”丽兹给大家读信的时候，班内特先生说，“如果你女儿生了重病，如果她死了，至少我们知道她是为了追求彬利先生，而且是奉你的命令，心里也算有些安慰。”

“哎哟，她不会死的。哪有人因为一个小感冒送命的。她肯定会被照顾得很好。只要她一直待在那儿，就没有任何问题。我要是能用马车，就会去看她。”

伊丽莎白很担心，虽然没有马车可用，还是坚持要去看望姐姐。她并不怎么会骑马，于是只能走路去。她向大家宣布了自己的决定。

“你怎么能这么傻，”她妈妈嚷起来，“一路都是泥，亏你想得出！等你走到那儿已经没法见人了。”

“能见简就行了，我也不想见别人。”

“丽兹，”她爸爸问，“你是在暗示我把马车给你用吗？”

“当然不是，我挺想走路的。只要想去，距离根本不是问题，才三英里而已。晚饭前我就回来了。”

“我欣赏你的善行，”玛丽评论说，“但一切感性的冲动都应该得到理智的引导，在我看来，做什么事也不能过度。”

“我们跟你一起走到麦里屯。”凯瑟琳和莉迪亚说。伊丽莎白表示同意，于是三人便出发了。

“我们要是走快点，”上路后，莉迪亚说，“兴许还能在卡特上尉走之前见他一面呢。”

她们在麦里屯分手。两个小姑娘往某位军官太太的住处去了，而伊丽莎白则独自继续往前，步履匆匆地穿过一片片田野，越过一个个台阶，跳过一个个水洼，终于看到了那座房子。此时她已经两脚发软，袜子上沾满泥浆，脸因为走得太热而红扑扑的。

她被带进了早餐室。当时除了简，大家都坐在那里。她的出现让众人大吃一惊。她这么一大早在泥泞中走了三英里过来，还是独自一个人，赫斯特夫人和彬利小姐听了简直不可想象。伊丽莎白觉得她们一定会因此而瞧不起她。她们很有礼貌地招待了她，而她们的兄弟不仅表现得客客气气，还十分热情友好。达西先生没说什么，赫斯特先生也一言未发。达西内心很纠结，一方面忍不住欣赏这一趟远行给她带来的红润气色，另一方面又觉得她大老远跑过来是不是有些小题大做了。赫斯特先生呢，不过是一门心思地吃早饭。

她问起姐姐的状况，回答却并不太乐观——班内特小姐睡得不好，虽然起来了，但烧得厉害，没法出房间。好在她很快就被带去和姐姐见面，这让伊丽莎白很开心。而简呢，因为害怕让大家担心，不想给大家添麻烦，而没敢在信里说希望有人来看看她。如今看到妹妹来了，也很高兴。不过，她没什么力气说话。等彬利小姐离开，只剩她们两个在房间时，她勉强说的几句话都是感谢他们待她有多好。伊丽莎白静静地照顾她，没有说话。

吃过早饭后，彬利两姐妹过来陪她们，伊丽莎白这时看到她们对简关怀备至，也开始喜欢上了她们。医生赶来检查了病人的状况，说正如预想的那样，她得了重感冒，得努力让她好转。他建议她上床休息，并给她开了点药。简听了医生的话就上床去了，她烧得更厉害了，头也很痛。伊丽莎白一刻也没有离开姐姐的房间，彬利两姐妹也很少走开，男人们都不在家，她们原本也无事可做。

时钟打到三点，伊丽莎白觉得必须得走了，于是很不情愿地告辞。彬利小姐提出派马车送她回去，她正想客气一下就接受，简却说不舍得让她走。于是彬利小姐只得将派马车的主张换成邀请她留下，伊丽莎白心怀感激地接受了。随后一位仆人被派去朗博恩，把她留宿的消息告诉她家里人，顺便取来一些换洗的衣服。

第八章

下午五点钟，彬利两姐妹回去更衣。六点半时，伊丽莎白被请去吃晚饭。饭桌上，大家都问候起简的情况，伊丽莎白欣喜地发觉彬利表现出了格外的关切，只可惜她拿不出令人放心的回答。简的病情一点没有好转。两姐妹听到这里，反复说了三四次她们如何为她难过、重感冒怎么令人难受，以及她们自己多讨厌生病的感觉，然后就把这事完全抛到了脑后。只要简不在眼前，她们就对她漠不关心，伊丽莎白此前对她们的厌恶又回来了。

在这群人中，她们的兄弟是伊丽莎白唯一看着顺眼的人——他真心为简担忧，对伊丽莎白也关怀备至，而不像其他人那样，让她觉得自己是个不速之客。除了彬利之外，其他人很少注意到她。彬利小姐一心扑在达西身上，她姐姐也差不多如此，而坐在伊丽莎白旁边的赫斯特先生好吃懒做，整日在吃喝打牌中消磨时间。后来，他发现伊丽莎白放着炖肉不吃，偏喜欢家常菜，更是对她无话可说了。

晚饭后，伊丽莎白立刻回到简身边去了。她刚离开，彬利小姐就对她口出恶言——说她没规矩、傲慢又无理，还说她不擅交际，既没气质，模样也不好看。赫斯特夫人表示赞同，还补充道："总而言之，除了特别能走路之外，她简直一无所长。今天早上她那副样子我真是永生难忘。看起来像个疯婆子一样。"

"没错，路易莎，我差点就憋不住笑了。她来这趟本身就很荒唐，姐姐不过是得了个感冒，至于这么着急忙慌地从野地里一路跑来吗？头发跑得乱七八糟的。"

"还有她的衬裙，你看到了吗，带了足足六英尺的泥浆，我一点也不夸张。她把外裙往下拉了拉，可是完全遮不住。"

"你的描述也许非常准确，路易莎，"彬利说，"可这些我完全没注意到。我觉得伊丽莎白·班内特小姐今早进来的时候光彩照人。我可没看到什么沾满泥浆的衬裙。"

"达西先生，你肯定看到了吧？"彬利小姐说，"我猜你一定不希望你妹妹出这种洋相。"

"那是当然。"

"蹚着没过脚踝的泥浆走三英里、四英里，甚至五英里，天知道她走了多远，而且是孤零零地一个人走！她这是想干吗？依我看她张狂得令人恶心，一个十足的乡巴佬，全然不顾体面。”

“这也说明她们姐妹情深啊，多么令人感动。”彬利说。

“达西先生，”彬利小姐压低声音嘲讽地说，“这么一通乱跑，她的眼睛怕是没有之前美丽了吧？”

“绝非如此。”他回答说，“经过这番奔波，她的眼睛越发明亮了。”说完这话，大家沉默了一阵，赫斯特夫人又开口说：“我很喜欢简·班内特小姐，她是个好女孩，我衷心希望她能嫁个好人家。可是摊上那样的父母和低贱的亲戚，好姻缘怕是难咯。”

“我记得听你说过，她们有个姨夫在麦里屯当律师。”

“对，还有个舅舅住在齐普赛街[1]。”

“那可真是优秀。”她妹妹补了一句，两人哈哈大笑起来。

“就算整条齐普赛街上满是她们的舅舅们，”彬利大声说，“她们也还是一样可爱。”

“但她们要想嫁给有地位的男人，机会就大大降低了。”达西回答说。

听了这话，彬利没说什么，但他的两个姐妹表达了由衷的赞同，并拿她们好朋友低贱的亲戚们找了半天乐子。

不过，等她们离开餐厅来到简房间时，又做出一副关

---

1 Cheapside，曾是伦敦的商贸中心，奥斯汀时代住在那里的大多是做生意的人，而非贵族。

怀备至的样子。她们陪简待了好一会儿，直到喝咖啡的时间才离开。简还是病得很厉害，伊丽莎白寸步不离地守着她，晚上看到她睡着了才放心地下楼去。她本来并不想下去，这么做只是为了礼节上过得去。她走进客厅时，大家正在打卢牌[1]，并立刻邀请她一起玩。她估计他们赌得不小，于是拒绝了，用姐姐当借口，说她在楼下待不了多大一会儿，想看看书，放松一下。赫斯特先生一脸惊诧地看着她。

“你宁愿读书而不想打牌？”他问道，“这可真少见。”

“伊丽莎·班内特小姐瞧不上打牌。”彬利小姐说，“人家博览群书，对其他事都提不起兴趣。”

“我担不起这样的赞美，也不该受这样的苛责。”伊丽莎白说，“我没那么擅长读书，也愿意做许多别的事情。”

“没错，你就很愿意照顾姐姐嘛。”彬利说，“我希望她能赶快好起来，这样你就会更开心了。”

伊丽莎白真心感谢了他，然后朝放着几本书的桌边走去。他立刻提出再去给她拿几本——把他书房里的都拿来。

“我的书要是再多点就好了，既可供你选择，也让我拿得出手。不过我太懒了，虽然没有多少书，还是大半都没看过。”

伊丽莎白让他放心，桌上的这些已经足够她看了。

---

1 Loo，一种适合三至八人的纸牌游戏，当时在有钱人中间非常流行。

“我真是奇怪，”彬利小姐说，“父亲留下的藏书怎么就只有这么点。达西先生，你在彭伯里的书房多气派啊！”

“不稀奇，”他回答说，“那是好几代人的努力。”

“你自己也添了不少，你总是在买书。”

“当今这个时代，对家庭书房可不能疏忽啊。”

“疏忽？你肯定不会疏忽任何能为你的豪宅增色的东西。查尔斯，等你建自己的房子时，我只盼它能有彭伯里庄园一半好。”

“我也希望。”

“但我真建议你把地买在那附近，然后就照着彭伯里的样子盖房。全英格兰没有哪个郡比德比郡更美了。”

“这我求之不得——要是达西肯卖，我恨不得直接把彭伯里买下来。”

“别说不靠谱的话，查尔斯。”

“我是认真的，卡洛琳，想要模仿彭伯里，比直接买下来还难。”

伊丽莎白被他们的谈话吸引了，完全无心读书。很快她就把书放到了一边，走到牌桌旁边，站在彬利和大姐中间，看他们玩牌。

“和春天时比，达西小姐又长高了吧？”彬利小姐问，“是不是跟我一样高了？”

“我觉得快了。她现在和伊丽莎白·班内特小姐差不多高，或许还更高点。”

“我真想再见到她！我从没见过这么可爱的人，模样长得美，举止也那么优雅！小小年纪就才艺出众，她的琴艺简直是登峰造极了。”

“我真是感慨，”彬利说，“怎么年轻的女孩子都那么有耐性，个个都成了才女。”

“‘个个都成了才女’——亲爱的查尔斯，你这话什么意思？”

“是呀，我觉得她们全都多才多艺。她们都会给桌子绘画，给屏风罩刺绣，还会缝制钱包。几乎所有我认识的女士都会这些，而且每逢听到有人谈起某位小姐，她也一定会被夸奖是位才女。”

“你列举的这些才艺之平凡，”达西说，“很能说明问题。许多只会缝制钱包和绣屏风罩的女人也被冠以‘才女’的名号。你说女人们都是才女，这点我万万不能苟同。在我认识的所有女人中，真正的才女不超过六位。”

“没错，我认识的也是。”彬利小姐说。

“这样看来，”伊丽莎白说，“你对才女的要求可不低咯。”

“是的，对才女的要求是不低。”

“那是当然啦，”他那忠实的拥趸附和道，“真正的才女，才艺肯定要比普通人高出一大截。她必须精通音乐、歌唱、绘画、舞蹈，还有多门现代语言，才当得起‘才女’的称号。此外，她的举止、步态、语调、谈吐都得具备某种气质，不然也不是真才女。”

“她必须达到所有这些要求，”达西补充道，“此外还要有点真才实学，要通过大量的阅读增长才智。”

“我算是明白为什么你只认识六位才女了。我现在倒是怀疑你一个才女也不认得。”

“你为何对同性如此苛刻，觉得没人具备这样的才华？”

“我没见过这种女人。我没见过谁把你描述的这些才艺、品位、勤奋和优雅集于一身。”

赫斯特夫人和彬利小姐都嚷了起来，对伊丽莎白的质疑表示抗议，说她们认识好多符合达西这些条件的女士。话音未落，赫斯特先生就叫她们别吵了，愤愤地抱怨说她们打牌一点也不专心。于是这番唇枪舌剑到此结束，伊丽莎白很快就离开了房间。

身后门一关，彬利小姐就说：“伊丽莎白·班内特就是那种通过贬低同性而在异性面前突显自己的女孩子，我敢说这招在很多男人身上都管用。可我认为这是个卑鄙的手段，是歪门邪道。”

这话主要就是说给达西听的。达西听完说道：“不可否认，女人们有时为了勾引男人使出的那些小伎俩，多少都有些卑鄙。所有耍心机的举动都令人鄙夷。”

彬利小姐对他的回答并不太满意，但也没再继续这个话题了。

伊丽莎白又下来了一趟，说她姐姐的情况更差了，她一步也不能离开了。彬利急忙要请琼斯医生来，他的姐妹们则认为乡下的大夫治不了，建议送快信到城里去请最好的医生来。她坚决拒绝到城里请医生，但并不太反对彬利的提议，于是大家商量决定，如果明天一早班内特小姐还不见好，就去请琼斯医生来。彬利很不安，他的两个姐妹也说很担心。不过她们夜宵之后用弹琴唱歌排解了心忧，而彬利却没法让自己不着急，只能要求女管家尽全力照顾生病的小姐和她妹妹。

第九章

整晚大部分时间，伊丽莎白都在姐姐的房间里。第二天一早，彬利先生就差女仆来问候。过了一阵，侍奉彬利姐妹的两位优雅的女仆也前来询问。这次伊丽莎白终于能给出个令人放心的答复：姐姐已经好些了。不过，她还是给朗博恩写了封信，让妈妈来看看简，亲自判断一下她的情况。这封信即刻被送出，班内特太太也立刻照做——早饭后不久，她就带着两个小女儿来到了奈泽斐。

要是简真有什么生命危险，班内特太太一定会痛心疾首。可如今看到她幸而病得不厉害，又希望她别好得太快了，因为她一旦康复就要离开奈泽斐了。于是，简想要回家的提议被她否决了，与她几乎同时到达的医生也觉得那样做不妥。她陪简坐了一会儿，彬利小姐就来邀请她们共进早餐，于是班内特太太带着三个女儿走进了早餐室。彬利迎上来，说希望班内特太太觉得，班内特小姐没有想象中病得厉害。

“先生，我没想到她病得这么厉害，”班内特太太回答说，“她现在的情况可不能走动。琼斯医生说千万不能接她走。这样看来，我们不得不再打扰几天了。”

“接走？”彬利大声说，“那绝对不行。我妹妹也绝不肯让她离开的。”

“夫人，我向您保证，”彬利小姐客气地打起官腔，“我们一定会尽心尽力地照顾班内特小姐。”

班内特太太听了这话不住地道谢。

“要不是有你们这些好朋友，”她说，“我真不知道她会怎么样。她病得这么厉害，肯定遭了不少罪，可是她特别能忍，一直都是这样。她真是我见过脾气最好的人。我总是跟我另外几个女儿说，她们跟简真是没法比。彬利先生，你这个房间真漂亮，从那条石子路望出去，景色也很迷人。我在乡下没见过像奈泽斐这么好看的地方。虽然你的租约很短，可我希望你别急着搬走。”

“我这人是个急性子——”他说，“要是决定从奈泽斐搬走，那可能过五分钟就离开了。不过眼下，我觉得自己会在这里住下来。”

“我就知道你会住下的。”伊丽莎白说。

“你现在开始了解我啦？”他转身冲她大声说。

“可不是——我现在完全了解你了。”

“我把这当好话听了，不过这么容易就被看透了也挺惨的。”

“这也要看情况。深沉复杂的性格也不一定比你的性格更值得尊敬。”

“丽兹，”她妈妈嚷道，“搞清楚你在哪儿，别像在家那样嘴没个把门的。”

“我才知道，”彬利马上接着说，“你对性格这么有研究。这准是门有趣的学问吧？”

“是的，但研究性格复杂的人最有趣。他们的性格至少有这个优点。”

“可是一般来说，”达西说，“乡下能提供的研究对象很有限，乡下人的社交圈很窄，社交生活也单调乏味。”

“但人都是会变的，他们身上总有新东西可以观察。”

“千真万确！”班内特太太嚷道。达西提到乡下时的口气让她受到了冒犯。“我敢保证，**那些**东西在乡下跟在城里一样丰富。”

这话让大家都很惊讶。达西盯着她看了一会儿，默默转身走开了。而班内特太太自觉大获全胜，还不肯罢休。

“除了商店和公共场所多些，我真看不出伦敦和乡下比还有哪点好。乡下的生活舒服多了，不是吗，彬利先生？”

“我到了乡下就不想走，”他回答说，“可到了城里也不想走。各有各的好处，我待在哪边都开心。”

“哎呀，这是因为你性格好。你看那位先生，”她看着达西说，“就觉得乡下一无是处。”

“妈妈，是你误会了。”伊丽莎白替妈妈尴尬，“你真是误会达西先生了。他的意思是说乡下没有城里那么多各色各样的人，这也是事实。”

“是啊，亲爱的，没人否认这一点。可要是说在我们这还见不到多少人，那我不知道哪儿还有更大的地方了。常和我们一起吃饭的家庭有二十四个之多。”

要不是碍着伊丽莎白的面子，彬利就要笑出声了。他妹妹可就没那么体贴了，她给了达西一个毫不掩饰的笑容。伊丽莎白为了让妈妈转移话题，问她走后夏洛特·卢卡斯有没有来过朗博恩。

“来了，昨天和她爸爸一起来的。威廉爵士可真是个亲切的人，您说是吧，彬利先生？完全是个上流社会的体面人，既文雅又随和！跟所有人都有话可聊。要我说，**这**才是有教养的表现。那些自视甚高、不屑于开口的人，完全搞错了这一点。”

“夏洛特和你们一起吃晚饭了吗？”

“没有，她非要回家去。我估计家里还等着她做肉饼呢。彬利先生，我的话，总要招个能干的仆人，**我的**女儿可不是像他们那样养大的。不过各家有各家的活法，而且卢卡斯家的女儿都是好姑娘，这点我能保证。只可惜她们长得都不好看！我倒不认为夏洛特很难看——可她毕竟是我们特别要好的朋友。”

“她看起来是位很可爱的女孩子。”

“噢，亲爱的，没错。但你得承认，她确实相貌平平。卢卡斯夫人自己都会这么说，她可羡慕我们家简的美貌了。我不爱吹嘘自己的孩子，可是没办法，简这孩子——少有比她更美的姑娘了。大家都这么说，可不是我偏心。她刚十五岁那年，我城里的弟弟加德纳家有个男人爱上了她，我弟媳特别肯定，说在我们离开之前他就会求婚。最终他没求婚，可能是觉得简还太小了。不过他为她写了好多诗，很感人的。”

“他的爱情也就此画上了句号。”伊丽莎白不耐烦地说，“我估计好多爱情都是这么结束的。诗歌竟是葬送爱情的利器，不知是谁先发现的！”

“我一直认为诗歌是爱情的养料。”达西说。

“如果是一段美好、坚固、健康的感情，那或许是吧。本就强健的东西，能得到万物的滋养。可如果这爱情不过是一场浅薄的喜欢，那一首优美的十四行诗就足以把它扼杀。”

达西只是笑了笑。接下来的一阵沉默让伊丽莎白提心吊胆，生怕她妈妈再出洋相。她想打破沉默，却又不知该说点什么。还是班内特太太开口了，她再次感谢彬利先生对简的照顾，并对丽兹的打扰表示歉意。彬利的回答一如既往地客气，他还敦促妹妹也客气地说些合乎场面的话。她没有像彬利表现得那么礼貌，但班内特太太已经够满意了，不一会儿她就叫了马车，准备离开。一看叫了车，班内特家最小的女儿终于挺身而出了。来奈泽斐拜访的整个过程中，两个小女儿一直在窃窃私语。她们的讨论结果是，最小的那个要逼着彬利先生兑现他刚到乡下时的许诺——在奈泽斐办一场舞会。

莉迪亚是个发育良好、体格健壮的十五岁女孩，面色红润，总是笑呵呵的。她是班内特太太最宠爱的孩子，因此很小就被带入了社交圈。因为姨夫总是好吃好喝地招待军官们，她的举止又十分轻佻随意，所以军官们对她关注有加。她本就精力充沛，生性乖张，如今更加不知天高地厚了。也因此，她才能肆无忌惮地向彬利先生提起舞会的事，唐突地提醒他许下的承诺，甚至还说，他若不遵守承诺便是世上最丢人的事。面对突如其来的狠话，彬利先生的回答让她们的妈妈心满意足："我向你保证，我已经做好了十足的准备履行我的承诺，等你姐姐身体恢复了，舞会的日子就由你来定。你肯定不想在姐姐生病的时候去跳舞吧。"

莉迪亚对这番安排表示非常满意："噢，当然了——最好等简康复了，那时候卡特上尉应该也回到麦里屯了。等你的舞会办完了，”她又说，“我一定要让军官们也办一个。我会告诉弗斯特上校，如果他不办就丢大人啦。”

班内特太太带着两个女儿离开后，伊丽莎白立刻又回到了简的身边，留彬利姐妹和达西先生对她和她家人的言行评头论足。不过，虽然彬利小姐不断拿那双美丽的眼睛开玩笑，达西坚决不肯和她们一起挖苦伊丽莎白。

第十章

这一天过得和前一天差不多。白天，赫斯特夫人和彬利小姐陪缓慢恢复中的病号待了几小时；晚上，伊丽莎白和大家一起待在客厅，不过这天他们没有打卢牌。达西先生在写信，彬利小姐坐在他旁边看着，三番五次打扰他，让他在信里代问他妹妹好。赫斯特先生和彬利先生在打皮克牌[1]，赫斯特夫人看着他们玩。

伊丽莎白一边做针线活，一边津津有味地听达西和彬利小姐的对话。只听彬利小姐没完没了地夸奖达西，不是夸他字写得漂亮，就是夸他写得行距匀称，甚至连信写得长也要赞美，达西则对她的夸奖无动于衷。两人之间的这场对话十分有趣，其中展现出各自的性格，和伊丽莎白对他们的看法完全吻合。

---

1 Piquet，法国的一种二人纸牌游戏。

“达西小姐收到这封信该多开心呀！”

达西没理会。

“你写得可真快。”

“你看错了。我写得相当慢。”

“你这一年得写多少封信啊！还有事务上的信要写！多烦人呀！”

“那么幸好这些信是我来写，而不是你。”

“麻烦告诉你妹妹，我很想见她。”

“我已经按你的要求告诉过她一次了。”

“你似乎不太喜欢你的笔。我帮你削一削吧。我可会削了。”

“多谢好意——不过我习惯自己削。”

“你怎么能写得这么工整？”

他没说话。

“请告诉你妹妹，我听说她弹竖琴又有进步了，真为她高兴。她设计的小桌布图案简直深得我心，我觉得比格兰特雷小姐的好看多了。”

“能否允许我将你的欣喜之情留到下一封信再转达？这次我没地方写了。”

“噢，当然可以。反正我一月就能见到她了。不过，达西先生，你总是给她写这么赏心悦目的长信吗？”

“一般确实挺长，是否赏心悦目我可说不好。”

“我有个理论，一般能轻轻松松写长信的人，文笔都不差。”

“卡洛琳，你这可不是在夸达西。”她哥哥大声说，“他写得可不轻松，总是为了四音节的词语伤脑筋。是不是，达西？”

“我写信的风格和你大不相同。”

“哎哟！”彬利小姐嚷起来，“查尔斯写信可太不讲究了。他的信上，一半的字忘了写，另一半全是认不出的墨点。”

“我的脑子想得太快了，笔头跟不上——所以有时候人家收到信，觉得我什么都没说。”

“彬利先生，”伊丽莎白说，“你这么谦虚，别人都不忍心责怪你了。”

“没有什么比假装谦虚更虚伪了。”达西说，“那些话经常是我信口胡说的，也有时是拐弯抹角的自夸。”

“那我刚刚那句谦虚算哪一种？”

“拐弯抹角的自夸。你其实对自己写信的缺点很得意，因为你觉得这是自己思维敏捷而写字马虎造成的，即使算不上值得敬佩，至少说出来挺好玩。急性子的人总觉得做事麻利是优点，却不在意事情做得是否圆满。白天你告诉班内特夫人，你要是决定离开奈泽斐，五分钟内就会走人。你把它当作一件好事在自夸——可这样的冒失之举一定会造成该做的事没有做，于人于己都没好处，到底有什么可吹嘘的？”

“得了，”彬利嚷道，“到了晚上还记得早上说的所有蠢话，实在没必要吧。我发誓，我在当时和现在都相信，我对自己的看法没有错。因此，我至少不是为了在女士们面前吹嘘自己才装作冒冒失失的。”

“你可能真是这么想的，但我绝不相信你会那么匆忙地离开。你跟我认识的所有人一样，都会见机行事。假设你正骑上马准备离开，这时有个朋友说，‘彬利，你待到下周再走吧，’你可能就不走了——他要是再劝你一次，你可能又会待上一个月。”

“你的这番话只能证明，”伊丽莎白说，“彬利并没有由着自己的性子来。和他自己的看法比起来，你倒是把他夸得更厉害了。”

“真是太感谢了，”彬利说，“我朋友的话被你说成是在夸我性格随和。不过恐怕你的这番解读并非那位先生的本意。在那种情况下，我非得断然拒绝，立刻骑马跑掉，达西才会高看我一眼。”

“你虽然当初冒失，但只要执意坚持到底，达西先生就能谅解吗？”

“这我解释不了，还得由达西自己说。”

“你要我为此做出解释，可这说法是你强加给我的，我并没有承认过。就算是你说的那样，班内特小姐，你要知道，那位朋友让他推迟计划留下来，却并没有拿出任何合理的理由。”

“爽快地听从朋友的劝说，这对你来说并不是优点？”

“盲目屈从，对双方的理智都是贬损。”

“达西先生，在我看来，你完全拒绝接受友情和其他感情带来的任何影响。如果你尊重提要求的人，就会爽快地答应下来，而不需要对方拿出一条条理由来说服你。我并不是针对你假设给彬利的例子。我们完全可以等这个情况真的出现了，再讨论他的做法是否妥当。但一般来讲，朋友之间，如果一方被另一方要求改变一个并不重大的决定，而他没等被说服就答应了，你会因此而瞧不起他吗？”

“我们在继续讨论之前，是否应该先确定一下这里所说的决定具体有多重大，以及这两个人的友谊具体有多深厚？”

“太应该了！”彬利嚷道，“所有的具体情况都得说清楚，包括他们俩的高矮胖瘦——班内特小姐，你可能想不到这一点对讨论有多重要。我告诉你，要不是因为达西比我高这么多，我才不会这么尊敬他呢。在某些场合、某些地点，达西是我见过的最可恶的家伙——尤其是星期日晚上，他在家无事可做的时候。”

达西笑了。但伊丽莎白觉得他可能有点生气，于是忍住没有笑。彬利小姐见达西受到奚落，连忙去责怪哥哥不该这么乱说话。

“我懂你的意思了，彬利小姐。”达西说，“你不喜欢争论，想让我们就此打住。”

“也许是这样。争论太像吵架了。如果你和班内特小姐能等我离开之后再继续争论，那我会感激不尽，到时候你们想怎么说我都可以。”

“你的要求，”伊丽莎白说，“我完全没意见，而且达西先生也该把信写完了。”

达西先生接受了她的建议，真的去把信写完了。

写好信之后，他请求彬利小姐和伊丽莎白弹几首曲子来听听。彬利小姐欣然跑到了琴凳前，客气了一下，让伊丽莎白带头先弹。伊丽莎白同样客气，但更加诚恳地推辞了。一番谦让之后，彬利小姐坐了下来。

赫斯特夫人和妹妹一起唱歌时，伊丽莎白翻看着放在钢琴上的几本音乐书，却不由得发现达西经常盯着她看。她搞不懂像达西这样出身高贵的人怎么可能看上了自己，可如果他盯着她看是因为讨厌她，那就更奇怪了。最后她只好认为，她吸引了达西的注意，是因为以他的标准，她比在场的其他人都更让他看不顺眼。想到这些，她也并不难过。她完全不喜欢达西，所以也不稀罕得到他的认可。

弹了几首意大利曲子之后，彬利小姐用一首欢快的苏格兰小调转换了气氛。很快，达西凑到伊丽莎白跟前，对她说："班内特小姐，你是不是特别想借此机会跳一曲里尔舞[1]？"

她笑了笑，没有回答。他没想到她会沉默以对，于是又问了一次。

"哦，"她说，"我听见了，但一时不知该怎么回答。我知道你希望我说'是的'，这样你就可以对我的品位嗤之以鼻了，可我偏偏很喜欢拆穿这些伎俩，让那些蓄意的蔑视落空。因此，我决定告诉你，我一点也不想跳里尔舞——现在我看你还敢不敢瞧不起我。"

"我可不敢。"

伊丽莎白本打算羞辱他一番，没想到他主动示好，倒愣住了。不过她可爱中带着调皮的性子也让她很难羞辱别人，而达西还从未像现在这样为一个女人着迷过。他真心觉得，要不是因为她那些低贱的亲戚，他还真危险了。

彬利小姐看出或想象出的东西，足以令她心生嫉妒。她本就希望亲爱的朋友简能赶快好起来，如今为了摆脱伊丽莎白，这种愿望更强烈了。

为了让达西讨厌伊丽莎白，她总要谈起他们俩结婚的事，并替他筹划如何在这样的联姻中获得幸福。

---

1 Reel，苏格兰一种欢快的舞蹈。

“我希望——”第二天在树林里散步时，她对达西说，“你能在喜事敲定后委婉地建议你丈母娘少开金口。你要是有能耐，也治一治小姨子们整天追在军官屁股后面的毛病。再说句不该说的，你那位小姐有个小毛病，也不知该叫自命不凡还是粗鲁无理，你得留点神。”

“对于我的人生大事您还有什么要指教的吗？”

“哦，对了！一定要把你未来的姨夫姨妈——菲利普夫妇的肖像挂在彭伯里的画廊里，就放在做法官的舅爷的肖像旁边。他们也算是同行嘛，只是分工不同。至于伊丽莎白，还是不要画画像了，哪有画家能画得出她那双美丽的眼睛？”

“想要画出那种眼神确实不易，但那眼睛的颜色、形状，还有眼睫毛也都非常美丽，也许能描摹得出。”

正说着，赫斯特夫人和伊丽莎白从另一条小路过来，正好和他们碰上。

“我不知道你们也想出来散散步。”彬利小姐说着，心里有点犯嘀咕，怕他们刚才的对话被听到了。

“你们真讨厌，”赫斯特夫人说，“也不跟我们打声招呼就自己出门去了。”

说着她挽起达西的另一只胳膊，丢下伊丽莎白一个人走。那条小路只能三个人并排，达西觉得她们太没礼貌了，于是立刻说：“这条小路太窄了，没法并排走。我们还是走大路吧。”

可伊丽莎白一点也不想和他们一起走，于是笑嘻嘻地说：“没关系的，你们就这样走吧。你们三个人走在一起高贵典雅，好看极了。加上第四个人，画面就被破坏了。回见。”

说完她开心地跑开了，一边闲逛，一边想着再过一两天就能回家了，心里美滋滋的。简已经好得差不多了，当天晚上都想要出屋去玩几个钟头了。

第十一章

女士们用完晚饭后，伊丽莎白跑到楼上，见姐姐没再受凉，便陪她下楼到客厅去。简的两个朋友兴高采烈地欢迎她，在男人们来之前的那一个小时里，她们表现出伊丽莎白从未见过的亲切贴心。她们俩侃侃而谈，一会儿绘声绘色地描述聚会，一会儿幽默风趣地讲八卦，还眉飞色舞地嘲笑熟人。

可等男人们一进屋，简就不再是关注的焦点了——彬利小姐的眼睛立刻转移到达西身上，他前脚进屋，她就开始和他讲话。达西和班内特小姐打了招呼，彬彬有礼地祝贺她身体康复。赫斯特先生也朝她点头问好，说见到她“非常高兴”。不过还是彬利问候得最热情、最面面俱到。他面露喜色，对简关怀备至。最初的半个小时都花在了生火上，以防简换房间着凉，在彬利的要求下，简挪到了炉火的另一边，这样离门口更远些。然后他坐在她身边，一门心思和她聊天，很少理会别人。伊丽莎白坐在对面的角落里干手里的活，看到这样的画面，心里很高兴。

喝完茶，赫斯特先生提醒小姨子可以架起牌桌了——不过却没有成功。彬利小姐私底下听说达西先生不想玩牌，于是连赫斯特先生公开的请求也否决了。她说没人想玩牌，大家伙的集体沉默似乎印证了这一点。赫斯特先生无事可做了，只好躺在沙发上睡大觉。达西拿起一本书来读，彬利小姐也跟着拿起一本。赫斯特夫人大部分时间在摆弄自己的手镯和戒指，偶尔在她弟弟和班内特小姐的聊天中插几句嘴。

彬利小姐既要看自己的书，又要关心达西先生读书的进度。她不是没完没了地问问题，就是看达西读到哪页了，忙活了半天，也没能跟达西聊上天。达西每次回答完她的问题就继续读书去了。过了好一会儿，她实在是对自己手里的书提不起兴趣——她选这本全因它是达西手里那本的第二卷。她打了个哈欠说："这样度过一个夜晚，真令人愉悦。我宣布，没有比读书更有趣的事了！人们就算厌烦了一切，也不会厌烦读书的！将来我的房子里要是没有一个极好的书房，那我要难过死了。"

大家都没接话。她又打了哈欠，把书放到一边，将房间环视一周，想找点好玩的事做。这时刚巧听到哥哥对班内特小姐谈起舞会的事，赶忙转过头去对他说：

“对了，查尔斯，你是真打算在奈泽斐办舞会吗？在你打定主意之前，我建议你问问在座大家的意见。我敢说我们中有人觉得舞会是受罪，而不是享受。”

“如果你说的是达西，”她哥哥嚷起来，“那他满可以在舞会开始前就去睡觉——这舞会我是开定了。等尼科尔斯做好足够的白汤[1]，我就寄请柬。”

“如果舞会能换种方式，”她回答说，“我会更喜欢的。眼下这种形式太无聊了。现在时兴的如果不是跳舞而是谈话，才更有道理。”

“亲爱的卡洛琳，那确实更有道理，但那还叫什么舞会啊。”

彬利小姐没再说话，站起来在屋里踱步。她体态优雅，走路的姿势也好看，可是她要展示的对象达西还在聚精会神地看书。绝望之际，她决定最后一搏，转身对伊丽莎白说：“伊丽莎·班内特小姐，请跟我一起在房间里转转吧。一个姿势坐久了，走走会让人神清气爽。”

伊丽莎白很意外，但立刻同意了。彬利小姐提出这个请求的真正目的也达到了——达西终于抬起头来了。彬利小姐突然关注起伊丽莎白来，达西和伊丽莎白一样感到意外，不由自主地合上了书。他随即被邀请加入进来，但他

1 White soup，当时英国人聚会中常见的汤品，主要原料为杏仁和奶油。

谢绝了。他说，她们两个一起在屋里转圈无非有两种动机，不管是哪一种都会被他的加入破坏掉。“他的话什么意思？”彬利小姐急不可耐地想知道他什么意思，于是问伊丽莎白是否明白。

“完全不懂，”她回答说，“不过可以肯定的是，他想刁难我们，要让他的希望落空，最好的办法就是不理他。”

彬利小姐可不忍心让达西先生失望，于是坚持要他解释那两个动机是什么。

“我很乐意解释一下——”她话音刚落，达西立刻说道，“你们选择这种方式消磨晚上的时光，原因可能有两个：你们是心腹之交，有私事要聊，或者你们自知走路时的体态最为赏心悦目。如果是第一种，我加入就会碍你们的事，假如是第二种，那我坐在炉火边才能更好地欣赏。”

“哦！真讨厌！”彬利小姐嚷起来，“我从没听过这么刻薄的话。我们该怎么罚他？”

“你要是真想罚他，那容易得很，”伊丽莎白说，“我们可以互相折磨，互相惩罚。我们捉弄他、嘲笑他吧。你和达西这么熟，肯定知道怎么对付他。”

“我发誓，我真的不知道，我们还没有熟到那个程度。嘲笑他遇事冷静，头脑理智吗？！算了，算了，他可能反将我们一军。至于嘲笑，我建议我们还是不要无端地开别人玩笑，免得露怯。让达西先生自鸣得意去吧。”

“达西先生居然取笑不得！”伊丽莎白嚷道，“这可真是一种罕见的优待。我希望以后也不要多见起来，要是我的熟人都笑不得了，那可是**我**的巨大损失。我最喜欢开玩笑了。”

“彬利小姐太过奖了，”他说，“在那些把开玩笑当作人生第一要义的人眼中，即便最优秀、最有智慧的人——不，即便最有智慧的人做出的最有智慧的行为——也会成为笑柄。”

“当然了，”伊丽莎白回答说，“确实有这样的人，可我想我并不在**其列**。我从不嘲笑明智、正当的事情。可对于愚蠢、荒唐、头脑发热、自相矛盾的行为，我得承认，这些**确实**让我觉得好笑，任何一个嘲笑的机会我都不放过。不过我想，这些事从未在你身上出现过。”

“任何人都会做过这样的事。不过我的人生目标就是避免那些会被人嘲笑的弱点。”

“比如虚荣和傲慢。”

“虚荣确实是个弱点，至于傲慢——一个人若是智慧超群，那么他绝不会让自己过度傲慢。”

伊丽莎白扭过头去偷笑。

“你对达西先生的审问结束了吧，”彬利小姐说，“有结论了吗？”

“我确信达西先生毫无缺点。他自己也毫不谦虚地承认了这一点。”

“不，”达西说，“我从未如此标榜过。我当然也有缺点，但我想，那并非头脑上的缺陷。脾气我倒是不敢打包票，我可能是太倔了——至少在为人处世上一点也不圆滑。我很难忘掉别人做的蠢事和荒唐事，还有对我的冒犯。我的感受并不会像随风草一样说变就变，这种脾气可以算是记仇吧。我一旦对什么失去了好感，就再也不会喜欢了。”

“**这**确实是个缺点！”伊丽莎白嚷道，“难以消解记恨**确实**是性格缺陷！不过你的缺点选得好。我确实不敢**嘲笑**这一点，你放心好了。”

“我认为，每一种性格中都有缺点——这是天生的缺陷，受再高的教育也难克服。”

“你的缺陷就是记恨所有人。”

“而你的，”他笑着回答说，“就是成心误解他们。”

“我们还是听听音乐吧！”彬利小姐嚷起来，她受够了这场没她份儿的对话，“路易莎，你不怕我吵醒赫斯特先生吧？”

她姐姐一点意见也没有，于是她便打开了钢琴。达西回味了一阵刚刚的对话，并不后悔说了那些。他倒是开始担心，自己太在意伊丽莎白了。

第十二章

第二天早上，伊丽莎白按照和姐姐商量好的给母亲写了信，拜托她当天就派马车来接她们回去。可是班内特太太已经算计好要让女儿们在奈泽斐待到下星期二，这样简就在那儿待满一周了，因此不愿意让她们回家。她在回信里说，下星期二之前空不出马车来接她们，这让着急回家的伊丽莎白没能如愿。她还在附言里补充说，如果彬利先生和他的姐妹挽留她们多住几天，可一定要接受这番好意。不过，伊丽莎白下定决心不能再住了——她觉得人家也不会再挽留了。她反倒担心她们打扰太久了要招人烦，于是劝简立刻去找彬利先生借马车。最后她们商量好，向主家提出当天就离开奈泽斐，并且要借一辆马车。

此话一出，引来百般关切，大家的再三挽留终于说动简，于是她们推迟到第二天再离开。这么一来，彬利小姐又后悔挽留她们了，她对其中一位的嫉妒和厌恶远超过对另一位的喜爱。

听说她们要走，庄园主人心里感到非常遗憾。他再三劝说班内特小姐，说她身体还没完全好，现在就走不安全。不过简对于认定的事情也十分坚持。

对达西先生来说，这是个好消息——伊丽莎白在奈泽斐待得够久了。他不希望自己如此为她着迷，而且彬利小姐不但对**她**不礼貌，还总是拿他自己寻开心。他做出了一个明智的决定，要格外注意**现在**不能再表露出对她的任何倾慕之情了，也不要给她任何希望，让她错以为自己可以影响他的幸福。他心里清楚，如果之前他给出过这种信号，那么最后一天的表现既可以确认这一点，也可以扼杀这一点。打定主意之后，他整个星期六跟她说了不到十个字。其中，他俩还独处了半个小时。当时他聚精会神地看书，连看都不敢看她一眼。

星期日做完晨祷之后，终于到了分别的时候。几乎所有人都挺开心的，彬利小姐在最后时刻突然对伊丽莎白格外客气，对简也越发喜欢。两姐妹告辞的时候，她先是跟简说希望在朗博恩或者奈泽斐与她再见，又和她亲热地拥抱了一阵，最后甚至跟伊丽莎白握了手。伊丽莎白则以非常雀跃的心情和这群人告了别。

可回到家，母亲却没有热情地欢迎她们。她先是奇怪她们怎么回来了，埋怨她们不该这样给人添麻烦，还说简一定又要感冒了。

她们的父亲虽然没说什么欢迎的话，却很高兴她们回来了。他深切感受到她们在家里的重要性——因为简和伊丽莎白的缺席，晚饭桌上的对话不但乐趣大打折扣，理智也几乎荡然无存。

她们回来后发现，玛丽还像平常一样埋头钻研着通奏低音[1]和人性的问题。她拿出几段摘抄给她们欣赏，还就陈腐的道德准则发表了一通新看法。凯瑟琳和莉迪亚也有新闻要告诉她们，不过是另外一方面的。自上星期三以来，兵营里发生了许多事，传出了不少传闻。几个军官最近和她们的姨夫吃了晚饭，一个小兵受了鞭刑，还听说弗斯特上校快要结婚了。

---

1 Thoroughbass，巴洛克时期音乐最重要的特征之一。

第十三章

第二天吃早饭的时候，班内特先生对太太说："亲爱的，我希望我们今晚准备了丰盛的晚餐，我估计今晚有位客人要来。"

"什么客人，亲爱的？我没听说谁要来，除非夏洛特·卢卡斯碰巧来——我的晚饭招待她绰绰有余。她在家一般都吃不到这么好的东西。"

"我说的是个男人，而且不是熟人。"

班内特太太两眼放光，说道："一个男人，还是个生人！那准是彬利先生了！哎呀简，你怎么一点口风都没漏，这淘气的孩子！能招待彬利先生我再高兴不过啦。不过老天啊，真是不巧！今天一点鱼肉都买不到了。莉迪亚，亲爱的，快摇铃——我现在就要吩咐希尔。"

"不是彬利先生，"她丈夫说，"这人我还一次都没见过。"

这话引来一阵惊呼，他太太和五个女儿立刻连珠炮般地向他发问，让他十分得意。

吊了一阵她们的胃口之后，他解释道：“大约一个月前，我收到一封信，并且两周前就回了信。我觉得这事挺棘手，需要趁早处理。写信的是我的侄子柯林斯先生。等我死了，他可以随时把你们赶出这所房子。”

“噢，亲爱的！”他太太嚷道，“我听不得这事。求你别再提这个可恶的人了。我真心觉得把你的房产从亲骨肉手中夺走，是世界上最过分的事了。如果我是你，肯定早就会想法子了。”

简和伊丽莎白试图向她解释限定继承权的规则。她们以前也解释过，可是跟班内特太太根本说不通，她还是没完没了地抱怨，说把房产从一个有五个女儿的家庭手中夺走，传给一个毫不相干的人，这事太残酷了。

“这事确实不公平，”班内特先生说，“继承朗博恩，柯林斯先生受之有愧。不过你听听他的来信，或许会被他的话打动。”

“不会的，绝对不会。他给你写信这事本身就失礼又虚伪，我才不要这样假惺惺的朋友。你怎么保证他不会和他老子一样，一直和你吵呢？”

“确实，这没法保证。不过从信上看，他还是有点良心的。”

肯特郡韦斯特勒姆附近的汉斯福德，十月十五日

尊敬的先生：

您与先父之间的龃龉一直令我惴惴不安，家父不幸西去之后，我常希望能与您弥合裂痕。过去一段时间以来，我有所顾虑，一个先父以仇为快的人，我却与其修好，是否对先人不敬——‘班内特太太，你听。’——然而，在这件事上我决心已定。复活节那天，我三生有幸，受到路易斯·德·博尔的遗孀，尊贵的凯瑟琳·德·博尔夫人的任命，被授予圣职。因她的慷慨恩惠，我被提拔担任该教区的牧师这一宝贵职位。我当鞠躬尽瘁、感恩戴德，履行英国教会规定的一切礼节仪式。此外，作为一名神职人员，我认为自己有职责促进家庭和睦。基于以上几点原因，窃以为我的此番提议值得赞扬，也望您不计较我对于朗博恩的继承权，接受我献上的橄榄枝。对于令爱利益的侵害，我深感不安，万分抱歉，并极愿为她们提供一切可能的补偿，此事留待以后详谈。如若您不反对我登门，我提议于十一月十八日的星期一四点钟前来拜访您和家人，在府上叨扰一周，至下一个星期六。如此安排对我毫无不便之处，凯瑟琳夫人全然不反对我偶尔在星期日缺席，只要安排好其他牧师替我履职即可。谨向尊夫人和诸位令爱

致以问候。

祝好，

您的朋友威廉·柯林斯

“所以，今天四点，这位和平使者就要到了。”班内特先生说着，把信折了起来，“从信上看，这是位很有良心、彬彬有礼的年轻人。凯瑟琳夫人允许他再来见我们，一定说明他会是一位难得的好亲戚。”

“他说的关于我们女儿的那几句倒有些道理。如果他要给她们些补偿，我是绝不会阻拦的。”

“虽然我不知道他要如何补偿我们，”简说，“但这份心意还是好的。”

而最让伊丽莎白惊讶的是，他对于凯瑟琳夫人那样顶礼膜拜，还随时随地乐于为教众主持洗礼、婚礼和葬礼。

“我看他准是个怪人，”她说，“我看不透他。他字里行间有种浮夸的气质。而且他为自己的继承权道歉是什么意思？说得好像有的选，他会主动放弃似的。他是个聪明人吗，父亲？”

“亲爱的，我觉得他不是，可能恰恰相反。他那封信里卑躬屈膝又妄自尊大的口气就很说明问题。我等不及要见他了。”

“从行文来看，”玛丽说，“这封信并无缺陷。橄榄枝的说法虽然并不新鲜了，但我认为用得很精当。”

凯瑟琳和莉迪亚对这封信和写信的人都毫无兴趣。他们的表哥不可能穿红军装来，而几个星期以来，她们没有兴趣结交任何穿其他颜色衣服的男人。至于她们的妈妈，倒是因为柯林斯先生的来信消除了些怨恨。她打算客客气气地接待他，这让她的丈夫和女儿们都很惊讶。

柯林斯先生准时现身，得到了全家人礼数周全的迎接。班内特先生没怎么说话，不过家里的女人们都很健谈，而柯林斯先生不需要鼓励，自己就滔滔不绝了。他二十五岁，身材高大敦实，浑身散发出威严的气质，举止十分礼貌庄重。他刚一坐下，就恭维班内特太太养了这么多好女儿，说对她们的美貌早有耳闻，如今亲眼所见，比传闻的还要美。他还补充说，班内特太太一定会看着女儿们一个个嫁到好人家。这番奉承话，在座的几个女儿并不爱听，可是对夸奖来者不拒的班内特太太高兴地回答道：“借您吉言，我也一心希望能如您所说，要不她们就太命苦了。这世道就是这么奇怪。”

“您是指庄园的继承权吧？”

“哎，先生，正是啊。你得承认，对我可怜的女儿们来说这是件伤心事。我倒不是怪你，我知道这些全凭运气，庄园继承的事谁也无法预料。”

“夫人，我完全了解表妹们的不易，在这件事上我也有很多话可说，但我不想表现得太冒失。不过我可以向年轻的小姐们保证，我到这里来，就是为了向她们表达我的倾慕之情。现在我不好多说，但也许等我们更亲近一点——”

他的话被招呼开饭的叫声打断了，小姐们都相视而笑。然而，柯林斯先生赞美的可不只是小姐们——就连客厅、饭厅、屋里的所有家具，都被他仔细观察并夸了个遍。这些溢美之词本该让班内特太太感到开心，但她却觉得他是在检视未来的财产，因此十分痛心。接下来的晚餐也得到了柯林斯的高度赞扬，他请求主人告诉他，是哪位表妹烧出了如此美味的饭菜。可班内特太太立刻纠正了他，厉声说他们还请得起一个像样的厨子，厨房的事用不着女儿们沾手。他为惹班内特太太不快连声道歉。尽管她马上缓和了语气，说自己一点也没生气，可他还是又道歉了一刻钟之久。

第十四章

吃晚饭时班内特先生几乎一言未发，等仆人们退下去之后，他觉得该和客人聊几句了。因此他选了个能让客人开心的话题，说柯林斯先生找到这么个女赞助人，真是走运。说看起来，凯瑟琳·德·博尔夫人对他的意愿极其关照，对他的起居也十分关心。班内特老爷这话题选得不能再好了。柯林斯先生开始滔滔不绝地赞美起这位夫人来。一提起这个，他的态度变得异常严肃，带着浮夸的表情宣称此生从未遇到过地位这么高的人，能像凯瑟琳夫人一样和蔼可亲、屈尊降贵。他有幸在她面前做过两次布道，都得到了她的褒奖与肯定。夫人曾邀请他到罗辛斯庄园吃过两次饭，上星期六还叫他来凑数打四十张[1]。他认识的不少人觉得凯瑟琳夫人十分傲慢，可他却觉得她亲切和蔼。夫

1 Quadrille，一种四人用四十张纸牌玩的纸牌游戏。

人和他讲话的态度，与对其他有身份的人别无二致。她毫不反对他与邻居来往，他偶尔离开教区一两周去拜访亲戚，夫人也不介意。她曾屈尊建议他尽早结婚，不过挑选对象要慎重。还有一次，她光临了他的寒舍，赞同他为住宅做出的种种改造，甚至亲自赐教——建议他在楼上的小储物间里添几个架子。

“我相信她的做法都很得体、很客气，”班内特太太说，“而且她一定也是个亲切的人。可惜身份高贵的夫人们大多不像她这样。您和她住得近吗，先生？”

“寒舍所在的花园与夫人住的罗辛斯庄园只隔了一条小路。”

“我记得您说她是个寡妇吧，先生？她还有其他亲人吗？”

“她只有一个女儿，是罗辛斯的继承人，有一大笔财产。”

“噢！”班内特太太摇了摇头，“那她比很多姑娘都有钱啦。她是个怎样的小姐？漂亮吗？”

“她是个非常可爱的小姐。凯瑟琳夫人曾说过，论真正的美貌，没人比得上德·博尔小姐，因为她高贵的出身就写在脸上。只是很不幸，她的身子太弱了，所以没能成为一个才女，不然肯定在各个方面都能取得成就，这是她的女教师告诉我的，她现在还和她们住在一起。不过她非常和蔼可亲，经常坐着小马车屈尊路过寒舍。”

“她去觐见过了吗？去过王宫的小姐们当中，我不记得见过她的名字。”

“她的身体状况不允许她进城去。就像我那天对凯瑟琳夫人所说的，这让王宫里损失了一颗最夺目的明珠——夫人似乎对这个说法十分满意。您也可以想见，在任何场合我都非常喜欢来上几句巧妙的小恭维，太太小姐们都很爱听。我不止一次告诉凯瑟琳夫人，她可爱的女儿天生就是个当公爵夫人的料。如果日后她的地位再提高，那也是她给爵位添彩，而不是爵位给她增光。就是这种话很能讨夫人欢心，所以我觉得应该尽量多说。”

“你想得很对，”班内特先生说，“你天生就这么会恭维人，也实属幸运。如果你不介意，我问一句：这些话是灵机一动想出来的，还是提前准备好的？”

“大多是临场发挥的，不过有时我也会提前想好一些适用于一般场合的漂亮话，说的时候尽量表现成是随口说出的。”

果然不出班内特先生所料，他侄子正如他想象中的那般荒谬。他十分享受地听着柯林斯先生的絮叨，表面上保持严肃，除了时不时朝伊丽莎白瞟一眼之外，完全不需要别人来分享这份乐趣了。

到了喝茶的时候，这顿恭维话的表演可算结束了。班内特先生高高兴兴地把客人带到客厅，喝完茶又高高兴兴地请他给女士们读书。柯林斯先生欣然答应，接下了递给他的书。可拿过来一看（显然是从流动图书馆借来的），他吓得往后一缩，连声抱歉，说自己从未读过小说。凯蒂瞪大了眼睛看着她，莉迪亚惊叫起来。于是他们又拿了其他书来，经过慎重的考虑，他选中了福代斯的《布道集》[1]。莉迪亚瞠目结舌地看着他打开这本书，听他用单调乏味的语调念了将近三页之后，终于打断了他：

“妈妈，你听说了吗？菲利普姨夫准备辞退理查德了。如果真是这样，那弗斯特上校倒想雇用他。姨妈星期六亲口告诉我的。我明天得去趟麦里屯把这事搞清楚，顺便问问丹尼先生什么时候从城里回来。”

大姐和二姐连忙叫莉迪亚住口，而柯林斯先生显然受到了冒犯。他把书撂在一旁说：“我经常发现年轻的小姐们对正经书不感兴趣，即便这些书正是为她们所写。说实话，我很惊讶，因为对她们来说，没有什么比圣者的教诲更好的指导了。不过，我不会再勉强年轻的表妹了。”

说完，他转过头去，要同班内特先生对战一局双陆棋。班内特先生接受了他的挑战，并对他说，这是个明智的决

1　此处指英国牧师詹姆斯·福代斯（James Fordyce）所著的《给青年妇女的布道集》（*Sermons to Young Women*）。

定，让小姐们去玩她们自己的吧。班内特太太和她的女儿们恭敬地向他道歉，请他原谅莉迪亚打断他的朗读，并保证说，若他愿意继续读，此事绝不会再次发生。可是柯林斯先生却说，自己不怪这位年轻的表妹，也不会记恨她的冒犯。然后他就和班内特先生坐到另一张桌前，准备下双陆棋。

第十五章

柯林斯先生并不是个聪明人。他虽然接受了教育并步入社会，但先天的缺陷却没得到多少弥补。他大部分的人生是在一个目不识丁的吝啬鬼父亲的教导下度过的。虽然也上过大学，但他只求混个毕业，没结交一个有用的朋友。成长过程中对于父亲的绝对服从让他形成唯唯诺诺的性格，如今却被自命不凡之气抵消得差不多了——他一个蠢材，突然享受起悠闲的乡野生活，加上年纪轻轻就意外地飞黄腾达，自然膨胀了起来。当时汉斯福德教区正好有个职位空缺，柯林斯撞上大运被介绍给凯瑟琳·德·博尔夫人。他敬仰德·博尔夫人的高贵地位，又因她是自己的赞助人而格外崇拜。他自我感觉良好，又有神职人员的权威和教区长权力的加持。这一切让他成了一个兼具傲慢与谄媚、自负与自卑的混合体。

如今，他手握一幢舒适的房子和一笔可观的收入，结婚便被提上日程。他到朗博恩来和解的时候已经想好了妻子的人选——他打算娶这家的一个女儿，只要她们和传闻的一样漂亮可爱就行。这就是他为继承她们父亲的财产所制订的弥补、赎罪计划。他觉得这是个绝妙的计划，既妥当划算，又显得他慷慨无私。

见到几位小姐之后，他的计划并没有改变。班内特小姐可爱的脸庞完全符合他的期待，再加上他坚信小姐们应该严格按照长幼秩序出嫁，选择老大尤其妥当。因此，头一天晚上他选定了大小姐。可等到第二天早上，情况就发生了变化。早饭前他和班内特太太单独聊了一刻钟，从他的牧师住宅谈起，随后话题自然引到了他的心愿，即要在朗博恩为他的宅子找一位女主人。班内特太太听到这里喜笑颜开，并表示了支持，不过提醒他简不能选。剩下几个女儿——虽然不该她说，她也不能确定——但没听说有对象，至于她的大女儿，她得提醒一句，看那意思怕是很快就要订婚了。

柯林斯先生不得不把简换成伊丽莎白。他的主意转得很快，班内特太太一盆冷水刚浇下去，他就想好了——伊丽莎白在美貌和年龄上都仅次于简，第二个当然要选她。

得到这个示意，班内特太太如获至宝，确信自己有两个女儿即将出嫁。前一天她还提都不愿提的这个人，如今深得她的欢心。

莉迪亚还记着要去麦里屯一趟，除了玛丽，所有小姐都愿意一同步行过去。班内特先生拜托柯林斯先生陪她们一起，其实是为了摆脱他，自己在书房里躲清净。原来，早餐之后柯林斯先生就跟着他去了书房，名义上是要继续读书房里最大的一本书，可实际上却没完没了地讲起他在汉斯福德的房子和花园。这简直要把班内特先生烦死了。书房向来是他躲清净、享悠闲的地方。他和伊丽莎白说过，愚蠢和狂妄的人和事出现在任何房间他都能接受，唯独书房不行。因此，他急不可耐地恭请柯林斯先生和女儿们一起出去走走。而柯林斯先生呢，本就不是读书的料，走走路倒是没问题，于是乐不可支地合上他的大书出去了。

一路上，柯林斯先生夸夸其谈、废话连篇，表妹们客客气气地随声附和，就这样走到了麦里屯。一到了那儿，年轻的小姐们再也没空理他了。她们四下张望，看街上有没有军官们的身影。除了橱窗里偶有一顶时髦的软帽或一块新颖的布料，再没什么能吸引她们的目光了。

这时，小姐们突然被一个陌生男子吸引了。他风度翩翩，正和另一位军官在马路对面走着，而那位军官正是丹尼先生，莉迪亚专程跑来就是要打听他从伦敦回来了没有。看到她们走过，丹尼先生点头致意。所有人都被那位陌生男子的风度吸引了，纷纷纳闷他是谁。凯蒂和莉迪亚决定去打听一下。她俩带头过了马路，假装是要到对面的商店买东西。说来也巧，她们刚走上便道，两位绅士转过身正好和她们碰上了。丹尼先生立刻打了招呼，并请她们允许他介绍他的朋友——韦克姆先生。韦克姆先生是前天刚和他一起从伦敦回来的。丹尼先生还兴高采烈地说，韦克姆已经被任命为他们团的军官了。这简直再好不过啦，这位年轻人再穿上一身军装，就能迷倒众人了。他看起来非常讨人喜欢，风度气质堪称完美，不但相貌英俊、身材健硕，谈吐也非常得体。一番介绍之后，他热络地和大家聊了起来，同时还保持着礼貌谦逊的态度。一群人站在那儿聊得正欢，忽然听到一阵马蹄声，循声望去，达西和彬利正骑着马从街上走来。他们看到一群人中有班内特家的小姐们，于是径直走来与她们寒暄——主要就是彬利说给班内特小姐听。他说正要到朗博恩去探望她。达西先生鞠了个躬，证明彬利的话属实，正准备将目光从伊丽莎白身上移开，却看见了那个陌生人。伊丽莎白恰巧看到两人对视时的惊诧——两人脸色都变了，一个煞白，一个通红。过了一会儿，韦克姆先生碰了一下帽檐，达西则勉强还了个礼。这是什么意思？既让人无法想象，又让人忍不住去想。

彬利先生似乎完全没注意到发生了什么。又过了一小会儿，他与大家告辞，和达西骑马往前去了。

丹尼先生和韦克姆先生陪几位小姐走到了菲利普先生家门口，虽然莉迪亚小姐三番五次恳请他们进门，菲利普太太也推开客厅窗子嚷着邀请他们，但两人还是鞠躬告辞了。

菲利普太太总是很高兴见到外甥女们。而两位大小姐更是因为好久没见而受到了格外欢迎。菲利普太太激动地说，她们突然回家来让她很惊讶。家里没派马车去接，她原本什么都不知道的，幸亏碰上了琼斯先生商店跑腿的男孩，说班内特家的两位小姐已经走了，不用再往奈泽斐送药了。说到这儿，简向她介绍了柯林斯先生。她这才客气地向柯林斯先生表达欢迎，而柯林斯先生的回应则更加客气——他说与太太素不相识，本不该贸然拜访，不过既然和介绍他的小姐们有亲戚关系，他自认为也不算太冒昧。菲利普太太对于他的好教养肃然起敬，不过她的注意力很快就转移了——她的外甥女们急不可耐地问起另一位陌生男子的情况，可她也说不出什么她们不知道的信息。无外乎他被丹尼先生从伦敦带来，并被任命为某郡民兵团的上尉。她说，过去一个小时里她一直盯着窗外，看他在街上走来走去。要是韦克姆再出现，凯蒂和莉迪亚肯定会继承这个衣钵继续盯着看。可是不巧，除了几个军官之外再没人从窗外走过了。他们和韦克姆先生一比，立刻变成了"无聊、讨厌的家伙"。有几个军官第二天要到菲利普府上来吃饭，姨妈保证说，如果朗博恩一家人晚上来的话，就让丈夫邀请韦克姆先生一起。这个提议得到了大家的赞成，菲利普太太许诺要热热闹闹地打个乐透牌[1]，玩过之后再吃点热乎的夜宵。想到如此欢乐的活动，大家都很兴奋，高高兴兴地道了别。临走时柯林斯先生再次表达歉意，主人则不厌其烦地表示大可不必。

走回家的路上，伊丽莎白把之前目睹达西和韦克姆见面的情景讲给简听。要是他们两个人中有谁犯了错，简准会替他们中的一个或者两个人辩解，可眼下她和妹妹一样，对他们的做法摸不着头脑。

柯林斯先生在回去的路上称赞菲利普太太礼数周全，这让班内特太太很高兴。他认真地说，除了凯瑟琳夫人母女之外，他还没见过如此风度优雅的女人——虽然素昧平生，可她无比客气地招待了他，甚至特别邀请他第二天晚上再来。虽然这件事部分归结于他们的亲戚关系，但他这辈子没有被如此热情地招待过。

---

1 Lottery tickets，一种单纯靠运气猜牌的纸牌游戏，参与人数不限。

第十六章

年轻人去姨妈家做客的事并没有遭到反对。柯林斯先生担心自己作为客人把班内特夫妇整晚留在家不妥，可主家完全打消了他的顾虑。马车准时将他和五个表妹送到了麦里屯。姑娘们一进客厅便欣喜地得知，韦克姆先生接受了姨夫的邀请，人已经到了。

大家听到这个消息全部就座之后，柯林斯先生终于得空四处张望和欣赏。房子的面积和陈设令他十分惊诧，他说差点以为自己身处罗辛斯夏季用的小早餐厅里。这番比较一开始并没被当成好话，因为菲利普太太当时还不知道罗辛斯是个什么地方，以及它的主人是何方神圣。等到柯林斯先生给她描绘了凯瑟琳夫人的一间客厅，说里面光一个壁炉架就要八百英镑时，她才明白之前那番恭维的分量。现在就算把罗辛斯的女管家房和她的房子相提并论，她也不会介意了。

其他男士还没到的那段时间里，柯林斯先生过得很愉快。他向菲利普太太绘声绘色地描述凯瑟琳夫人有多了不起，她的豪宅是多么华丽，偶尔也穿插夸耀几句自己的寒舍，还有正在进行的种种修缮。他发觉菲利普太太听得非常认真，她不但越听越觉得他了不起，还决心尽快把这些都复述给邻居们听。可对小姐们来说，等待的时间就太漫长了。她们完全听不进表哥的唠唠叨叨，也没有乐器可以弹奏，只好照着壁炉上的瓷器花纹摹画，然后比对着看。终于，她们等到了男士们的出现。韦克姆先生一进屋，伊丽莎白就感到，不论是之前见他时，还是后来想他时，自己内心的倾慕都不无道理。某郡的军官们总体来说都很值得尊敬，有绅士风度，而眼下来的又是其中的翘楚。可是从相貌、气度到姿态，他们和韦克姆先生的差距，就跟大腹便便、肥头大耳的菲利普姨夫与他们的差距一样大。菲利普先生带着满嘴的波特酒气，跟在军官们身后进屋了。

当晚最春风得意的男人非韦克姆先生莫属，他几乎吸引了所有女士的目光。而伊丽莎白则成了最得意的女士，因为韦克姆先生最终坐在了她的身边。他一就座就和伊丽莎白攀谈了起来，虽然聊的不过是“晚上下雨了”这样的话题。他迷人的谈吐让伊丽莎白觉得即便最平淡无奇、最无聊乏味的话题，在会聊天的人口中也能变得有趣起来。

与韦克姆先生和军官们这样强劲的对手争夺女士们的注意，柯林斯先生只落得个毫无存在感。他在小姐们眼中难占一席之地，但好心的菲利普太太偶尔还会听他说几句，并且一直留心着，不停地给他添咖啡和松饼。等牌桌支起来，他终于找到机会报答她的照顾——坐下来和她玩惠斯特牌[1]。

“我现在还不太会玩，”他说，“不过我很愿意学学，因为就我现在的身份——”菲利普太太很高兴他愿意一起玩，可没耐心听他讲理由。

韦克姆先生没玩惠斯特牌，而是被热情地邀请到了另一张牌桌上，坐在了伊丽莎白和莉迪亚中间。刚开始他大有被莉迪亚霸占的危险，因为她说个没完。好在她对乐透牌的热情同样高涨，很快就把注意力完全转到了牌局上，急不可耐地下赌注，赢了钱就高声欢呼，完全没工夫理会其他人了。玩乐透牌用不着动脑子，于是韦克姆先生还能和伊丽莎白聊天。伊丽莎白愿意听他讲话，不过不敢奢望听到她关心的事——他和达西先生之间的历史。她甚至不敢提达西的名字。结果没想到，她的好奇心竟得到了满足。韦克姆先生自己提起了这事。他问奈泽斐距离麦里屯有多远，得到回答之后，又吞吞吐吐地问起达西先生在这里待

---

1 Whist，一种与桥牌类似的纸牌游戏。

了多久。

“大概有一个月吧。”伊丽莎白说。为了让这话题继续下去，她又补了一句：“我听说他在德比郡拥有一大笔财产。”

“是的，”韦克姆先生答道，“他在那里拥有一处富丽堂皇的庄园。他的年薪足足一万英镑。在这方面，没人比我更了解了。我从出生就和他家有特殊的关系。”

伊丽莎白不由得露出惊讶的神情。

“班内特小姐，你或许看到了我们昨天见面时那副冷冰冰的样子，听了这番话感到惊讶也是情有可原的。你和达西先生很熟吗？”

“反正是不想更熟啦！”伊丽莎白热切地嚷道，“我和他在同一个屋檐下待了四天，觉得他很讨厌。”

“他是讨人喜欢还是讨人厌，这事**我**没有发言权，”韦克姆说，“我没资格评论。我认识他太久，对他太了解了，无法客观评价，让**我**不带成见是不可能的。但我认为，你对他的看法会令人们感到震惊。不过要不是在自家人面前，你也不会说得如此不客气。”

“相信我，除了奈泽斐，我在谁家都会说一样的话。在赫特福德，没人喜欢他。大家都很讨厌他那股傲慢劲儿。你绝听不到有谁说他的好话。”

“我不想假装大度。”韦克姆想了一会儿，继续说，“他或者任何人，都不应该被抬举得过高。可我相信**他**常常受人抬举。人们被他的财富和地位蒙蔽，被他高高在上的态度震慑，只能看到他想被看到的那一面。”

“基于**我**对他的一点点了解，我认为他脾气很差。”韦克姆只是摇了摇头。

等再有说话的机会，他问道：“不知他是否会在这里待很久？”

“我完全不知道，在奈泽斐的时候没听说他要走。我希望他待在附近不会影响你在某郡民兵团的履职计划。”

“噢，当然不会，达西可赶不走**我**。如果**他**不想见到**我**，那让他走好了。虽然我们无法友好相处，每次见到他都让我痛心，可我没有避开他的道理。我要让世人知道他是如何亏待我的，他的所作所为有多么令人痛心。班内特小姐，他的父亲——已故的达西先生，是天底下最善良的人，也是我结交过最真心的朋友。每当我和这位年轻的达西先生在一起时，都会被勾起千丝万缕的温馨回忆，不由得悲从中来。他对我所做的事天理难容，可我都能原谅，唯一不能忍受的是他辜负先人的期望，玷污先人的名声。”

伊丽莎白觉得这事越说越有意思，因此听得十分起劲儿。只是这话题太敏感，不好再往深里问。

韦克姆先生转而谈起更无关痛痒的话题，从麦里屯、左邻右舍，到社交圈，他对于所见的一切倍感欣喜。尤其谈起社交方面时，他话里话外格外殷勤，又不失礼貌。

“有机会进入一个稳定且上流的社交圈，”他补充道，“是吸引我加入某郡民兵团主要的原因。我知道这是一支声誉卓著的军队，大家相处都很融洽。我的朋友丹尼为了说服我，给我讲他们驻扎的营地条件有多么好，麦里屯的居民待他们如何友善，他们又结交了多少好朋友。我得承认，社交对我而言是必需品。我是个失意的人，忍受不了孤独。我**必须**得有事做，得有社交生活。走上军旅之路并非我的本意，可是境况所迫，如今觉得当兵也是不错的选择。我**本该**成为牧师——我从小就是被这么培养的，要不是刚提到的那位先生从中作梗，我如今也该获得一个宝贵的牧师职位。”

“真的吗？”

“是的。已故的达西先生在遗嘱上说，等最好的牧师职位一空出来，就把它赠予我。他是我的教父，非常疼爱我，他对我的好简直无法用语言形容。他原打算让我过上富裕的生活，并且以为这事已经定下来了。结果后来职位空出来时，却又送给了别人。”

“老天啊！”伊丽莎白大声说，“**这**怎么可能呢？怎么能不按遗嘱办事？你为什么不诉诸法律？”

“遗嘱中这一条措辞含糊，所以无法寄希望于法律。一个体面人是不会怀疑先人意图的，而达西先生偏偏就怀疑了——或者说他认为那只是一种有条件的推荐。他断定我不具备被推荐的资格，因为我铺张浪费、做事鲁莽——欲加之罪，何患无辞？可以确定的是，职位是两年前空出来的，我当时刚好达到了可以任职的年龄，结果却给了另一个人。我实在不知道自己犯了什么错，要被剥夺这个职位。我这个人心直口快，有时过于坦率地议论他，甚至**当面**告诉他我的看法。所谓的‘错’，也不过如此。只不过，我们确实是两路人，而他对我怀恨在心。”

“这简直骇人听闻！他应该被当众羞辱。”

“总有一天他**会**的——但绝不是被**我**羞辱。除非我能忘掉他的父亲，不然我是不会揭露他，也不会与他对着干的。”

伊丽莎白对他的这种想法肃然起敬，觉得这些话让他看起来更英俊了。

“可是——”停顿了片刻，她又问，“他的动机是什么？为什么要如此残酷无情？”

“就是对我深恶痛绝——我只能认为源于嫉妒。要是已故的达西先生没那么喜欢我，他儿子也许更能容下我。我认为，从他还很小的时候，看到他父亲对我格外疼爱，就十分恼火。以他的脾气，无法容忍我们之间的竞争——因为更受偏爱的总是我。”

“我没想到达西先生心肠这么坏——尽管我从没喜欢过

他，可我并没想到他是如此歹毒之人。我以为他只是瞧不起别人，可没想到他竟无耻到这种地步，恶意报复、不讲道义，甚至没有人性。”

又思考了几分钟后，她继续说：“我倒是想起来有一天在奈泽斐，他炫耀起自己记仇的脾气，说心里一旦结下怨恨就难以消解。他的性格一定很可怕。”

“我不该在这个问题上发表看法，”韦克姆回答，“我没法客观地评价他。”

伊丽莎白又陷入了沉思。过了一会儿，她感叹道：“他怎么能如此对待父亲的教子、朋友和他最疼爱的人呢！”她本想补充说“更何况像你这样的年轻人，光看脸就知道是个好人”，不过她还是忍住了，只说了一句，“更何况，就像你之前说的，你们从小一起长大，关系那么近！”

“我们出生在同一个教区、同一座庄园里。大部分的青少年时代是一起度过的，同住一幢房、同在一起玩耍、同享家长的爱护。我父亲曾经的职业，就是你姨夫为之增光添彩的那个行当。后来他放弃了那一切去侍奉老达西先生，一生都在照料彭伯里庄园。老达西先生非常器重先父，把他当作最知心、最信任的朋友。老达西先生常说自己完全倚仗着父亲对庄园的悉心管理。先父临终时，老达西先生主动承诺要供养我。我相信，他这么做既出于对我的喜爱，也出于对我父亲的感激。”

“岂有此理！”伊丽莎白高声说，“太可恨了！我不明白，达西先生既然如此骄傲，怎么能对你如此不公！即便只出于‘骄傲’这一个理由，他也该不屑于做出这样的欺诈行为——我只能管这叫欺诈。”

“说的正是啊，”韦克姆答道，“他的大多数行为都能归结到傲慢上，傲慢是他最好的朋友。相比其他情感，傲慢确实让他更遵守道义。不过，没有人是一成不变的，他对待我的时候就是冲动盖过了傲慢。”

“这该死的傲慢对他有什么好处？”

“有的。傲慢常常能让他更加心胸宽广，让他慷慨解囊、热情待客、资助租户、接济穷人。他这样做是出于家族的尊严和孝道——他很为父亲感到骄傲。不能让家族蒙羞、道德退化，或是让彭伯里失去影响力，这都是他的动力。还有做兄长的自尊，再加上手足之情，让他成为妹妹亲切贴心的守护者。他经常被人称赞为最无微不至的好哥哥。”

“达西小姐是个怎样的姑娘？”

他摇了摇头。“我多希望能说她一句可爱。但凡说达西家人的坏话，都让我心痛。可她太像她哥哥了——极其、极其地傲慢。她小的时候非常讨人喜欢，而且特别喜欢我，我经常花好几个小时逗她玩。但如今她和我形同陌路。她是个漂亮姑娘，如今十五六岁了，听说出落成了个才女。

她父亲去世后，她一直住在伦敦，有位夫人陪在她身边，负责培养教育她。”

两人断断续续尝试了不少新话题之后，伊丽莎白忍不住又扯回了原先的话题：“我真不懂，彬利先生怎么和他关系那么好！在我看来，彬利先生是个非常和善、脾气很好的人，怎么会和这样的人做朋友呢？他们能合得来吗？你认识彬利先生吗？”

“完全不认识。”

“他是个和蔼可亲、魅力十足的人。他肯定不知道达西先生的真面目。”

“也许吧。不过达西先生要是想讨得别人欢心，也自有办法。他不是没有社交能力，遇到他觉得值得攀谈的人，也能谈笑风生。他与身份地位相当的人在一起，和见到地位比他低的人，完全是两副面孔。他总是那么傲慢，但和有钱人在一起时，他宽容大度、公正不阿、待人真诚、通情达理、值得尊敬，也许还非常和善——这都是将财产和地位考虑在内的。”

不久，惠斯特牌局就散了。玩牌的人们移到另一张桌上坐下，柯林斯先生坐在了伊丽莎白表妹和菲利普太太之间。后者照例问他赢了没有——结果并不理想，他输得彻头彻尾。可是当菲利普太太表达惋惜时，他又郑重地安慰她说，结果一点也不重要，他把钱看得微不足道，并恳请她千万不要在意此事。

“夫人，我很清楚，”他说，“人一旦坐在牌桌上，就只能听凭运气了。我很高兴，以我的生活状况，五先令根本不算个事。我知道很多人并不能如此洒脱，可是多亏了凯瑟琳·德·博尔夫人，我已经不需要计较这些小钱了。”

谈话引起了韦克姆先生的注意。他观察了柯林斯先生一会儿，然后低声问伊丽莎白，她的这位亲戚是否和德·博尔家走得很近。

“凯瑟琳·德·博尔夫人刚刚给了他一个牧师职位。”她回答道，“我不知道柯林斯先生最初是怎么被引荐过去的，但他肯定认识她没多久。”

“你知道凯瑟琳·德·博尔夫人和安·达西夫人是姐妹吧。她是小达西先生的姨妈。”

“哦不，我完全不知道。我对凯瑟琳夫人的亲戚知之甚少。直到前天，我才知道有这么个人存在。”

“她女儿，德·博尔小姐，将继承一大笔财产。听说她和她表哥会联姻，把两份家产合在一起。”

听了这话，伊丽莎白想到可怜的彬利小姐，忍不住笑了。如果他的终身大事已经定下来了，那她对达西百般殷勤全是白费。和他妹妹套近乎，对他本人赞赏不已，也都是徒劳。

“柯林斯先生对凯瑟琳夫人和她女儿赞不绝口，”她说，

“不过听他说起关于这位夫人的一些具体情况，我恐怕他是被感恩之心所蒙蔽了。虽然她资助了他，但她仍是个高傲自负的女人。”

“我相信她非常自高自大。”韦克姆回答道，“我很多年没见过她了，但我记得自己从未喜欢过她，记得她举止蛮横傲慢、粗鲁无礼。人们都说她通情达理、聪慧过人，可我觉得这部分归功于她的地位和财富，部分源自她那蛮横的态度，剩下的来自他外甥的骄傲自负。这位外甥坚持要所有人认为，但凡与他沾亲带故的，都是聪明人。”

伊丽莎白认为他说的这一切都很有道理。他俩一直愉快地交谈着，直到夜宵上来、牌局结束为止。这时，其他小姐才有机会得到韦克姆先生的关注。菲利普太太的夜宵席上总是吵吵闹闹的，没法聊天，但他亲切的举止却博得了众人的欢心——他说每句话都妥当，他做的每件事都得体。等到离开的时候，伊丽莎白脑子里全都是他。回家的路上，她只能想到韦克姆先生，还有他对她说的话。不过，她连提他名字的机会都没有，因为莉迪亚和柯林斯先生一刻不停地在讲话。莉迪亚滔滔不绝地说，乐透牌局上她赢了多少鱼[1]，输了多少鱼；而柯林斯先生则喋喋不休地描述菲

1 Fish，牌局上赌钱用的代币，当时被做成鱼的形状。

利普夫妇有多么热情好客，说他毫不介意玩惠斯特牌输掉的钱，对夜宵的菜肴如数家珍，还三番五次地问是不是挤到了身边的表妹们。要不是马车已经停在了朗博恩庄园的门前，他还有的是话要说。

第十七章

第二天，伊丽莎白把她和韦克姆先生的谈话讲给了简，简听了既错愕又担忧。她无法相信达西会如此辜负了彬利先生的敬重，可本心又不会怀疑韦克姆先生这样亲切的小伙子会撒谎。一想到他可能遭遇了如此亏待，她就心生怜悯。于是她别无他法，只有把两个人都往好处想，为他们各自的行为辩解，把一切无法解释的事情都归结为意外和误会。

“我敢说，他们俩肯定都是被人骗了，”她说，“一定是有人从中挑拨。总之，我们若是硬要猜测他们不和的原因，就免不了要责怪其中一方。”

“千真万确。那亲爱的简，你是不是还得为牵扯其中的人说几句公道话？你可得替**他们**也解释一下，不然就得怪在他们头上了。”

“随你怎么取笑吧，我是不会因此改变看法的。亲爱的丽兹，你得想想，达西先生的父亲生前最疼韦克姆，甚至要供养他。如果达西现在真这样对待他，那他得是个怎样的恶人啊。他绝不可能这么做。一个人只要有点人性、多少还在意自己的人格，他就绝不会这么做。难道他最知心的朋友也完全被他蒙骗了吗？不，绝不可能。”

“相比之下，我更愿意相信是彬利先生被骗了，而不是韦克姆先生昨晚编了个故事给我听。那一个个人名、一桩桩事实，他都不假思索地脱口而出。若情况并非如此，让达西先生出来反驳。而且韦克姆先生说的时候，脸上也写满了真诚。”

“确实很难判断——也令人难过。我真不知道该怎么想了。”

“恕我直言，你完全知道应该怎么想。”

可此时简的脑子里只有一个想法——假若彬利先生真是被欺骗了，那等事情公开，他该多难过啊。

姐妹俩正在小树林里说着，家里来人叫她们回去——有客人来了，正是她们谈论的那几位。原来，期盼已久的奈泽斐舞会定在了下星期二，彬利先生和他的姐妹专程来邀请。彬利两姐妹见到好朋友简非常开心，说简直几百年没见了，还一直问她分别之后的这些日子都在忙些什么。她们没怎么理会班内特家的其他人——竭力避开了班内特夫人，和伊丽莎白只聊了几句，跟其他人压根一句话也没讲。她们没有久留，突然就从座位上起身，把彬利先生吓了一跳，好像忙不迭要逃离班内特太太的客套。

班内特家的女人们都对即将到来的奈泽斐舞会非常期待。班内特夫人把这看作对她大女儿的殷勤之举。尤其彬利先生是亲自来邀请的，而不是礼节性地寄请柬，这让她更得意了。简的脑海中想象了一个愉快的夜晚，与她的两个好朋友和她们的兄弟共度。伊丽莎白则美滋滋地想象自己和韦克姆先生纵情舞蹈，还能凭达西先生的神情举止印证自己的一切猜想。凯瑟琳和莉迪亚期待的乐子不局限在某个活动或某个人身上。她们也和伊丽莎白一样，希望韦克姆先生能陪她们跳半个晚上，可他绝不是唯一能满足她们的舞伴。不管怎么说，舞会就是舞会。就连玛丽都和家里人说，她也乐意去凑个热闹。

"每天白天的时间我都能自己支配，"她说，"这就足够了——我觉得偶尔参加一下晚会也无妨。每个人或多或少都得有社交生活，我承认并赞同所有人都该时不时娱乐一下。"

舞会的事让伊丽莎白太开心了。她平常没事绝不和柯林斯先生搭话，可现在却忍不住问他是否会接受彬利先生的邀请，如果接受的话，是否认为参加晚会不合乎身份。出乎她的意料，柯林斯先生对此毫无顾虑，完全不担心会因为跳舞遭到大主教或者凯瑟琳·德·博尔夫人的斥责。

“我向你保证，”他说，“像这样的舞会，举办者名声在外，与会者也都是体面人，我觉得绝不会有什么坏影响。我本人非但不排斥跳舞，还希望当晚所有的表妹都能赏光与我跳上一曲。趁此机会，伊丽莎白小姐，我想恳请你和我跳头两支舞。我相信表妹简会理解我这一选择背后的用心，不会怪我对她失礼。”

伊丽莎白觉得自己完全上当了。头两支舞她本打算要和韦克姆先生跳，现在却换成了柯林斯先生，她可真是选错了搭话的时机。可如今木已成舟，和韦克姆先生的快乐时光只得拖后一些了。她尽可能礼貌地接受了柯林斯先生的邀请，可他殷勤背后的原因更是让她高兴不起来。她此时才明白，**她**就是从姐妹中被选中，“有幸”成为汉斯福德牧师住所的女主人的人。等以后罗辛斯访客不够的时候，她也是要去凑数打四十张的。这个猜想很快得到了印证——她发现柯林斯对自己越发殷勤，还时不时称赞她聪明活泼。她对于个人魅力造成的结果感到惊奇，却并不得意。她妈妈却很快就对她说，看到他们俩可能喜结良缘，她作为母亲十分得意。不过，伊丽莎白决定先装糊涂。她知道不管自己怎么回答，都免不了要大吵一架。说不定柯林斯先生并不会求婚呢，这事没提之前，为他争吵没意义。

幸亏有奈泽斐的舞会可以准备和谈论，不然班内特家的两个小女儿这时可要难过了——从收到邀请到举办舞会那天，雨就没停过，因此她们一次麦里屯也没去成。见不到姨妈、军官，也没有八卦可听，舞鞋上用的绑花都是托人代买的。就连伊丽莎白也被这鬼天气考验着耐心——连绵的阴雨让她没能和韦克姆先生更加熟络起来。幸亏有星期二舞会的盼头，才让凯蒂和莉迪亚熬过星期五、星期六、星期日和星期一。

第十八章

伊丽莎白从未想过韦克姆先生可能会不来——直到她走进奈泽斐的客厅，在一群红色军装中左顾右盼，却怎么都不见他的身影。回想起来，过去发生的种种事情都该引起她的注意，可她太过确信会见到他，根本就没多想。她比平常打扮得更精心，兴高采烈地做足了准备，要赢得他那颗尚未被完全征服的心。她相信自己这一晚上的工夫就能做到。转眼间，一个可怕的想法涌上心头——为了让达西先生高兴，彬利家是否在邀请军官时故意把他漏掉了？虽然事实并非如此，但他的朋友丹尼还是确认了他的缺席。在莉迪亚的追问之下，他告诉她们韦克姆前一天有事进城了，到现在还没有回来。他带着意味深长的笑容补了一句："我想，要不是为了回避这里的某位先生，他也不会非得挑这时候去办事。"

他的话里有话，莉迪亚没听出来，但伊丽莎白听明白了。和她最初的猜想一样，韦克姆没来还是因为达西。内心的失望让她更憎恨达西了。过了一会儿，达西走过来礼貌地问候她，她甚至无法好声好气地回答他——对达西的理会、宽容和耐心，都是对韦克姆的伤害。她决定拒绝和他讲话，愤愤地转身就走了。即便是和彬利先生说话时，她也没法完全按捺住自己的不悦，因为他对达西的盲目偏爱也让她生气。

不过，伊丽莎白天生不是爱闹脾气的人。虽然当晚的美好设想都毁了，可她并没有低落太久。把伤心事和一周未见的夏洛特·卢卡斯念叨完，她很快就主动谈起了表兄的种种古怪，还不时在人群中把他点出来让她看。不过头两支舞又把她带回到痛苦中，跳得那叫一个丢脸。柯林斯先生笨拙又僵硬，不专心跳舞，净会道歉。他总跳错，又不自知，和一个讨厌的舞伴跳两支舞能丢的脸、能遭的罪，伊丽莎白都受尽了。从他手中解脱的那一刻，伊丽莎白简直欣喜若狂。

她接下来和一位军官跳了舞，和他谈起了韦克姆，听说人人都喜欢他，心情好了不少。跳完舞，她又回到夏洛特·卢卡斯身边。两人正说着话，达西先生突然叫她，出乎意料地邀请她跳舞。她一时没反应过来，就稀里糊涂地答应了。他说完立刻走开了，留伊丽莎白在原地气恼自己失去了理智。夏洛特安慰她说："你准会发现他也挺可爱的。”

“老天啊，千万别！**那**可是最倒霉的了！决心憎恨一个人，却发现他挺可爱。你可别咒我。”

等到重新开始跳舞，达西过来牵伊丽莎白的手，夏洛特悄声提醒她，别犯傻，不要因为迷恋韦克姆而得罪一个比他身价高十倍的人。伊丽莎白没说什么，站到自己的位置上，心里感到十分惊奇，自己竟有此等荣幸站在达西先生的对面。再看看身边的人们，他们脸上也露出惊讶的神情。两人站在那儿好一会儿都没有说话，她开始想见沉默可能会持续整整两支舞。开始，她下定决心不去打破沉默，可突然又想到，对他的舞伴来说，强迫他讲话才是更大的惩罚。于是，她就对舞蹈评论了几句。他做了回答，接着又是一阵沉默。过了几分钟之后，她又说：“达西先生，轮到**你**说点什么了。我聊了舞蹈，**你**就该谈谈房间的大小、舞伴的多少。”

达西笑了，向她保证，她让他说什么他就说什么。

“很好。我现在对这个回答还算满意。也许过一会儿，我会评论私人舞会比公共舞会有趣得多，不过**现在**我们可以暂时不讲话了。”

“你跳舞时的聊天是有提纲的吗？”

“有时有。好歹得聊几句啊。如果两个人一起跳半个小时舞，却始终一言不发，那看起来多奇怪。规定一些话题是为了**某些人**考虑，让他们用不着说太多。”

“就现在的情况来说，你这么做是为了自己考虑，还是为了让我高兴？”

“一举两得。”伊丽莎白调皮地说，“我一直觉得咱们俩性格有时挺像的，都不擅交际、沉默寡言。要么不说，要说就一定得惊艳全场，被当作箴言千古流传。”

“我看这并不像是你的性格。”他说，“至于像不像**我**的性格，我不敢说，但**你**一定觉得自己形容得恰如其分。”

“这我可不好自己评判。”

他没再回话，接下来又是一阵沉默。直到两人走下舞池，达西又问她和姐姐是否很少走路去麦里屯。她回答说是的，然后又忍不住说了一句：“那天在麦里屯碰到你的时候，我们正在结识一个新朋友。”

这话立刻产生了效果。达西脸色顿时阴沉了下来，但没有说话。伊丽莎白一边责怪自己对达西太心软，可还是说不下去了。过了好一阵，达西才勉强地说：“韦克姆先生天生性格讨喜，这让他很擅长结交朋友——他是否同样擅长维持友情，就另当别论了。”

“他失去了**你**的友情，可真是大不幸，”伊丽莎白拿腔拿调地说，“大概要痛苦一辈子了。”

达西没有说话，但似乎非常想换个话题。正在这时，威廉·卢卡斯爵士来到他们身边。他本想穿过他们俩到舞池另一边去的，可一见到达西先生，就停住了脚步。他深深地鞠了一躬，把他的舞姿和舞伴都夸了一遍。

“先生，我可真是大饱眼福了，如此精湛的舞姿实属罕见。不过我得说，您美丽的舞伴也毫不逊色。真希望以后也能常饱眼福，尤其是在某些令人期待的场合，亲爱的伊丽莎小姐。（说着朝她姐姐和彬利瞟了一眼）到时候道喜的人准会蜂拥而至！我希望达西先生——不，我还是别再打扰你啦，先生。你一定不乐意我耽误你和这位小姐谈笑风生，她那双明亮的眼睛也责怪我呢。”

后几句话达西几乎没听见，因为威廉爵士关于他朋友的那几句暗示让他十分震惊，他板着脸望向正在跳舞的彬利和简。不过他很快调整了一下，转身对舞伴说：“威廉爵士一打岔，我忘了之前我们在聊什么。”

“之前我们根本没讲话。威廉爵士可没法打扰这个房间里最无话可说的两个人。我们试了两三个话题，都聊不下去，我根本想不出接下来还能说什么了。”

“聊聊读书怎么样？”他笑着问。

“读书——哦，算了吧。我们大概从没读过同样的书，就算读了也不会有相同的感受。”

“你这么想真是太遗憾了。可要真是这样，那就更有话可聊了。我们可以交换不同的看法嘛。”

“不行——我没法在舞会上聊读书，我脑子里都是别的事。”

“在这种环境下，你只能顾着眼前的事，是吗？”他带着疑惑的表情问道。

“是的，一直如此。”她回答得心不在焉，心思早就飘到别处去了，因为她马上就冒出一句，“达西先生，我记得你曾经说过，你很难宽恕别人，一旦记恨起来，就很难消除。那我猜你一定不轻易记恨别人吧。”

“是的。”他说得很坚定。

“而且从不会被偏见蒙蔽？”

“我想是的。”

“如果一个人从不改变自己的看法，那他有责任在一开始就做出正确的判断。”

“请问你这些问题的用意何在？”

“只是为了了解你的性格，”她故作轻快地说，“我想搞清楚。”

“那搞清楚了吗？”

她摇摇头：“我一点也搞不懂。我听到的人们对你的看法相差太大，这让我非常困惑。”

“这我完全相信，”他郑重地答道，“人们对我的看法可能大相径庭。不过，班内特小姐，我希望你不要急于勾画我的性格，我有理由相信那对你我都没有好处。”

“可如果我不现在摸清你的性格，那可能再也没有机会了。”

“那我可不好搅了你的兴致。”他冷冰冰地回答。伊丽莎白没再说话，他们又跳了一支舞，然后默默分手了。两人都有点闷闷不乐，可程度有别——达西先生对伊丽莎白很有好感，于是很快就在心里原谅了她，转而把怒气都发泄在了另一个人身上。

他们刚分开不久，彬利小姐就来到她身边，带着一种高高在上的神气对她说：

“伊丽莎小姐，我听说你喜欢乔治·韦克姆！你姐姐跟我谈到了他，问了我一大堆问题。我发现这个小伙子跟你说了那么多，却忘了告诉你，他爹老韦克姆是已故的达西先生的管家。作为朋友，我想提醒你，不要轻信他说的所有话。说达西先生亏待了他，这完全是谎话；正相反，达西对他非常仁慈，反倒是乔治·韦克姆对达西卑鄙无耻。细节我了解不多，但我很清楚肯定不怪达西先生，他现在根本听不得乔治·韦克姆的名字。我哥哥觉得既然要邀请军官，便无法把他排除在外，可发现韦克姆没来他可高兴极了。韦克姆跑到这地方来简直厚颜无耻，我真不知道他怎么敢这样做。伊丽莎小姐，我很抱歉揭穿了你心上人的罪过，可说实话，就凭他那个出身，这也不足为奇。”

“听你的描述，他的罪过就是他的出身。”伊丽莎白气愤地说，“你说了这么一大通，无非指责他是老达西先生管家的儿子。我可以告诉你，**这件事**他本人早就跟我说了。”

“很抱歉，”彬利小姐冷笑了一下，转身就要离去，“我不该多管闲事的，我本是出于好意。”

“没礼貌的丫头！”伊丽莎白在心里说，“你要是以为这种卑鄙的人身攻击能够改变我的看法，那就大错特错了。从中我只能看到你的故作无知和达西先生的阴险恶毒。”随后她去找姐姐，因为姐姐答应了也去问问彬利这件事。简见到她时满脸微笑，容光焕发，显然非常享受这个夜晚。伊丽莎白立刻读出了她内心的喜悦，此时不管是对韦克姆的挂念，对他敌人的憎恶，还是其他种种感觉都不重要了，她只期盼简能获得最大的幸福。

“我想知道，”她和姐姐一样满面笑容地说，“关于韦克姆先生你打听到了什么。不过也许你玩得太开心了，没空想别人的事。别担心，我不会怪你的。”

“不，这事我没忘，”简回答说，“不过我并没打听到什么能令你满意的消息。彬利先生并不了解他的身世，也不知道达西先生是因为什么事被惹怒了。不过他可以为朋友的名誉担保，说达西品行端正，诚实正直，他确信达西先生对韦克姆先生已经仁至义尽了。我很遗憾，从他和他妹妹的话看来，韦克姆先生绝不是个正派的人。恐怕他为人非常轻浮，活该达西先生看不起他。”

“但是彬利先生本人并不认识韦克姆先生？”

“是的。那天早上在麦里屯是他们第一次碰面。”

“那他的这套说辞都是从达西那儿听来的，我明白了。关于牧师职位他怎么说？”

“他虽然听达西说过好几次，但记不得具体情况了。不过他很确定，那个职位要传给韦克姆先生是有条件的。”

“我相信彬利先生说的都是真心话。”伊丽莎白有些激动地说，“但也请你理解，我无法被几句担保说服。彬利先生为朋友的辩护很有说服力，可他本人对这件事的来龙去脉都不甚了解，其余的都是听朋友说的。这很难改变我对达西和韦克姆原先的看法。”

随后，她转而谈起了一个让两人都高兴，也不会产生意见分歧的话题。伊丽莎白欣喜地听姐姐讲起对彬利的好感，有点不敢奢求，却又掩饰不住开心，于是她就努力给姐姐打气，增强她的信心。说着，见彬利先生走了过来，伊丽莎白便去找卢卡斯小姐了。卢卡斯小姐问她和刚刚的舞伴跳得是否愉快，她还没来得及回答，只见柯林斯先生又跑了过来，欣喜若狂地说他走了好运，获得了一个大发现。

“我极其偶然地发现——”他说，“这房间里有我女赞助人的一位近亲。我碰巧听到那位先生对主人家小姐提起了他的表妹德·博尔小姐和她母亲凯瑟琳夫人。遇上这种事真是太神奇了！谁能想到我竟在这里遇上了，似乎是凯瑟琳·德·博尔夫人的外甥呢！谢天谢地，我发现得不算晚，还来得及去和他打招呼。我准备现在就去，相信他不会怪我来得太迟。我对这层关系毫不知情，道歉也情有可原。”

“你不会是要向达西先生做自我介绍吧？”

“当然了。我还要求他谅解，没有更早些来打招呼。我猜他就是凯瑟琳夫人的外甥。我至少可以告诉他，八天前她老人家身体还很好。”

伊丽莎白极力劝阻他不要这么做，说不经人介绍就去打招呼，一定会被达西先生认为是冒昧的行为，而不是对他姨妈的恭维。她说双方没必要打招呼，而且就算要打招呼，也应该由地位更高的达西先生先开口。柯林斯先生听着她的劝说，心里却已经拿定了主意。她话音刚落，他就说：

“我亲爱的伊丽莎白小姐，我无比赞赏你在所有自己熟知的问题上所展现的出色判断力。不过恕我直言，普通人的礼节和神职人员的礼节大不相同。容我多说一句，我认为神职人员的身份和这世上地位最高的人一样高贵——当然了，也要保证举止谦卑得体。因此请允许我在这件事上遵从内心的指引，让我得以履行自己的职责。在任何其他事情上，我都会把你的建议当作行事的准则，但眼下这件事恕难从命。我认为，不管是从受的教育还是对礼节的研究上来讲，我都比你这样的小姐更会判断怎样做才得体。”说完他朝伊丽莎白轻轻鞠了一躬，就去骚扰达西先生了。伊丽莎白密切关注着达西先生面对如此冒失的行为会有怎样的反应。显然，表兄的问候让他大吃一惊。柯林斯先生深深鞠了一躬，然后开始讲话。她虽然一个字也听不见，却又好像全都听见了，看着他嘴唇一张一合，吐出的字眼不过是“抱歉”“汉斯福德”和“凯瑟琳·德·博尔夫人”。看他在那个男人面前这样出洋相，伊丽莎白很恼火。达西先生看着他，毫不掩饰自己的不解，等柯林斯的长篇大论终于结束，他才冷淡地客套了几句。不过柯林斯先生并没有受到打击，又开始滔滔不绝地讲起来。他说个没完，达西先生的鄙夷则与之俱增。等他刚一说完，达西微微躬了一下身子，扭头就走了。柯林斯先生这才回到伊丽莎白身边。

“我得说，我对于自己得到的回应非常满足，达西先生对于我的问候似乎很开心。他不但彬彬有礼地回了我的话，甚至还恭维了我两句，他说非常相信凯瑟琳夫人的判断力，她不会帮助不值得的人。这个想法太妙了。总的来说，我很喜欢他。”

眼下，伊丽莎白找不到让自己感兴趣的事了，于是将注意力全部转移到姐姐和彬利先生身上。观察到的情景，让她心生一连串开心的念头，变得几乎和简一样幸福。她仿佛看到简住进了眼前这所豪宅，夫妇俩恩爱有加。想到这儿，她觉得自己甚至能爱屋及乌地喜欢上彬利家的两姐妹。她明显看出妈妈心里也转着同样的念头，于是决定不要轻易走到她身边，不然又要听她唠叨个没完。当她们坐下来吃夜宵时，伊丽莎白被安排在妈妈身边，心里觉得这简直太倒霉了。更让她气恼的是，妈妈正和邻座的卢卡斯夫人毫无遮拦地聊天，说她多么希望简赶快嫁给彬利先生。这是个令人激动的话题，班内特夫人不知疲倦地细数这桩婚事的好处——彬利先生性格好又有钱，住处离她家只有三英里，这是值得庆幸的头几点。其次，彬利的姐妹非常喜欢简，她们一定和她一样希望这门亲事能成，这也令人欣慰。再次，这对简的几个妹妹也是好事，她嫁入豪门之后，一定会给妹妹们带来机会，遇上其他有钱人。最后，在她这个年纪能把单身女儿都交由她们的姐姐照看，也是一大幸事，她再不必为了陪她们而过多社交。把这当成一件好事，是符合社交礼仪的。可事实上，班内特太太这辈子最受不了在家闲着了。最后，她一再祝愿卢卡斯太太很快也能拥有同样的好运，不过很显然，她心里扬扬得意地认为这绝无可能。

伊丽莎白想劝妈妈少说两句，倾吐乐事的时候要小声些，因为她说的话准都被坐在对面的达西先生听到了，这让伊丽莎白非常恼火。可她说什么都没用，妈妈反倒怪她胡说八道。

“达西先生算老几，我为什么要怕他？我们犯不着对他那么客气吧，**他**不想听的话就都不能说。”

“这位夫人，求您小点声吧。冒犯达西先生对你有什么好处？你这样做，他的朋友也会瞧不起你的！”

可说什么都没用，她妈妈继续毫不掩饰地表达她的期待。伊丽莎白因为羞愧和恼怒一阵阵脸红，总是忍不住朝达西先生望去，每看一眼便更证实了她的担忧。虽然他没有总盯着她妈妈看，但伊丽莎白相信，他一直留心听着她说的话。他的脸色刚开始显得气愤和鄙夷，慢慢变得镇定又严肃了。

终于，班内特太太说够了。卢卡斯夫人听她翻来覆去说那些高兴事，自己却完全无法感同身受，早就听烦了，现在终于可以安生地吃点冷火腿和鸡肉了。伊丽莎白终于缓过劲儿来，可是却没清净多一会儿。刚吃完夜宵，有人提议唱歌，她看到玛丽几乎不请自来，感觉窘得要命。她拼命向玛丽使眼色，默默恳求她不要这样过分卖弄，结果都是徒劳。玛丽是不会看懂她的意思的，她就喜欢这种出风头的机会，于是开口唱了起来。伊丽莎白盯着她，内心十分煎熬。她焦心地听她唱了好几段，好不容易等她唱完了，自己的不安却丝毫未减。因为玛丽在接受听众的感谢时听到了一丝礼貌性的邀请，希望她再来一首，歇了半分钟之后便又开口了。依玛丽的水平，并不适合这样展示自己——她嗓门小，姿态也扭捏。此时的伊丽莎白已经坐不住了。她望向简，想看她作何反应，结果发现她还在神态自若地和彬利先生聊天。她又望向彬利的两个姐妹，看到两人正冲着对方和达西挤眉弄眼，而达西还是那样板着个脸。最后她朝父亲看去，求他出面阻拦，不然玛丽会唱一整晚的。父亲会了意，等玛丽唱完第二首歌，便大声说道："孩子，你今天唱得够多了，给我们带来的欢乐也够多了。给其他小姐留一点展示的机会吧。"

玛丽虽然装作没听见，但还是慌了神。伊丽莎白既为她感到难过，又为她爸爸那样发言感到难过，觉得自己这么劳心并没换来什么好结果。这时，有其他人被请上来唱歌了。

"我要是有唱歌的天赋，"柯林斯先生说，"一定愿意一展歌喉。我觉得音乐是一种非常纯洁的消遣，和牧师这个职业也很相配。当然了，我也不是说应该把过多时间花在音乐上，毕竟我们还有许多别的事情要做。教区长有很多职责。首先，他要制定好什一税[1]，既要保证自己的利益，又不能侵犯纳税人的利益，他还得亲自写祷文。这样一来，

1 Tythes，指教区所有成员在法律上有义务向教区牧师缴纳百分之十的农畜产品税。决定每个人的农畜产品是什么，以及如何缴纳，是一项十分复杂的工作。

剩下的时间就不多了，不但要处理教区事务，还要打理和修缮自己的住宅，住得舒服是一定要的。我认为教区长另一个重要职责就是关心和安抚所有人，尤其是提拔他的人。在我看来，这是义不容辞的责任，如果一个人遇到了恩人的亲戚，却没有抓住机会表达敬意，那也太不像话了。”说完，他朝达西先生鞠了一躬，算是结束了这席话。他嗓门很大，半个屋子的人都听见了。有些人盯着他看，有些人笑了，但最以此为乐的还要数班内特先生。而他太太却认真地称赞柯林斯先生话说得得体，并且稍微压低声音告诉卢卡斯夫人，他是个极其聪明可爱的年轻人。

伊丽莎白觉得，她的家人就算是商量好了要在哪天晚上出尽洋相，也无法比现在做得更起劲儿、更成功了。彬利和姐姐可真幸运，很多丑态尽显的场面彬利都没注意到，而且他也不会因为看到一些闹剧就不高兴。不过，他的姐妹和达西先生这下可有机会取笑她的家人了。更糟糕的是，她自己也说不清，达西先生默不作声的鄙夷和两位女士傲慢的窃笑，哪种更让她难以忍受。

那个夜晚剩下的时间也没能让伊丽莎白高兴起来。她一直被柯林斯先生缠着，他寸步不离地跟在她身边，虽然没能说服她再跳一支舞，却也搞得她没法和别人跳。她劝他去和别人跳舞，还主动提出把他介绍给在场其他的年轻小姐，结果都是徒劳。他明确地告诉她，跳不跳舞无所谓，他主要的目的是悉心关照她，以赢得她的好感。为此，他整晚都要陪伴在她左右。他打定了主意，说什么都没用。令伊丽莎白宽慰的是，她的朋友卢卡斯小姐经常加入他们俩的对话，并且和气地和柯林斯先生聊天。

不过至少，达西先生不会再来招惹她了。他经常站在离她很近的地方，边上也没别人，却一直都没走过来跟她说话。她觉得可能是她之前提到了韦克姆先生的缘故，还暗自得意。

在一众宾客中，朗博恩一家是最后走的。凭借班内特太太的小伎俩，他们在所有人都离开后多等了一刻钟，马车才到。这给了他们机会，看主人家有多等不及他们离开。赫斯特夫人和她妹妹很少说话了，一张口就是抱怨太累了，显然是在下逐客令。班内特太太每次试图和她们搭话都被拒绝了，弄得大家都无精打采的。柯林斯先生长篇大论地称赞彬利先生和小姐们的舞会办得多么有格调，对客人又是多么礼貌热情，也没能让大家打起精神。达西一言未发，班内特先生同样沉默不语，站在那里看热闹。彬利先生和简两个人站在一起，和其他人有些距离，只顾和对方聊天。伊丽莎白和赫斯特夫人、彬利小姐一样保持沉默，连莉迪亚都累得没力气说话，只是偶尔嚷一句“天哪，我太累了！”接着便哈欠连天。

等他们终于起身离开时，班内特太太万分客气地表示，希望很快能在朗博恩见到彬利一家，还特别对彬利先生说，不管哪天，他要是不用正式邀请就能到家里来吃顿便饭，他们将不胜荣幸。彬利听了非常开心，说他明天有事要到伦敦去几天，等他回来，一有机会就立刻来拜访。

班内特太太心满意足地离开了，心里畅想着准备好嫁妆、新马车和婚纱，不出三四个月，就能看到女儿入主奈泽斐了。她还深信不疑，另一个女儿也要嫁给柯林斯先生了。虽然不是同样开心，但也相当开心。在所有的女儿中，她和伊丽莎白最不亲。虽然这个男人和这桩婚事对她来说已经足够好了，可是比起彬利先生和奈泽斐庄园，就黯然失色了。

第十九章

第二天，又一出戏在朗博恩上演。柯林斯先生正式提出了求婚。鉴于假期到下周六就结束了，而且他丝毫不觉得害羞或是难为情，他决定不再耽搁，有条不紊地着手行动。凡是他认为求婚必备的礼节，都一一照办。刚吃过早饭，他看到班内特太太、伊丽莎白和一个妹妹待在一起，于是对班内特太太说道："夫人，我想请您美丽的女儿伊丽莎白赏光，今天找个时间和我单独谈一谈。作为她的母亲，您同意吗？"

伊丽莎白一听，惊得涨红了脸。还没等她反应过来，班内特太太立马就回答说："天哪！同意，当然同意。丽兹肯定很愿意——她不会拒绝的。凯蒂，快，上楼去。"她自己也拿起针线活，快步离开。这时，伊丽莎白叫道："妈妈，别走，求你了。柯林斯先生不会怪我的。他要跟我说的话，别人也能听。这样的话我也要走了。"

“不行，别胡闹，丽兹。我希望你别走。”眼见伊丽莎白又气又窘，怕是真要逃跑，她又加了一句，“丽兹，你给我待在那儿别动，听柯林斯先生说。”

伊丽莎白只能从命——等她稍微冷静一下，转念一想，最好还是赶紧把这件事解决了，别闹出大动静来。于是她坐下来，拿起针线活，尽力掩饰自己哭笑不得的心情。等班内特太太和凯蒂一走，柯林斯先生就开口了。

“亲爱的伊丽莎白小姐，你的羞赧非但不令人反感，反而让你更完美了。要是没有这点小小的不情愿，我倒不会觉得你如此可爱了。不过请放心，我和你的这次谈话已经得到了令堂的准许。不管天生的羞怯让你如何装糊涂，也一定明白了我的意图。我对你的百般殷勤够明显了，你不可能会错意。我几乎是在一踏进你家门，就选定了你作为我未来的伴侣。不过趁着还能控制自己的感情，我或许应该先说说我为什么要结婚，以及为什么要到赫特福德来挑选妻子。”

柯林斯先生板着一张脸，却说自己要控制不住感情了，这让伊丽莎白差点笑出声，所以没能在他停顿的时候制止他。他继续道：

“我结婚的原因有三。第一，我认为所有生活优渥的神职人员（比如我），都应该在教区树立起婚姻的典范；第二，我相信结婚会大大增进我的幸福；第三——我或许应该更早提到这一点——我有幸奉为资助人的那位高贵的夫人特别叮嘱了我。她两次屈尊就这个问题给我建议（而且是她主动的），其中一次就在我离开汉斯福德那个星期六的晚上。我们打四十张的间隙，詹金森夫人正给德·博尔小姐放脚凳，她对我说：'柯林斯先生，你一定要结婚。像你这样的牧师必须结婚。要谨慎选择——为了我，挑一位有教养的淑女；为了你自己，挑一个活泼能干的。不一定出身富裕，但要能勤俭持家。这是我的忠告。尽快找一个这样的女人带回汉斯福德来，到时候我会见她的。'亲爱的表妹，让我来告诉你，凯瑟琳·德·博尔夫人的关怀体贴，是我能提供的一大优势条件。你会发现她极为亲切和蔼，至于你的机灵活泼，我认为她也会接受。更何况，在她高贵的地位面前，人人都会更恭顺、文静一些的。这些就是我想要结婚的主要原因，不过我还要告诉你，为什么我放着自己家附近那些可爱的女孩子不要，非得到朗博恩来找妻子。原因就是，令尊去世之后（当然了，他也可能长命百岁），我会继承这座庄园，我自认为应该从他的女儿中选妻子为宜。这样一来，等到令尊不幸西去那日，可将你们的损失降到最低——当然了，正如我之前所说，这事可能很多年后才会发生。亲爱的表妹，这就是我选择你的理由，希望你不会因此瞧不起我。现在我没有其他话要说了，只能用肺腑之言表达我对你最炽热的感情。关于嫁妆，我完全不在意，也不会为难你父亲，因为我知道他也满足不了。你唯一能得到的那一千英镑的百分之四，也要等你母亲去世后才能拿到手。所以我将绝口不提钱的事情，你也大可放心，婚后我也不会为此而责怪你。”

现在非打断他不可了。

“先生，你太心急了，”伊丽莎白大声说，“你忘了，我还没回答你呢。让我这就回答你，不要再浪费时间了。我很感激你对我的溢美之词，也对你的求婚倍感荣幸。但我别无他法，只能拒绝。”

柯林斯先生听罢，郑重地摆了摆手，说道：“我早就听说，男人第一次求婚的时候，许多年轻女孩儿明明心里愿意，却要假装拒绝。有时候甚至还会拒绝两次、三次。因此我不会为你刚刚这番话而灰心丧气，我相信不久之后，我就能把你领到教堂举行婚礼了。”

“恕我直言，先生，”伊丽莎白嚷道，“在我表明态度之后，您还抱着这种希望，真是不一般。我向您保证，即便真有那种女孩子，不惜用自己的幸福冒险，要人家求两次婚，我也绝对不在其列。我的拒绝是认真的——你无法让**我**幸福，我也绝对无法让**你**幸福。唉，您的朋友凯瑟琳夫人要是认识我，一定觉得我哪个方面都不符合她的要求。”

“即便凯瑟琳夫人真这么想，”柯林斯先生郑重地说道，“我觉得她也不会看不上你的。而且你放心，下次我再见到她的时候，一定好好夸赞一番你恭顺、勤俭等美好的品德。”

“柯林斯先生，夸赞我实在没必要。您必须允许我自己做出判断，并且赏光相信我说的话。我希望您生活美满、财运亨通。我拒绝您的求婚，就是为了成全您的幸福。如今您婚也求过了，不必再觉得对不起我家，将来朗博恩落入你手，也不用受之有愧了。这件事就算是解决了。”她说着起身，正准备走出房间，柯林斯先生又对她说：

“我希望，下次再有幸和你谈这件事时，能得到一个令人更满意的回答。这次我不会怪你残酷无情，因为我知道女性拒绝第一次求婚是惯例。你现在这么说，也许既是为了鼓励我继续求婚，也是为了符合那种女性微妙的特质。”

“柯林斯先生，”伊丽莎白有些激动地嚷道，“你这人太莫名其妙了！我把话说到这个份上，在你听来还是鼓励，那我真不知道怎么说才能让你死心。”

“亲爱的表妹，请允许我说句不自量力的话——我认为你的拒绝不过是说说而已。我的理由如下：我的求婚绝不至于不值得接受，我能提供的生活条件也非常有吸引力。我现在的地位，与德·博尔家的关系，再加上我和你的关系，都是我的有利条件。你另外还得考虑一下，虽然你有各种优点，可除我之外也许再没人会向你求婚了。你的财产少得可怜，可能会抵消掉你所有可爱的品质。因此我才得出结论，你并不是真心要拒绝我，而是在效仿矜持的女士们惯用的计策，想欲擒故纵，从而得到我更多的爱。”

“我向您保证，先生，我绝不会这样假装矜持来折磨一个堂堂绅士。我反倒希望您能给我点面子，相信我的真诚。您向我求婚，这让我万分感激，但要我接受，却绝无可能。我内心的感觉让我无法接受。还要说得更直白些吗？请不要把我当作一个矜持的小姐，诚心要吊你的胃口。请把我视为一个明事理的人，相信我说的都是真心话。”

“你真是自始至终都那么可爱！”他面带窘相地讨好说，“我相信只要过了令尊令堂那一关，我的求婚一定会被接受的。”

他诚心自欺欺人，那伊丽莎白也无话可说了，赶忙默默离开。她决定，如果柯林斯先生执意把她的拒绝当鼓励，那她就只能求助于父亲了，他一定会回绝得斩钉截铁。由他来说，总不会再被认为是矜持的小姐在欲擒故纵和卖弄风情了。

第二十章

柯林斯先生没能在美满的姻缘里畅想太久，因为班内特太太一直在门廊上晃来晃去，等着他们结束谈话。伊丽莎白刚一开门，她就急匆匆地冲到楼梯口，走进早餐室，亲热地祝贺柯林斯先生和她自己好事将近，亲上加亲。柯林斯先生开心地接受了她的祝贺，并祝贺了她，然后一五一十地给她复述了谈话的内容。他说相信最终的结果会令他满意的，因为表妹的多次拒绝不过是她腼腆羞涩、娇弱性情的自然流露。

可是班内特太太听到这话，心里却一惊。她女儿若真是对他的求婚欲迎还拒，那她当然高兴，可她心里却没底，而且忍不住照实说了出来。

“不过，柯林斯先生，你别担心，”她补充道，“丽兹会醒悟的，我现在就去找她谈。她这孩子又倔又傻，根本不懂得为自己打算，但我会让她明白的。”

“抱歉打断你，夫人，”柯林斯先生提高了音量，“可她若是又倔又傻，那我反倒不确定她还是不是我要找的妻子，毕竟我这种地位的男人，结婚自然要追求幸福。如果她坚持拒绝我的求婚，或许还是不要勉强她了。她这样的脾气，怕是也带不来什么幸福。”

“先生，您完全误会了，”班内特太太惊慌地说，“丽兹只在这种事上固执，其他时候她的脾气简直不能再好了。我现在就去找班内特老爷，我们很快就能把她搞定，我保证。”

没等他回答，她就跑去找丈夫了。她一边走进书房一边喊：“哎呀，班内特老爷！快出来，现在家里全乱套了。你赶紧去找丽兹让她嫁给柯林斯先生，她说什么都不肯，再不快点他就改主意不要她了。”

看到太太进来，班内特先生从书本上抬起眼睛，平静地看着她，一副漫不经心的样子，对她的话毫无反应。

“很抱歉，我没懂你的意思。”等太太终于说完，他问道，“你在说什么？”

“柯林斯先生和丽兹的事。丽兹说不嫁给柯林斯先生，于是柯林斯先生开始说他也不要丽兹了。”

“那你让我怎么办？听起来是没戏了。”

“你亲自去找丽兹谈，就说她非嫁不可。”

“那就把她叫过来，让她听听我的意见。”

班内特太太摇铃把伊丽莎白叫到书房来。

“过来，孩子，”一见到她，父亲就大声说道，“我叫你来是有件要紧事。听说柯林斯先生向你求婚了，是真的吗？”伊丽莎白回答说是真的。“很好——这门亲事被你拒绝了？”

“是的，父亲。”

“很好。现在问题来了。你妈妈坚持要你接受求婚。对吧，班内特夫人？”

“是的，否则我就再也不见她了。”

“伊丽莎白，现在有个不幸的抉择摆在你面前。从今天开始，你要与父母中的一人形同陌路。如果不嫁给柯林斯先生，你母亲就永远不见你了；可你要是嫁给他，我就永远不见你了。”

伊丽莎白猜到了开头却没猜到结局，情不自禁地笑了起来。而班内特太太本以为她丈夫会如她所愿地处理这件事，现在却大失所望。

“班内特老爷，你这话是什么意思？你答应过我，一定要让她嫁给柯林斯先生的。”

“亲爱的，”她丈夫说道，“我有两个小小的请求。第一，让我自由地运用自己的判断力来看待这件事；第二，让我自由地使用自己的书房。我希望你们能快点离开，还我点清净。”

虽然在丈夫那里碰了壁，但班内特太太不打算善罢甘休。她软硬兼施地和伊丽莎白谈了又谈，还要拉着简帮腔，不过简婉言拒绝了，说不想插手。面对母亲的强攻，伊丽莎白时而严肃恳切，时而嬉皮笑脸地应付着。虽然态度不同，但她的决心始终如一。

与此同时，柯林斯先生把刚发生的事又琢磨了一番。他自视太高了，实在无法理解表妹有什么理由拒绝他。不过，除了自尊心有点受伤，他也没什么别的损失。他对她的喜欢不过是一种幻想，再加上她可能真如她妈妈所说的又倔又傻，那也没什么可遗憾的。

班内特家正乱作一团，夏洛特·卢卡斯恰巧来拜访。莉迪亚在门廊上见她来了，立刻飞奔过去，压低嗓门冲她叫道："你来得真是时候，现在可热闹了！你猜早上出了什么事？柯林斯先生向丽兹求婚，被她拒绝了。"

夏洛特还没来得及回应，凯蒂也跑来报告了同样的消息。她们一起走进早餐厅，发现班内特太太一个人坐在那儿。见她们来了，她又立刻提起这事，并求卢卡斯小姐可怜可怜她，劝劝她的朋友，从了全家人的心愿。"拜托了，亲爱的卢卡斯小姐，"她带着忧郁的语气说，"没人站在我这边，没人支持我。一个个对我都那么狠心，完全不体谅我脆弱的神经。"

夏洛特正要张口，简和伊丽莎白进来了。

“哟，说着就来了，”班内特太太继续说，“看她那一脸事不关己的样子。只要能由着她的性子，就算我们都住到远在天边的约克[1]去，她也丝毫不会在意的。不过我告诉你，丽兹小姐——如果你执意像这样拒绝每一个求婚的话，就永远也嫁不出去了。等你爸爸不在了，我可不知道谁能养你，反正**我**是养不起。别说我没警告过你。从今天开始，咱们俩一刀两断。就像我在书房里说的，我今后再也不理你了，说到做到。我本来也不爱跟人聊天，跟不孝子更是没什么好说的。像我这样神经脆弱的人，向来也不爱说话。谁也不知道我受了多少苦！但事情总是这样的，你越是忍着不说，越是没人可怜。”

她的女儿们一声不响地听着她发泄。她们明白，这种情况下，不管是和她讲理还是安慰她，都只会火上浇油。于是，她们就由着她念叨，谁也不去打断她。后来柯林斯先生走了进来，脸上的表情比平时更加严肃。见他来了，班内特太太对小姐们说：“现在你们所有人都把嘴闭上，让我和柯林斯先生单独聊几句。”

伊丽莎白默默离开了房间，简和凯蒂也跟在她后面出去了，只有莉迪亚留在原地，打定主意要听他们说些什么。夏洛特是被柯林斯先生耽搁了一下，他仔细周到地问候了

1　York，英格兰北部城镇。

她和她的家人，然后她又有点好奇，便走到窗边，假装没在听。班内特太太带着哀怨的语气开始了这场计划中的谈话："唉！柯林斯先生呀！"

"尊敬的夫人，"他答道，"这件事我们从此绝口不提了吧。"他带着不悦的语气继续说道，"我绝不会记恨您女儿的行为。忍受不可避免的坏事是所有人都要经历的，尤其像我这种年纪轻轻就有幸获得要职的人，更该如此。而我确实也做到了逆来顺受。倘若可爱的表妹接受了我的求婚，或许我还会怀疑是否能得到真正的幸福。因为我常常发现，幸福一经拒绝，就会渐渐在我们心中失去价值。此时，最好的办法就是顺其自然。亲爱的夫人，我没有尊请您和班内特先生代我出面施压，就自作主张收回了向您女儿的求婚，还希望您不要怪我对您全家不敬。我接受了令爱口中的拒绝，而不是你们的拒绝，也许并不妥当，但人非圣贤嘛。这件事自始至终我都是好意——既为自己寻得一个可爱的伴侣，也考虑到了您家的利益。假如我的做法有什么不妥的地方，我在此道歉。"

第二十一章

关于柯林斯先生求婚的讨论差不多告一段落了，伊丽莎白不过要再忍受些不可避免的尴尬和妈妈偶尔阴阳怪气的抱怨。至于柯林斯先生本人——他既不尴尬，也不难过，甚至不会避开伊丽莎白，只是板着个脸，生闷气不说话。那天余下的时间里，他再也没理过她，先前自许的殷勤劲儿都转到了卢卡斯小姐身上。卢卡斯小姐能彬彬有礼地听他说话，这让大家都松了口气，尤其是伊丽莎白。

到了第二天，班内特太太的脾气和身体都不见好转，柯林斯先生也还是那副生气又傲慢的样子。伊丽莎白本希望他一生气就会提前离开，可他的行程似乎完全没受到影响。他计划要在周六走，就一分钟也不会提前。

早饭后，小姐们走路去麦里屯打听韦克姆先生回来了没有，并对他缺席奈泽斐的舞会表达惋惜。她们刚到镇上，就碰见了韦克姆。他陪他们去了姨妈家，对未能参加舞会表示遗憾和懊恼，大家则对他表示了关心，交谈得十分愉快。不过，他主动告诉伊丽莎白，他是自愿缺席舞会的。

“随着舞会的临近，”他说，“我觉得最好还是不要和达西先生碰面了。和他在同一个舞会、同一个房间待上好几个小时，我怕是受不了，那场面可能也要搅了别人的兴致。”

伊丽莎白对他的隐忍大加赞许。后来，韦克姆和另一位军官陪她们走路回朗博恩。一路上韦克姆对伊丽莎白格外关照，两人不但对舞会的事聊得十分尽兴，还互相恭维了一番。他陪她们回来有两个好处：一来伊丽莎白觉得这是对她本人的恭维；二来这是个绝好的机会，可以把他介绍给爸妈。

她们刚到家，班内特小姐就收到一封信，是从奈泽斐寄来的。这封信精致小巧，被熨烫得平平整整，字迹娟秀流畅，显然出自一位小姐之手。伊丽莎白看到，姐姐读着读着脸色就变了，还盯着某些字句看了很久。简很快整理好心情，把信放在一边，努力像平常一样高高兴兴地和大家聊天。可伊丽莎白却感到非常不安，甚至没心思关心韦克姆了。等他和同伴一离开，简立刻给伊丽莎白使了个眼色，叫她上楼去。两人回到房间，简便掏出信说：“是卡洛琳·彬利寄来的，信上的话让我非常意外。他们一行人现在已经离开了奈泽斐，回城里去了——而且不打算回来了。

我念给你听。”

她念出了信上的第一句，说他们已经决定动身跟彬利一起回城，并打算在格罗夫纳街停下吃个饭，因为赫斯特先生在那里有幢房子。接下来她读道：“离开赫特福德我没什么不舍的，除了你的陪伴，我亲爱的朋友。但我们应该怀有希望，有朝一日还能像之前那样愉快地聊天。与此同时，让我们经常通信，无话不谈，以消离愁。不胜企盼。”面对信里这些浮夸的辞藻，伊丽莎白不以为意。虽然她们的突然离开令她意外，但她觉得没什么好惋惜的——其他人离开奈泽斐，不妨碍彬利先生继续留下。至于失去和她们的来往，她相信只要有彬利的陪伴，简很快就不会在意了。

“真遗憾，”伊丽莎白顿了一下，然后说道，“朋友们走之前，你们没能再见一面。不过，难道我们不该希望彬利小姐期盼中的重聚的欢乐，比她想象中的更早到来吗？等你们成了姑嫂，岂不是比当朋友更开心？彬利先生是不会被她们扣留在伦敦的。”

“卡洛琳说得很明确，他们所有人这个冬天都不会回赫特福德了。我念给你听。”

我哥哥昨天离开时说，他大概三四天就能把事情办妥。我们认为这不可能，而且我们知道，一旦查尔斯进了城，就不会急着离开。于是我们决定跟过去，这样他空闲的时候也不用在酒店里受罪。我们的很多熟人已经去那儿过冬了，亲爱的朋友，我真希望你也是其中的一员——不过我不敢奢望。衷心希望你在赫特福德的圣诞充满节日的欢乐，希望你被情郎环绕，不会因为失去我们这三个朋友而感到失意。

“这说得很明白了，”简说，“他今年冬天不会回来了。”

“这只能说明彬利小姐**不希望**他回来。”

“你为什么这么想？这肯定是他自己的决定。他不需要别人为他做主。不过你还不了解**全部**情况呢。我给你读读最让我伤心的一段，对你我毫无隐瞒。”

达西先生等不及见他妹妹了，说实话，**我们**也同样希望再见到她。我认为论美貌、气质和才艺，没人比得上乔治亚娜·达西。我和路易莎太喜欢她了，对她的感情又多了一层，甚至希望她有朝一日能成为我们的嫂子。我的这份心思不知以前是否和你提过，不过我一定要在离开之前告诉你，相信你也不会觉得这不合情理。我哥哥本就非常喜欢她，从现在起更是能常常与她相见了。更何况，两家人都希望他们能喜结良缘。查尔斯这个人，很擅长赢得女人的芳心，我这么说可不是因为我是他妹妹。既然所有这些情况都在促成这门婚事，他们面前又毫无阻碍，那亲爱的简，我对于这件皆大欢喜的事满怀期待有错吗？

“**这**句话让你怎么想，亲爱的丽兹？”简念完信问道，“说得还不够明白吗？卡洛琳不是清清楚楚地表明她不认为，也不希望我成为她嫂子，确信彬利对我没有意思吗？她若是隐约感觉到我对彬利的感情，那这就是特意（非常好心地）提醒我吧？这些话还能有别的解释吗？”

“有的，因为我的解读就完全不同。你愿意听吗？”

“当然。”

“你一听就明白了。彬利小姐看出她哥哥爱上了你，却希望他娶达西小姐。她跟着他进城是为了把他扣在那儿，同时让你相信他并不喜欢你。”

简摇了摇头。

“肯定是这样的，简，你相信我。但凡见过你们俩在一起的人，就不会怀疑他对你的一片痴情。我相信彬利小姐也看出来了，她又不傻。她要是能从达西先生身上看到有这一半的感情，现在怕是婚纱都备好了。但问题是，首先，我们的财产、地位攀不上他们，而且她急着把达西小姐许配给她哥哥，是盘算着两家的联姻有了**一次**，第二次就会容易很多。这个主意确实很聪明，要不是有德·博尔小姐在中间碍事，很有可能成功。可是啊，亲爱的简，你可千万不要因为彬利小姐告诉你她哥哥非常喜欢达西小姐，就认为他在星期二离开的时候对你的倾慕会有丝毫的减少。你也别以为她有能耐说服他，让他相信自己爱的不是你，而是她的朋友。”

“如果我们对彬利小姐看法一致，”简答道，“那你的说法会让我放下心来。但我知道你的理由是有偏见的。卡洛琳并不会诚心骗人，所以如今我只能期望她是在自欺欺人。”

“这就对了。既然我的说法不能安慰到你，你能这么想也不错——就权当是她弄错了吧。现在你好话也帮她说过了，就别再替她担心了。”

“可是啊，我的好妹妹，即便往好处想——假设我真能嫁给他，可如果他的姐妹和朋友们都希望他娶别人，我能幸福吗？”

“这只能你自己决定，”伊丽莎白说，“如果经过慎重考虑，你觉得得罪了她妹妹带来的痛苦，比做他太太带来的快乐还要多，那我劝你趁早拒绝他。”

“你这是什么话？”简淡淡一笑，“你明知道，虽然得不到她们的认可会让我非常伤心，但我肯定毫不犹豫。”

“我想也是。既然如此，我觉得你的处境也没什么好令人担心的。”

“可如果他冬天不回来，我也用不着做决定了。六个月的时间，什么都可能发生！”

怕他不回来的这种想法，伊丽莎白完全嗤之以鼻。她觉得这只是卡洛琳的一厢情愿，不管表达得露骨还是委婉，对于一个完全独立的年轻人来说，都不会造成影响。

她一再向简强调她的看法，并立刻收到了喜人的效果。简本就不是个容易消沉的人，虽然有时担忧还会盖过希望，但听了妹妹的话，她还是重新相信彬利会回到奈泽斐，并满足她所有的心愿。

姐妹俩商量好，对母亲只说彬利一家离开的事，而不提他离开的原因，免得她又要惊慌了。可班内特太太只听到这点消息就已经非常不安了，哀叹说刚刚跟两位小姐熟络起来，她们就离开，这也太不巧了。嚷嚷了一阵之后，她又欣慰地想起，彬利先生很快会回朗博恩吃饭的。最后她心满意足地说，虽然只是请他来吃便饭，她也会精心地准备上两道大菜。

第二十二章

班内特一家被邀请去卢卡斯家吃饭，又是多亏了卢卡斯小姐一整天都陪着柯林斯先生说话。伊丽莎白找机会表示了感谢。“你能这样做让他很高兴，”她说，“我说不出有多感谢你。”夏洛特宽慰朋友说，自己很乐意帮忙，她不过付出了一点时间，却得到了很多快乐。这样做固然好，可夏洛特的善意远远超出了伊丽莎白的意料——为了防止柯林斯先生再向伊丽莎白求婚，她决心让他转而向自己求婚。这就是她的计策，看起来实施得非常顺利。当晚分手时，她估摸着此事本已十拿九稳，只可惜柯林斯先生很快就要离开赫特福德了。不过，她错估了对方的激情和不管不顾的性子。第二天一大早，他就鬼鬼祟祟地溜出了朗博恩，跑到卢卡斯小舍去，拜倒在了她的石榴裙下。他唯恐被几个表妹发现——她们若是看到他溜出去，准能猜到他想干吗，可这种事若是没有十足的把握，他才不想被人知道。他有理由相信此事能成，因为夏洛特挺有那方面意思的，可周三碰了那一鼻子灰还是多少挫伤了他的自信。结果，他受到了热情的欢迎。卢卡斯小姐从楼上的窗子看到他往这边走，连忙跑到小路上去迎他，装作偶然碰到。可她万万没想到，等待她的是多么炽热的爱的告白。

在柯林斯先生的长篇大论之后，两人立刻把一切都谈妥了。他俩刚一进门，他就急不可耐地让她选定大喜之日。虽说这种请求按规矩必须先拒绝，但夏洛特绝不愿把他的幸福当儿戏。与生俱来的那副蠢相让他在求爱的时候毫无魅力可言，没有女人会享受被他追求的感觉。卢卡斯小姐之所以选择他，纯粹是因为想找个归宿，完全不在乎是不是操之过急。

两人立刻去找威廉爵士夫妇征求意见，老两口也格外开心地应允了。以柯林斯先生现在的境况来看，这门婚事对他们的女儿来说再合适不过了——他们家拿不出什么财产，而对方未来的财富却十分可期。卢卡斯夫人开始带着前所未有的兴致计算班内特先生还有多少年好活。威廉爵士则立下决心，柯林斯先生将朗博恩庄园收入囊中之时，就是他们夫妇得以觐见圣上之日。总之，这让全家人都欣喜若狂。夏洛特的妹妹们心里生出了希望，或许早一两年就能进入社交界了；她的弟弟们本以为夏洛特会孤独终老，如今也松了一口气。夏洛特本人倒还算沉得住气，现在她已经达到了目的，有时间重新思考一下这整件事。思来想去，她还是挺满意的。显然，柯林斯先生既不聪明也不可爱。同他交往令人厌烦，他对她的喜爱也是假想出来的。可无论如何，他将成为她的丈夫。夏洛特对男人和婚姻生活向来不抱幻想，结婚对她来说只是个需要完成的任务。对于受过良好教育却没什么财产的年轻女性来说，婚姻是生活的必需品。不管它带来幸福的可能性有多小，至少不用为生计发愁了。夏洛特在过去的二十七年里，没拥有过一天美貌，如今获得了这样的保障，自觉无比幸运。这件事里唯一一点小麻烦是，伊丽莎白·班内特听说了该有多震惊啊，而她又把两人的友谊看得比什么都重。伊丽莎白肯定很不解，甚至会怪她。这虽然不会动摇她的决心，但会让她很伤心。她决定，这件事要由她亲口告诉伊丽莎白，于是嘱咐柯林斯先生回朗博恩吃晚饭时不要透露一点风声。柯林斯先生自然答应会保密，可做起来却不容易。他这趟出去太久了，引得大家十分好奇，一回来就问他去哪儿了，要遮掩过去得花点心思。他还得克制住自己激动的心情——他巴不得赶紧把情场得意的消息公之于众。

因为他第二天一早就要起程，所以送行仪式在小姐们准备就寝之前举行。班内特太太无比客气诚恳地说，倘若他再有机会来朗博恩，他们将无比欢迎。

“我亲爱的夫人，”他回答说，“您的邀请令我万分感激，我正希望您能这么说呢。请放心，我一定会尽快再来拜访的。”

听了这话，大家都很惊讶，尤其是班内特先生，因为他一点也不希望他很快再来，于是赶忙说道：“先生，您不怕凯瑟琳夫人有意见吗？为了和亲戚走动而得罪了女赞助人，可是得不偿失哟。”

“尊敬的阁下，”柯林斯先生答道，“我很感激您这番善意的提醒，不过您大可放心，没有夫人的准许，我是绝不会自作主张的。”

“这种事再小心也不为过。冒什么险都行，就是千万不要惹她不高兴。你若是觉得她不乐意你再来拜访——我觉得这很有可能——那你一定老老实实待在家里，你放心，**我们**是绝不会认为你失礼的。”

“相信我，阁下，您的关怀让我感激不尽。您很快会收到一封感谢信，为这件事，也为了我在赫特福德拜访期间受到的种种照顾。至于表妹们，虽然我很快就会回来，但还是冒昧祝愿她们身体康健、生活幸福，伊丽莎白表妹也包括在内。”

小姐、夫人们客套了一番后便告辞回房了。听说他打算很快再回来，大家都很惊讶。班内特太太希望他是为了再向某个小女儿求婚，想着或许能劝玛丽接受他。相比其他女儿，玛丽最认可他的才能，她常常感动于他看法十分坚定，他虽然不如自己聪明，但如果能以她为榜样多读书、提升自己，说不定也能成为一个合适的伴侣。可第二天早上，这个希望就落空了。卢卡斯小姐早饭后便来拜访，私下里把前一天发生的事告诉了伊丽莎白。

过去一两天，伊丽莎白确实一度怀疑柯林斯先生自作多情地爱上了她的朋友，可要说夏洛特鼓励他这么做，就像说她自己会鼓励柯林斯先生一样，未免太不可能了。她听到这个消息大吃一惊，一时顾不上礼数嚷了起来：

“和柯林斯先生订婚了！亲爱的夏洛特——这怎么可能！”

告诉她这个消息时，夏洛特一直很平静，可乍一听到如此直白的责备，她突然就慌了神。不过，这样的反应也在她意料之中，她很快调整了情绪，平静地答道：

“亲爱的伊丽莎，你为什么这么惊讶？你难道认为，柯林斯先生没能赢得你的心，就不可能有其他女人喜欢他吗？”

此时的伊丽莎白也平复了心情，竭力向夏洛特保证，她非常看好他们的姻缘，祝福她幸福美满。

“我能理解你现在的感受，”夏洛特答道，“你肯定很惊讶，觉得很奇怪——毕竟柯林斯先生才刚向你求过婚。不过等你有时间细想，我希望你会赞成我的做法。你知道的，我并不是个追求浪漫的人，从来都不是。我只求有个舒适的家。考虑到柯林斯先生的性格、社会关系和身份地位，我相信我获得幸福的可能性不亚于所有人在走进婚姻时夸耀的那样。”

伊丽莎白低声说了句“当然”，两人别扭地沉默了一阵，就回到了大家身边。夏洛特过了一会儿就走了，留下伊丽莎白独自思索她听到的消息。她用了很久，才在心里接受了这门在她看来完全不般配的婚事。柯林斯先生三天之内求婚两次固然奇怪，竟然还被人接受了，这才是稀奇至极。她一直觉得夏洛特对婚姻的看法和她不大一样，可她绝想不到，她真会为了世俗的利益而牺牲掉自己的感受。夏洛特做了柯林斯先生的妻子，这事可真丢人！她不仅为夏洛特失去自己的颜面和朋友的尊重而难过，更是痛心地断定他绝不可能给夏洛特带来多大幸福。

第二十三章

伊丽莎白坐在妈妈和姐妹们身边，回想她刚听到的事，正纠结可否由她来告诉大家。这时，威廉·卢卡斯爵士来了。他是被女儿派来向班内特家宣布婚讯的。他公布喜事时，把班内特家一顿猛夸，说两家能亲上加亲，自己实乃三生有幸。听到这话，大伙儿不只是疑惑，简直难以置信。班内特太太顾不上礼数，坚称这绝对是个误会。而一向神经大条、没大没小的莉迪亚直接嚷了起来："老天爷啊！威廉爵士，你说什么呢？——你难道不知道柯林斯先生想要的是丽兹吗？"

被如此无礼地对待，一个人要有朝臣一般的修养才能忍下来，好在威廉爵士的好教养让他忍住了。虽然他请求她们相信他说的全是实情，但还是极有礼貌地听由她们无理取闹。

伊丽莎白觉得自己有责任替他解围，于是站出来证实了他的话，说夏洛特已经告诉她了。为了让母亲和妹妹们不再大呼小叫的，她对威廉爵士表达了衷心的祝贺。简也赶忙跟着道喜，两人夸赞了一通这门亲事将多么美满，柯林斯先生人品如何出众，以及汉斯福德离伦敦有多么近便。

威廉爵士在的时候，班内特夫人因为太受冲击，一时说不出话来。等他一走，她的满腔怒火立刻发泄了出来——第一，她坚称此事子虚乌有；第二，她十分确信柯林斯先生是被骗了；第三，他们俩绝对不会幸福；第四，这事最后可能成不了。不过，她从中推断出了两件事：第一，伊丽莎白是一切不幸的始作俑者；第二，她自己也被他们卑鄙地利用了。那天余下的时间里，她一直在琢磨这两点，什么事也安慰不了她。一天过去了，她的怨气丝毫未消，她见到伊丽莎白就要骂，连着骂了一周。接下来一个月，她和卢卡斯夫妇说话都没好气，再过上好几个月，她才彻底原谅了女儿。

班内特先生在这件事上的态度就平和多了，不但如此，他还说这格外令人高兴。他说，原本觉得夏洛特·卢卡斯挺聪明的，经过这事，发现她和自己的妻子一样蠢，比自己的女儿还要傻，这让他倍感欣慰！

简承认这门亲事确实令她意外，可她没怎么表达自己的惊讶，而是真诚地期望他们能够幸福。不管伊丽莎白怎么说，她都觉得这门婚事未必不幸福。凯蒂和莉迪亚则一点也不羡慕卢卡斯小姐，因为柯林斯先生不过是个牧师。对她们来说，二人的婚事不过是一条可以带去麦里屯的八卦。

有个嫁得好的女儿着实令人欣慰，卢卡斯夫人要利用这次胜利好好回击一下班内特夫人。她往朗博恩跑得比以往更勤了，一来就说自己多么高兴。不过，班内特太太那阴郁的脸色和恶毒的评论也足够打消任何人的喜悦之情了。

伊丽莎白和夏洛特之间有些拘束，互相都不再提起此事。伊丽莎白觉得，两人再也无法像以前那样亲密无间了。对夏洛特的失望让她更关心姐姐了，简品行端正、心思细腻，她相信自己对姐姐的看法永远不会动摇。可是随着时间流逝，她越来越为姐姐的幸福担忧了。彬利已经离开了一周多，却没听到一点他要回来的消息。

简很早就给卡洛琳回了信，然后就开始计算，大概什么时候能再收到回信。柯林斯先生承诺的感谢信倒是星期二就到了。信是写给她们父亲的，看着字里行间感激之郑重，还以为他叨扰了一年呢。感谢的话说够了之后，他欢欣鼓舞地说，自己已经有幸赢得他们可爱的邻居卢卡斯小姐的芳心。他解释说，当时之所以欣然接受他们的盛情邀请，再来朗博恩，就是为了来看夏洛特的，他计划在两周之后的星期一抵达。他还补充道，凯瑟琳夫人也由衷表达了对这门亲事的认可，并希望能尽快操办。因此，他相信可爱的夏洛特一定会尽早选定吉日，让他成为天底下最幸福的男人。

如今，对班内特夫人来说，柯林斯先生回赫特福德不再是好事了。她反倒像丈夫一样大发牢骚——他不去卢卡斯小舍，反而要来朗博恩，真是奇怪，不但奇怪，还很麻烦。她讨厌在精神不振的时候有客人来访，而情侣又是最烦人的客人。班内特夫人就这样抱怨个不停，唯一比这件事更让她烦闷的，就是彬利先生迟迟未归。

简和伊丽莎白为此也很郁闷。日子一天天过去了，却没有他的音信，只听说麦里屯已经传遍了，他这个冬天都不会回来了。这个消息激怒了班内特太太，她到处反驳说这纯属造谣。

就连伊丽莎白也开始担心了。倒不是怕彬利不喜欢简，而是怕彬利姐妹真把他留住了。虽然她非常不愿承认这个既要毁掉简的幸福，又有辱她心上人忠贞的想法，却又忍不住总往这上面想。她担心，两位无情的姐妹和一位足以左右他的朋友共同努力，再加上达西小姐的诱惑和伦敦生活的快活，他再喜欢简，怕是也抵挡不住这些。

至于简，对于这种飘忽不定的局面自然比伊丽莎白还要焦虑，可她又一点也不想显露出来，因此和伊丽莎白之间从未提起过此事。她妈妈的心思就没这么细腻了，她几乎每个小时都会提起彬利一次，说等他回来等得不耐烦了。

她甚至要求简承认，彬利若是不回来了，那她就该觉得自己被无情地利用了。幸亏简性情温和，才能平心静气地忍下这些尖刻的话。

柯林斯先生倒是在两周后的星期一准时到达了，他受到的招待相比第一次来时大打折扣。不过他心情大好，也用不着太多关照。他一谈恋爱，倒是省得别人陪了，也算是班内特家人走运。他每天大部分时间都待在卢卡斯小舍，常常是班内特家快要睡觉了才回来，再为自己的终日未归向大家道个歉。

班内特太太很可怜。只要一听人提起这门婚事，她就气不打一处来，可她所到之处，大家都在谈论这事。卢卡斯小姐成了她的眼中钉。对这位未来庄园的继承人，她又嫉妒又厌恶。只要夏洛特一来拜访，她就认为人家是来等着继承房产的。只要夏洛特悄声和柯林斯先生说点什么，她就觉得他们是在谈论朗博恩的家产，等班内特先生一死，就会把她和女儿们都赶出去。她把这些想法都苦涩地向丈夫抱怨。

“说实在的，班内特先生，”她开口道，“一想到夏洛特·卢卡斯将成为庄园的女主人，而**我**还要给**她**让位，眼睁睁地看着她坐上我的位置，我真是接受不了！”

“亲爱的，别这么悲观，咱们还是往好处想：说不定**我**比你活得长呢。”

这话安慰不了班内特太太，于是她没有接茬，还继续自说自话。

“一想到他们可以获得全部家产，我就受不了。要不是因为继承权，我倒不会那么在乎。”

“你不在乎什么？”

“我什么都不在乎。”

“那咱们谢天谢地，你还没有麻木到这种程度。”

“班内特先生，任何与继承权有关的事，我都无法谢天谢地。我真不明白，怎么有人这么狠心，家产不传给女儿们，却要给别人，而且这人还是柯林斯先生！为什么偏偏是**他**呢？

“你还是自己去想为什么吧。”班内特先生说。

第二卷

第二十四章

彬利小姐回信了，疑问也消除了——信上第一句话就明确说道，他们整个冬天都会待在伦敦，信的结尾则是替哥哥道歉，临走前没能和赫特福德的朋友们道别。

希望破灭了，完全破灭了。等简读完整封信，发现字里行间只有虚情假意，没能给她带来任何安慰。来信满篇都是对达西小姐的赞美，把她的优点细数了个遍。卡洛琳兴高采烈地夸耀说她和哥哥走得越来越近了，甚至预言说自己前一封信上的愿望就要成真了。她还得意地说哥哥现在住在达西先生家，并激动地提起达西购置新家具的计划。

简很快就把信上的主要内容讲给了伊丽莎白。伊丽莎白听着，气得一声不吭。她一边为姐姐担心，一边憎恨所有其他的人。卡洛琳说他哥哥对达西小姐有意思，她一点也不信。她一如既往地认定彬利是很喜欢简的。虽然她一直挺喜欢彬利，但如今却对他那随意又没主见的性子很生气，甚至有点瞧不上他。正因如此，他才任由不怀好意的朋友摆布，为他们反复无常的意愿牺牲了自己的幸福。如果他牺牲的只是自己的幸福，那他愿意怎么胡来都可以，可现在这也牵扯到她姐姐的幸福，他不可能没意识到。总之，她一直琢磨这事，可又想不出个所以然来。她一直在想，彬利是真的变了心，还是他朋友从中作梗？他是否看出了简对他的一片真心，还是毫无察觉？这些问题的答案虽然会极大地影响她对彬利的看法，却丝毫不会改变简的处境，她怎么都会同样伤心。

又过了一两天，简才鼓起勇气对伊丽莎白袒露自己的想法。当时，班内特太太又气哼哼地抱怨起奈泽斐庄园和它的主人，而且比平常还要没完没了。等她终于走开，只留下简和伊丽莎白两姐妹，简才忍不住说：

"唉！妈妈就不能克制一点吗？她完全不知道，像这样不断提起他让我多难过。但我也不怪她，这种情况不会持续太久的。我会忘了他，然后就一切如常了。"

伊丽莎白又怀疑又心疼地看着姐姐，没有说话。

"你不相信我——"简微微红着脸嚷道，"为什么不相信呢？！他可以作为我认识的最可爱的人留在记忆里，但仅此而已。我不再期待，不再忧心，对于他我也毫无怨言。谢天谢地！我没有**那种**怨念的痛苦。所以只要再过一段时间，我一定会好起来的。"

说完她又语气坚决地补充道：“我现在就能安慰自己，是我不该自作多情，好在除了自己，我并没有伤害到任何人。”

“亲爱的简啊！”伊丽莎白叫了起来，“你太善良了。你简直像天使一样善良无私，我简直不知说什么好。现在我觉得，我应该更高看你，也更爱你才是。”

班内特小姐赶忙否认，说自己可经不起如此谬赞，反而是妹妹太爱自己，才会这样觉得。

“不是的，”伊丽莎白说，“这么说不公平。**你**总觉得所有人都是好人，我说别人的坏话你都会难过，现在**我说你**很完美，你却自己反驳起来了。别担心我会走极端，也别担心我变得像你一样把世人都当好人看。这完全没必要。让我爱的人本就没有几个，让我敬重的就更少了。我对这个世界了解越多，不满就越多。我一天比一天相信，人都是善变的，人们表面上的优点和理智都靠不住。我最近就碰到两个例子，一个我就不说了，另一个就是夏洛特的婚姻。这简直不可理喻！不管怎么看，都莫名其妙！”

“亲爱的丽兹，你可别陷到这种情绪里，这会毁了你的幸福的。你没有充分考虑到人有不同的处境和性格，比如柯林斯先生的社会地位和夏洛特的精明稳重。你想想，夏洛特家那么多口人，从财产上来说，这是门很合算的亲事。你最好相信她对我们的表兄是有些敬重和喜欢的，这对大家都好。

“看在你的分上，我什么都愿意相信，但这对谁都没有好处。如果我信了夏洛特是喜欢他的，那我就会觉得她就不只是没有感情，也没有理智。简啊，柯林斯先生是个自大浮夸又心胸狭窄的蠢材，这点你和我一样清楚。你我也同样清楚，愿意嫁给他的女人，绝对头脑不清。虽然这个人是夏洛特·卢卡斯，但你也不要为她辩解了。你不能为了一个人就改变原则和底线，也不要试着说服我或是你自己，把自私当精明，把保障当幸福，对不幸婚姻的危险视而不见。”

“我觉得你对他们两个太刻薄了，”简说，“我希望，等你看到他们幸福地生活在一起，就能认识到这一点。不过，别说这个了。你刚才还提了件别的事，你说碰到了两个例子。我知道你说的是谁，但我恳求你，亲爱的丽兹，不要怪**那个人**，不要说你瞧不上他，这会让我难过。我们不能总认为别人是有意伤害我们，也不能奢望一个天性活泼的年轻人总那么谨言慎行、体贴周到。我们常常是被自己的虚荣心蒙骗——女人总是因为别人的一点好感而想太多。”

“那男人在表达好感的时候就该小心点。”

“他们若是存心挑逗，那确实不该。可我不觉得这世界真像一些人想象的，到处都是计谋。”

“我完全没有把彬利先生的行为看作是存心的，”伊丽莎白说，“但不是只有存心做坏事、存心让其他人难过，才会犯错，才会带来痛苦。粗心大意、不顾旁人感受，或是缺乏主见，也能造成同样的后果。”

“你把这件事归咎于这些原因吗？”

“是的，我归咎于最后一种。你要是让我继续说下去，说出了对你尊重的那些人的看法，可能会惹得你不高兴。你若是不想听，现在就制止我。”

“这么说，你还是坚持认为他受到了姐妹的摆布。”

“是的，还有他的朋友。”

“我无法相信。他们为什么要操纵他呢？他们也该希望他幸福啊，如果他喜欢的是我，那其他女人也没有机会。”

“你头一个想法就错了。他们想要的远不止他的幸福，他们还希望他能更加有钱有势。他们或许希望他能娶一个家境优渥、出身显赫、自命不凡的小姐呢。”

“毫无疑问，他们**一定**希望他选达西小姐，”简答道，“但用心也许没你想的这么卑鄙。她们认识达西小姐比我早得多，更喜欢她也在情理之中。但是，不管她们的愿望如何，都不太可能反对她们兄弟的意愿吧。什么样的姐妹会自觉有权干预这种事啊，除非有特别看不顺眼的原因。如果她们相信彬利喜欢我，就不会想要拆散我们；如果彬利喜欢我，他们想拆也拆不散。你认为彬利先生喜欢我，会让那些人的做法既虚伪又不道德，也会让我非常伤心。所以不要用这种想法折磨我了。我不会因为自作多情而觉得丢脸——就算有，也很轻微。相比之下，要是让我把彬利和他的姐妹都往坏处想，那我不知要羞耻多少倍。就让我相信一个最好的、最说得通的解释吧。”

伊丽莎白无法拒绝这样的愿望。自此之后，两人之间就很少提及彬利先生的名字了。

班内特太太仍然不断为彬利先生迟迟不回来而纳闷和抱怨。虽然伊丽莎白几乎每天都要清清楚楚地给她解释一遍，但她似乎还是很疑惑。做女儿的则竭力用一些她自己都不信的话来开导母亲，说彬利对简的感情不过是一种平常又短暂的好感，见不到面之后很快就会中断。虽然她当时接受了这种说法，可还是每天都要旧事重提。如今班内特夫人最大的安慰是，来年夏天彬利先生总要回来的。

班内特先生对此事的反应则不同。“丽兹啊，”他有一天说，“我发现你姐姐失恋了。我要祝贺她。除了结婚，女孩子就喜欢偶尔失个恋。这让她有些想头儿，也让她在同伴之中有了些优越感。什么时候轮到你失恋？你不会甘愿被简落下太多吧。现在就是你的机会了。麦里屯满是军官，能让年轻的小姐们个个失望而归。让韦克姆当**你的**对象吧。他是个不错的小伙子，会体面地抛弃你的。”

“谢谢你，爸爸，比他差一点的我也满足了。我们不能指望个个都有简那样的好运气。”

“没错，”班内特先生说，“不过值得欣慰的是，不管经历哪种失恋，你都有个好妈妈，绝对不会善罢甘休的。”

朗博恩最近几件倒霉事让大家都愁眉不展，而韦克姆先生的陪伴倒是把家里阴郁的气氛驱散了不少。他们常常见到他，又发现了他一项新优点：为人坦率、毫不隐瞒。他之前告诉伊丽莎白的事情，包括他对达西的看法，还有达西对他的不公，如今都得到了公认，成了公开的谈资。大家想到，他们在知道这些事之前就不喜欢达西先生，不禁很得意。

只有班内特小姐认为此事可能另有原因，只是还不为赫德福德的人们所知。她性格温和善良，总恳请大家多点体谅，总主张事情里面有误会——但其他所有人都把达西看作可恶至极的人。

第二十五章

过了一周谈情说爱、筹划喜事的日子之后，柯林斯先生因为周六的到来不得不与他可爱的夏洛特分离。不过对柯林斯来说，离别的痛苦被迎接新娘的忙碌冲淡了。他有理由相信，等下次再回赫特福德，他们大喜的日子就能定下来了。他与朗博恩的亲戚们道别时仍一如既往地郑重其事——再次祝愿美丽的表妹们幸福康乐，并许诺要再给她们的父亲寄一封感谢信。

接下来的周一，班内特太太欣喜地迎来她的弟弟和弟媳。他们照例到朗博恩来共度圣诞。加德纳先生是个聪明人，还颇具绅士风度，在天性和教养上都比姐姐强多了。他一个生意人，成天守着自己的店铺，却能如此彬彬有礼、和善可亲，奈泽斐的小姐们若是看到一定觉得难以置信。加德纳太太比班内特太太和菲利普太太小几岁，是一位聪明和善、举止高雅的夫人，朗博恩的外甥女们都很喜欢她。

尤其两位大小姐和她关系格外亲近，经常进城去拜访她。

加德纳夫人来之后的头一件事，就是分发礼物和分享最时兴的服装潮流。说完这些，她就退居二排，开始洗耳恭听了。班内特太太有太多的委屈要倾诉，太多的牢骚要发泄——自打上次见到弟媳之后，他们全家受尽了欺负。她的两个女儿差点就要结婚了，结果却都落得一场空。

“简我不怪她，”她继续说，“她如果办得到的话，已经嫁给彬利先生了。可是，那个丽兹！哦，妹妹啊，这孩子可真气人！她要不是那么倔，现在已经是柯林斯先生的妻子了。柯林斯先生向她求了婚，就在这个房间里，却被她拒绝了。结果倒好，卢卡斯夫人比我先嫁出去一个女儿，而且朗博恩庄园也是人家来继承。妹妹哦，卢卡斯家的人很狡猾的，什么便宜都不放过。我也不愿意这样说他们，但事实如此。自家人不听话，邻居先己后人，搞得我精神不好，身体也不好。不过现在你们来了真是莫大的安慰，我爱听你讲那些新闻，时兴穿长袖子什么的。”

加德纳夫人之前与简和伊丽莎白通信时大概听说了这些事，于是敷衍了姐姐几句，为外甥女考虑尽快岔开了话题。

后来单独和伊丽莎白在一起时，她又多说了几句。“这对简而言本该是一段美满的姻缘，”她说，“真遗憾没成。不过这种事也经常发生！一个年轻人，就像你描述的彬利先生，很容易对一个漂亮女孩爱上几个礼拜，因为某些偶然事件分开，之后便能轻轻松松地忘了她。这种三心二意的事很常见的。”

“这确实是很好的安慰，”伊丽莎白说，“但对我们不适用。让他们分开的不是**偶然**。一个经济独立的年轻人，明明几天前还和一个女孩打得火热，结果一遭到朋友们的干涉，就把女孩给甩了，这种事可不常见。”

“不过‘打得火热’这种话未免太陈词滥调、含混不清了，我完全想象不出什么来。它既可以形容对一个认识不过半个小时的人生发的好感，也可以形容那些真实、强烈的爱恋。所以，彬利先生的爱究竟有多**火热**？”

“我从没见过像他那样痴情的。他眼里已经看不到别人了，一心只想着简。他们每见一次面，这种感情就越确定、越明显。他在自己办的舞会上，冒犯了两三位年轻的小姐，因为没请人家跳舞。我自己跟他说了两次话，他理都没理。还能更明显点吗？为了一个人而怠慢其他所有人，这不就是爱情的真谛吗？”

“哦，是啊！——这样看来他确实很痴情。可怜的简！我真为她难过，以她的性格不会很快走出来的。这事要是发生在**你**身上倒好些，丽兹，你笑笑也就过去了。不过，你觉得咱们能说服她一起回伦敦吗？换个环境也许会有帮助——再说了，离开家去散散心，可能比什么都管用。”

伊丽莎白听到这个建议十分高兴，她相信姐姐那么随和，一定会同意的。

“我希望，”加德纳夫人补充道，“她的决定不会受到这位年轻人的影响。虽然同在伦敦，但我们住在完全不同的区域。而且你也知道，我们很少出门，所以他们碰面的机会微乎其微，除非他专程来见她。”

“**那**不太可能，他现在被他的朋友扣住了，达西先生是绝不会容许他到伦敦这片地方来看简的！亲爱的舅妈，你想什么呢？达西先生也许听说过格雷斯丘奇街，可要让他去一趟，他会觉得身上沾染的脏东西一个月也洗不干净。而且，你放心，彬利先生绝不会撇开他单独行动。”

“那更好，我一点也不希望他们碰面。不过简是不是和彬利小姐通信呢？那**她**肯定会来拜访的吧。”

“她会彻底断绝往来的。”

虽然眼下伊丽莎白说得很坚决，且对于更重要的一点——彬利是被扣住才没法见简——同样深信不疑，可她考虑再三，觉得此事并非完全没有希望。她觉得说不定，甚至很有可能，他对简会旧情复燃，而他朋友的干预会败给简自然散发出的魅力。

班内特小姐欣然接受了舅妈的邀请。对于彬利家她没多想，鉴于卡洛琳并不和哥哥住在同一幢房子里，她只希望能偶尔和她碰上面而不必担心会碰到彬利。

加德纳夫妇在朗博恩待了一周，由于菲利普家、卢卡斯家，还有军官们常常往来，每天都有聚会。班内特夫人为弟弟和弟媳精心准备了各种活动，他们连一顿家里的便饭都没时间吃。凡是在家聚会，总会邀请些军官，次次都少不了韦克姆先生。每到这时，伊丽莎白总是热烈地夸赞他，这让加德纳夫人起了疑，于是仔细地观察起他俩。从她所见的情形来看，两人虽然没有真的在恋爱，可是明显互有好感，这让她有些不安。她决心在离开赫特福德之前和伊丽莎白聊聊，给她讲讲发展这种关系的轻率之处。

韦克姆先生向来擅长取悦别人，不过对加德纳夫人，他专有一招讨好的办法。大概十几年前，加德纳夫人还没结婚，在德比郡待了挺长一段时间。恰巧那里也是韦克姆所在的地方，因此两人有不少共同的熟人。虽说五年前达西父亲去世后，韦克姆就很少回去了，但他还是能给加德纳夫人提供一些老友的近况，比她打听到的更新鲜。

加德纳夫人去过彭伯里庄园，很了解老达西先生的名望，因此这也成了个聊不完的话题。加德纳夫人把自己对彭伯里的回忆与韦克姆细致的描绘进行对比，又把已故主人的好名声称赞了一番。她说得高兴，韦克姆听得也开心。听韦克姆讲述小达西先生对他的亏待时，她努力回忆这位先生小时候的性情如何，是否和他这些行为对得上。最终，她确定地说，记得曾听人说过，菲茨威廉·达西是个非常傲慢又讨人厌的孩子。

第二十六章

加德纳夫人一找到机会和伊丽莎白单独聊天，就及时地给出了自己善意的提醒。她先是诚恳地表达了自己的想法，然后说道：

“丽兹，你是个聪明的孩子，不会因为别人劝你谈恋爱要当心反而非谈不可，所以我才敢敞开和你聊。说真的，我觉得你得警惕点。自己不要陷入爱情，也不要引他坠入情网，没有经济基础的恋爱不靠谱。我对他这个人没有意见，他是个很有趣的年轻人。他如果得到了应得的财产，那你们在一起再好不过了。可现实如此，你不能被爱情冲昏头脑。你是有理智的人，得用起来。我知道，你父亲相信你遇事果断、品行端正，你可不能让他失望。”

“亲爱的舅妈，你说得可够严肃的。”

“是的，我希望你也严肃对待。”

“那你放心吧，我会看好自己，也会看好韦克姆先生的。只要我拦得住，就绝不让他爱上我。”

“伊丽莎白，你现在这样就不严肃。”

“对不起，我重说——我现在并没有爱上韦克姆先生，绝对没有。不过，他真是我见过的最可爱的人了，谁也比不上他。如果他喜欢上我了，我会觉得他还是别喜欢我为好。我知道这事有多冒失。唉！都怪**那**该死的达西先生。能得到父亲的器重，是我的荣幸，我决不愿辜负他。不过，爸爸也喜欢韦克姆先生。总而言之，亲爱的舅妈，如果因为我让你们任何人不开心了，那我会难过的。可是年轻人们一旦相互吸引，很少会因为眼下缺钱就放弃，我若是陷入爱河，怎么能保证比同龄人更明智呢？我甚至不确定，放弃真是明智之举吗？所以我只能向你保证，不会仓促行事。我不会一下就断定自己是他的意中人，我们待在一起的时候，我也不会任由自己这么希望。总之，我尽力而为。”

“你别让他跑得这么勤，或许好些。至少不要总提醒你妈妈邀请他。”

“就像我那天那样。”伊丽莎白不好意思地笑了，“说得对，我应该克制一点的。不过你也别以为他总来得这么勤。他这周被邀请了这么多次，主要是你在的缘故。你也知道，我妈妈觉得亲友来做客，随时都要有人陪才好。不过不开玩笑，我保证做我认为最明智的事。这下您满意了吧？”

舅妈说满意了，伊丽莎白则对她的好心提醒表示感谢，然后两人就分手了。在这种事上提建议而不至于搞得不愉快，这算是个范例。

简和加德纳夫妇离开后不久，柯林斯先生就回到了赫特福德。不过因为他住在了卢卡斯家，对班内特一家倒没造成什么不便。随着他婚礼的临近，班内特太太终于死了心，觉得此事在所难免，甚至不怀好意地重复了好多次“**但愿**他们能幸福”。星期四是大喜的日子，卢卡斯小姐前一天来告别。她起身离开时，伊丽莎白为母亲勉强且失礼的祝福而羞愧，加上自己也很动情，于是陪她一起走出了房间。两人下楼时，夏洛特说：

“我相信你会经常来信的，伊丽莎。”

“**这**你放心好了。”

“我还有一个请求。你能来看看我吗？”

“我希望我们在赫特福德能常见。”

“我一时不太能离开肯特。还是答应我，来汉斯福德一趟吧。”

虽然预感去拜访没什么好玩的，但伊丽莎白没法拒绝。

“父亲和玛利亚三月会来看我，”夏洛特说，“希望你也能一起来。伊丽莎，我一定会像欢迎他们一样欢迎你的。”

婚礼如期举行，新郎新娘从教堂门口直接起程前往肯特。对于这种事，人们照例要发表或听到不少议论。伊丽莎白很快收到了夏洛特的来信，两人又和以前一样频繁地写起信来，可要和从前一样畅所欲言，却绝无可能了。伊丽莎白每次写信给她，都觉得那种亲密无间已成往事。虽然她下定决心不能疏于通信，但那是为了曾经的交情，而不是现在的关系。伊丽莎白对夏洛特开始的几封信还很期待，无外乎好奇她对新家作何感想，是否喜欢凯瑟琳夫人，她认为自己有多幸福。不过等读完信，她觉得夏洛特所说的每件事都和自己设想的一模一样。她字里行间充满欣喜，周遭的一切都令她满意，提到每件事都少不了一番赞美——房子、家具、邻居、马路，样样都合她心意，凯瑟琳夫人也非常热情友善。这和柯林斯先生对汉斯福德和罗辛斯的描述如出一辙，只不过低调点罢了。伊丽莎白认为，只有等她亲自拜访才能了解情况真正如何。

简写了一封短信给妹妹，告知他们已经平安到达伦敦。伊丽莎白希望能在她的下一封信里读到一些彬利家的消息。

心急等不来好消息，伊丽莎白翘首以盼的第二封信就是这样。简已经在城里住了一周，不但没见到彬利小姐的人，连封信也没收到。不过她的解释是，她从朗博恩寄给彬利小姐的信一定是不小心寄丢了。

“舅妈明天会到那边去，”她写道，“我也借这个机会去格罗夫纳街拜访一下。”

拜访回来她又写了一封信，说是见到了彬利小姐。“我觉得卡洛琳情绪不高，”她原话说，“不过她还是很高兴见到我，还责怪我来伦敦也不告诉她。这么说来，我猜得没错，她就是没收到上一封信。我自然也问了她哥哥的情况。他挺好的，不过一直和达西先生在一起，她们姐妹俩都没怎么见着他。我听说达西小姐要来吃晚饭，要是能见见她就好了。我没待一会儿就走了，因为卡洛琳和赫斯特夫人计划要出门。相信我们很快会再见的。”

伊丽莎白看着这封信摇了摇头。她相信除非出现巧合，否则彬利先生绝不会知道她姐姐现在在伦敦。

四周过去了，简连彬利的人影都没见到。她努力说服自己没有因此而伤心，可面对彬利小姐的冷漠，她再也不能视而不见了。她每天早上都在家盼着，每天晚上都为她编一个新借口，就这么过了两周，这位访客才姗姗来迟。然而，她不但只坐了一会儿，态度也与以往全然不同，这让简没法再骗自己了。从这次写给妹妹的信里，可以读出她的感受。

我最亲爱的丽兹：

我现在要向你承认，我完全被彬利小姐的情谊欺骗了。我相信，你是不会不顾我的感受，只为自己眼光准而幸灾乐祸的。可是，亲爱的妹妹，你别嫌我固执，虽然事实证明你是对的，可从她之前的行为来看，我还是认为我对她的信任与你对她的怀疑一样，是合情合理的。我不懂她为什么要同我亲近，可如果同样的状况再次发生，我恐怕还是会被骗的。卡洛琳直到昨天才来回访我，在此之前我一言半语也没收到。等她终于来了，又明显并不想来。她敷衍又冠冕堂皇地道了个歉，说抱歉没能早点来，连一句希望再见的话都没说。她各个方面都判若两人，等她离开时我已经下定决心与她断绝来往。我虽然忍不住要责怪她，但又可怜她。她当初真不该对我青睐有加。我可以问心无愧地说，我和她的关系完全是她主动一步步发展起来的。我也同情她，她准是觉得自己做错了，而且我确信这全是因为她担心哥哥。我也不用为自己再做解释了。虽然**我们**知道她这种担忧毫无必要，可如果她真的担心，那她对我的态度也就说得通了。既然她哥哥那么值得她珍视，那她无论怎样为他担忧，都是自然的、出于好意的。可我还是不明白她有什么好担心的——他要不是对我完全没了感觉，那我们肯定早就见面了。听她的口气，彬利先生肯定知道我在城里。不过她话里话外像是要努力说服自己，哥哥是真的喜欢达西小姐。我真搞不懂。要不是害怕出言刻薄，我真想说她看起来口是心非。不过我决心舍弃所有痛苦的想法，只想开心的事——比如你对我的姐妹情深，还有舅舅、舅妈一如既往的关照。希望很快能收到你的回信。彬利小姐说她哥哥不会再回奈泽斐了，房子也不要了，不过口气并不肯定。我们最好还是不要提这事了。听说我们的朋友在汉斯福德过得那么开心，这真让我欣慰。你可一定要跟威廉爵士和玛利亚一道去看看他们。我相信这会是一趟惬意的旅程。

你的……

这封信让伊丽莎白有些难过。可一想到简不会再受骗，至少不会再受彬利小姐的骗，就又高兴了起来。她已经放弃了对彬利先生的一切期待，甚至不希望他回心转意。她越想越瞧不起他，既为了惩罚他，也是为了简好，她真心希望彬利先生赶快娶了达西的妹妹——按照韦克姆的说法，这位小姐一定会让他对于放弃前爱追悔莫及。

大约这个时候加德纳夫人来信了，提起伊丽莎白之前保证不和韦克姆谈恋爱的事，问现在情况怎么样了。伊丽莎白回信中所说的内容并不令自己高兴，却能让舅妈满意——他之前那明显的好感已经消退，对她的爱慕已经告终，现在喜欢上了别人。伊丽莎白非常留心地觉察到了这一切，但她看在眼里，写在信上，心里却并没有特别痛苦，只是稍有感触。她相信若不是因为钱的问题，韦克姆的首选一定是她，这么一想也就不觉得丢脸了。他现在追求的那个女孩，最大的魅力就是刚刚继承了一万英镑。可伊丽莎白对这件事显然没有对夏洛特那件事那么敏锐。她非但没有因为韦克姆追求经济独立而责怪他，相反认为一切都顺理成章。她想着韦克姆在放弃她之前势必经历了一番挣扎，同时也觉得，这对他俩都是个明智的好结局，也让她能够由衷地祝他幸福。

伊丽莎白把这一切都告诉了加德纳太太，然后说："亲爱的舅妈，我现在确信自己也并没有真的爱上他。我如果真的经历了那种纯粹激烈的热恋，现在肯定提起他的名字就恶心，而且恨不得他倒大霉。可我不但能真心祝福他，对金小姐也毫无成见。我一点也不恨她，完全乐意把她想成一个好女孩。我的小心提防还是起作用了，我大概并没有爱上他。我要是疯狂地爱上了他，对亲戚们来说就更有趣了，可我宁愿没人关心。被人关心有时需要付出高昂的代价。对于他的移情别恋，凯蒂和莉迪亚比我还往心里去。她们年纪太小，涉世未深，还不明白那个痛心的事实——帅哥和普通人一样，也得考虑钱的问题。"

第二十七章

朗博恩再没什么新鲜事，偶尔一路泥泞或是冒着严寒去趟麦里屯，就是唯一的消遣了。一月和二月就这样过去了，而三月是伊丽莎白去汉斯福德的时间。刚开始她没有真的打算去，不过很快就发现，夏洛特对于这个计划满怀期望，她自己也渐渐对这趟拜访更有热情，更确定了。长久的离别让她很想见夏洛特，对柯林斯先生的厌恶也减少了。这个计划有新鲜的地方，更何况家里有那样一位母亲和相处不来的妹妹们，也挺糟心的，换个环境也好，顺路还能见简一面。总之，随着行程临近，伊丽莎白已经迫不及待了。好在一切都进展顺利，他们按夏洛特最初的计划安排妥当。与她同行的是威廉爵士和他的二女儿。大家临时决定在伦敦住一晚，这样计划就圆满了。

伊丽莎白唯一的苦恼是要离开父亲。父亲肯定会想她，因为舍不得她走，临别的时候要她写信回来，甚至答应会给她回信。

她与韦克姆先生进行了友好的道别，韦克姆尤其客气。他虽然在追求别人，却未曾忘记伊丽莎白是第一个引起并值得他关注的人；第一个倾听并同情他遭遇的人，也是第一个博得他好感的人。他同她告别，祝她一路顺风，提醒她凯瑟琳·德·博尔是个怎样的人，还说相信他们俩对这位夫人——甚至对所有人——的看法总是一致的。他说这些话时的关心和恳切，让伊丽莎白觉得他永远值得真心相待。她在告别时坚信，不管他结婚与否，在她心里都是可亲可爱的典范。

和她第二天的旅伴一比，韦克姆先生简直更可爱了。不论是威廉·卢卡斯爵士，还是他那好脾气却和他同样脑袋空空的二女儿，都说不出任何有意思的话，听他们说话就跟听车轱辘的声音一样无聊。伊丽莎白喜欢各种胡说八道，可她认识威廉爵士太久了，所有那些觐见授爵的故事都听腻了，而他与人为善的那一套也和他的故事一样，翻不出新花样。

这段路本就只有二十四英里，他们出发得又早，于是中午就到了格雷斯丘奇街。马车开到加德纳先生门口时，简在客厅窗前望着他们，等他们走进门廊，她已经站在那里迎接了。伊丽莎白激动地看了看姐姐的脸庞，欣慰地发现她还和原来一样红润漂亮。楼梯上站着一群男孩和女孩，他们等不及要见表姐，都从客厅里跑了出来，可是因为一年没见，又害羞得不敢近前。一家人见了面，一片欢乐。这一天过得很愉快——下午先是寒暄吵闹了一番，然后去逛街买东西，晚上又去看了戏。

看戏的时候，伊丽莎白被舅妈拽到身边坐下。两人先是谈起了她姐姐。面对她的问长问短，舅妈告诉她，简虽然强打精神，偶尔还是免不了心情沮丧。这虽在意料当中，她听了还是很难过。不过还是有理由相信，这种情况不会持续太久。加德纳夫人向她仔细描述了彬利小姐来格雷斯丘奇街拜访的情况，复述了她和简的几次谈话。可以看出，简真心放弃了和她的来往。

然后加德纳夫人揶揄外甥女被韦克姆甩了，又夸她挺能忍。

"不过啊，亲爱的伊丽莎白，"她补充道，"金小姐是个怎样的姑娘？我可不愿看到我们的朋友结婚只是图钱。"

"哎哟，我的舅妈，在结婚这件事上，人们是唯利是图还是深思熟虑又有什么关系呢？到哪儿为止算深思熟虑，从哪儿开始又算唯利是图？去年圣诞，您怕他娶我，因为没钱的婚姻太不靠谱。如今他为了一万英镑和一个女孩在一起，你又说他是贪财。"

"你只要告诉我金小姐是个怎样的女孩，我自有判断。"

"我相信她是个好女孩，说不出她有什么缺点。"

“可是韦克姆之前从没注意过她，直到她从去世的爷爷那里继承了一大笔财产，才突然看上她的。”

“没错——可这又有什么问题？之前因为我没钱，他都不能和我交往，那他为什么要去追一个本来就不喜欢，又和我一样穷的女孩呢？”

“可是姑娘家里人刚去世就立刻去追求她，这也太不体面了吧？”

“身处困境的人没时间讲究别人眼里的那些繁文缛节。如果**她**都不介意，**我们**有什么好反对的？”

“**金小姐**不介意，不代表**韦克姆**做得对。这只能说明她也有点问题——不是没脑子，就是没感情。”

“你爱怎么想就怎么想吧，”伊丽莎白嚷道，“**男的**唯利是图，**女的**愚蠢至极。”

“不，丽兹，这不是我想不想的问题。我也不愿意把一个在德比郡住了这么久的年轻人往坏处想。”

“哦！要这么说的话，我就看不起住在德比郡的年轻人，他们住在赫特福德的朋友也好不到哪儿去。所有这些人我都讨厌！老天呀，我明天要去见一个一无是处的人，不管是言谈举止，还是头脑见识，都没一点拿得出手。到头来，值得交的朋友就只有傻瓜。”

“当心啊丽兹，你这话听起来酸酸的。”

看完戏要分手时，伊丽莎白却收到意外之喜——舅舅、舅妈计划夏天出去玩一趟，邀请她同去。

“我们还没决定走多远，”加德纳夫人说，“不过，也许会去湖区。”

对伊丽莎白来说，没有比这更好的计划了，她不假思索、满心欢喜地接受了邀请。“天哪，我最爱的舅妈，”她激动地嚷道，“我实在太高兴！太幸福了！你们给了我新生和活力。怨念和气恼都再见吧，男人和山水相比算得了什么？啊，我们一定会玩得很开心！等我们回来的时候，一定不会像别的游客那样，什么都说不出个所以然。我们**准**会了解自己去过的地方，也**准**能记得我们见过的美景。在我们的印象中，山川湖泊不会乱作一团，当我们想描述某地的风光时，也不会因为记不清位置而吵个不停。我们畅谈起旅行所见，可不要像那些普通游客一样，让人听不下去。”

第二十八章

第二天，旅途中的一切事物都让伊丽莎白感到新鲜有趣。她兴致很高，一方面看到姐姐状态很好，不用再为她的身体担心；另一方面她一想到要去北方旅行，心里就美滋滋的。

他们离开大路，走上汉斯福德的小路之后，每双眼睛都在寻找着牧师住所，每转过一个弯，大家都以为要看到了。路的另一边被罗辛斯花园的围栏挡着，伊丽莎白想起关于那家人的各种传闻，不禁笑了起来。

终于，牧师住宅出现在了眼前。花园延伸到路边，房子矗立当中，还有绿色的栅栏和月桂树篱。一切都表明：他们到达了目的地。柯林斯先生和夏洛特出现在门口，大家互相点头微笑，马车在一个小门口停下来，门前的小石子路直通住宅。很快他们都下了马车，主宾相见，分外开心。柯林斯夫人兴高采烈地迎接了伊丽莎白，由于受到如此欢迎，伊丽莎白也越来越觉得不虚此行。她立刻发现，表兄婚后一点没变，照旧那一套繁文缛节——他在门口拽住伊丽莎白，把她们一家老小的情况问候了个遍才罢休。接着他没多耽搁，只是说着门口有多么整洁，就把大家带进了屋。进了客厅，他又一次拿腔拿调地郑重欢迎大家莅临寒舍，看着太太给客人送点心，自己也要跟着全部再送一次。

伊丽莎白意料到他会是这副扬扬得意的样子。柯林斯先生炫耀着房间的大小、朝向和各式家具，伊丽莎白却不禁觉得这些话是专门说给她听的，想让她意识到，当初拒绝他是多大的损失。不过，虽然一切看起来都整洁舒适，她却没法露出一点悔意让他高兴。她反而惊诧地看着朋友，不明白她跟这样的人一起过，怎么还能这样笑嘻嘻的。每当柯林斯先生说了什么让妻子难堪的话（这种情况并不少见），她总是不自觉地望向夏洛特。偶尔一两次，她看出夏洛特有点脸红，但大多数时候她都明智地当作没听见。大家坐了好一会儿，把餐具柜到炉围的每件家具都欣赏了一遍，又把途中和在伦敦的见闻都讲了一遍，然后柯林斯先生就请大家到花园里去散步。这花园很大，设计也相当别致，花花草草都是他亲自照料的。侍弄花园是他最高贵的爱好了。夏洛特说这个爱好有益健康，所以鼓励丈夫尽量多去打理花园。伊丽莎白很佩服她，怎么能说得如此一本正经。柯林斯先生带着大家把花园的大路小径都走了一遍，把每处景观都细细碎碎地介绍一番，人们想赞美几句都插不上话。他能说出每个方向有多少田园，最远的树林里有多少棵树，却只字不提美在哪里。然而，不管是他花园里的美景，还是整个乡村乃至全国的风光，都比不上罗辛斯的景致。从他房子正对面树林的缝隙里，可以瞥见罗辛斯豪宅，那是一幢华丽的现代建筑，矗立在一片高地之上。

逛完花园，柯林斯先生本打算再带客人把他的两片绿地绕上一圈。不巧女士们的鞋架不住地上残留的白霜，于是都回去了，只有威廉爵士与他同去。夏洛特领着妹妹和朋友参观自己的房子，大概是因为终于有机会撇开丈夫，独自给人展示，显得格外开心。房子不算大，但建得结实又实用，屋里的东西摆放得当，整整齐齐，风格也协调。伊丽莎白认为这都是夏洛特的功劳。只要能忘记柯林斯先生，气氛都变得轻松惬意了。看着夏洛特这么享受其中，伊丽莎白觉得柯林斯先生可能常常被她抛在脑后。

伊丽莎白听说凯瑟琳夫人还在乡下。晚饭时刚好又提起这件事，柯林斯先生连忙插话说：

“是的，伊丽莎白小姐，星期天你就将有幸在教堂面见凯瑟琳·德·博尔夫人，你一定会很喜欢她的。她非常和蔼可亲，完全没有架子。礼拜结束之后，你将十分荣幸地得到她的注意。我几乎可以毫不犹豫地说，你们拜访期间，夫人只要赏脸邀请我们，肯定也会顺带邀请你和玛利亚。她对我们夏洛特好极了。我们每周都去罗辛斯吃两次饭，夫人几乎从不让我们走路回家，都是派马车送。我**应该**说，是派某一辆马车送，因为她有好几辆。”

“凯瑟琳夫人确实是一位体面、明理的夫人，”夏洛特补充说，“也是一位非常贴心的邻居。”

“太对了，亲爱的，正是我想说的。这样一位夫人，怎么尊敬她都不为过。”

晚上，大家主要还在聊赫特福德最近发生的事，把信上写过的又说了一遍。聊完天，伊丽莎白独自回到房间，开始思索夏洛特对现在的生活有多满意，用什么办法驾驭她丈夫，又有多大肚量容忍他。最后她不得不承认，夏洛特处理得相当好。她还想象了这趟拜访将如何度过：无非是平淡无奇的日常起居，柯林斯先生烦人的插嘴抢话，以及和罗辛斯有趣的应酬往来。她丰富的想象力很快描绘出了一幅生动的画面。

第二天中午，她正准备出去走走，忽然听见楼下一阵喧闹声，房子里的所有人都跟着慌乱起来。她侧耳听着下面的动静，只听到有人急匆匆地跑上楼来，大声叫她的名字。她打开门，玛利亚正站在楼梯口，上气不接下气，激动地大声嚷着：“丽兹啊！快到餐厅来看大场面啊！我可不告诉你是啥事。快点，赶紧下来。”

伊丽莎白问也是白问，玛利亚什么都不肯说。于是她们跑到楼下餐厅，朝着门外的小路望去，看是什么大场面。原来是两位女士乘着一辆低矮的四轮轻便马车停在了花园门口。

“就这？”伊丽莎白大声说，“我以为至少得是猪跑进了花园什么的，不就是凯瑟琳夫人和她女儿嘛。”

“哎呀！亲爱的，”玛利亚见她搞错了，很是惊讶，“这不是凯瑟琳夫人。那个年纪大的是詹金森夫人，和她们住在一起，另一位是德·博尔小姐。你看看她，好小一只啊。谁能想到她原来这么瘦小。”

“这么大风天非让夏洛特站在外面，也太没礼貌了吧。她怎么不进来呢？”

“哦，夏洛特说她很少进门的。让德·博尔小姐进门，那可是天大的面子。”

“我喜欢她这副模样。”伊丽莎白冒出了另一个想法，“她看起来病恹恹的，脾气也很差。做他的太太，真是再合适不过了。”

柯林斯先生和夏洛特站在门口和两位女士聊天。让伊丽莎白觉得好笑的是，威廉爵士定定地站在门口，目不转睛地注视着眼前的大场面，德·博尔小姐每往他这边看一次，他都要点个头示意。

最后终于说完了话，两位女士乘着马车走了，柯林斯夫妇回到屋里来。柯林斯先生一见到玛利亚和伊丽莎白，就恭喜她们走了好运。夏洛特解释说，罗辛斯邀请所有人明天去吃饭。

第二十九章

收到请柬后，柯林斯先生的得意达到了顶峰——他一直想向好奇的客人们展示他的女赞助人有多么气派，也让他们看看她对自己和妻子如何以礼相待。这么快就得到机会，正说明凯瑟琳夫人有多么屈尊俯就，让他无比敬仰。

“我承认，”他说，“夫人若是邀请我们星期天去罗辛斯喝茶，玩一个晚上，我是不会感到意外的。我知道她和蔼可亲，肯定会这么做的。可谁能想到她竟如此周到？谁能想到你们一到，她就立刻邀请我们（而且是邀请所有人）去吃饭！”

“我倒不太惊讶，”威廉爵士说，“我所处的地位，得以了解到贵族们究竟是如何为人处世的。在皇宫里，这样讲究的礼节随处可见。”

这一整天，加上第二天白天，大家的话题就没离开过拜访罗辛斯。柯林斯先生仔细地告诉他们到那里会看见什么，免得气派的房间、众多的仆人和丰盛的佳肴把他们吓到。

夫人、小姐们各自回房梳妆打扮的时候，他对伊丽莎白说：

“亲爱的表妹，千万不要为你的衣着感到难为情。凯瑟琳夫人绝不要求我们身着华服，只有她和她女儿才适合那样的衣服。你只需穿上最好的一套衣服，不用太讲究。凯瑟琳夫人不会因为你的穿着而瞧不起你，她喜欢大家恪守本分，尊卑有别。”

她们换衣服的时候，柯林斯先生往各屋跑了两三趟，催她们动作快点，凯瑟琳夫人最讨厌干等着客人来吃饭了。她老人家为人处世这番令人生畏的描述，吓坏了玛利亚·卢卡斯。她还不擅交际，对于拜访罗辛斯和她父亲觐见圣上的心情一样，既期待又诚惶诚恐。

那日天气很好，一行人开开心心地走了半英里穿过庄园。每座庄园都有不同的景致。伊丽莎白虽然没能像柯林斯先生希望的那样，对所见的美景表现得欣喜若狂，但确实感到心旷神怡。柯林斯没完没了地细数房子正面有多少窗子，说这些玻璃当初花了路易斯·德·博尔多少银子，反倒让伊丽莎白少了些兴致。

他们踏上门廊的台阶时，玛利亚一步比一步紧张，连威廉爵士都有点不淡定。倒是伊丽莎白没有被镇住。她觉得，凯瑟琳夫人没有一点过人的才气或是服人的德行值得她肃然起敬。至于她的财富和地位，也不至于看了就要心惊胆战。

走进门廊时，大家听着柯林斯先生兴高采烈地指出这房子布局多么合理，装饰多么精巧。他们被几个仆人带着穿过前厅，来到凯瑟琳夫人、她女儿，还有詹金森夫人所在的房间。夫人放低身段，起身迎接他们。柯林斯夫人事先和丈夫商量好，由她来介绍宾客，因此介绍做得十分得体。柯林斯先生认为必不可少的道歉和感谢，一概免了。

虽然去皇宫觐见过，威廉爵士还是被周身的富丽堂皇震慑到了，只能深鞠一躬，不声不响地坐下来。他女儿被吓得张皇失措，坐在椅子边上，眼睛不知道看哪儿才好。伊丽莎白觉得不必诚惶诚恐，她从容不迫地观察着眼前的三位女士——凯瑟琳夫人身材高大，五官出众，年轻的时候可能还是个美人。她的态度算不上和蔼可亲，对待客人居高临下，让他们时刻谨记自己卑微的出身。她没有沉默寡言故作威严，可说话总带着一种命令式的口吻，显得十分高傲自大，这让伊丽莎白一下就想起了韦克姆的话。观察了一天之后，她相信凯瑟琳夫人与他形容的别无二致。

伊丽莎白仔细端详这位夫人，觉得她从长相到举止都和达西先生有些相似。然后她又把目光转向了女儿，和玛利亚一样，对她的瘦小感到惊讶。母女两人从身材到相貌毫无相像之处。德·博尔小姐脸色苍白，病恹恹的；相貌算不上丑，但也不起眼。她不怎么说话，只是偶尔和詹金森夫人小声嘀咕。詹金森夫人相貌平平，只顾着听小姐说话，以及把小屏风放到她眼前合适的地方挡光。

坐了几分钟后，大家被叫到窗边欣赏风景，柯林斯先生陪着他们，把一处处美景指给大家看。凯瑟琳夫人好心地告诉大家，到了夏天这里还会更好看。

晚餐十分丰盛讲究。正如柯林斯先生许诺的那样，不但有侍餐的仆人，还有各式的餐具器皿。同样如他预料的那样，夫人安排他坐在了餐桌的尾端[1]，他高兴得好像此生别无他愿了一样。他边切边吃，美滋滋地赞不绝口。每道菜都要被夸奖一番，先是他夸，然后是威廉爵士夸。威廉爵士现在已经从最初的震惊中缓过来，开始附和女婿了。看他那副样子，伊丽莎白不禁纳闷凯瑟琳夫人怎么受得了。不过，夫人似乎对他们浮夸的赞美非常受用，尤其是客人们对某道菜感到新奇时，她格外笑容可掬。其他人都没怎么说话。伊丽莎白原本做好准备要见缝插针说几句，可她坐在夏洛特和德·博尔小姐中间——前者专心致志地听凯瑟琳夫人说话，后者在席间一句话也没和她讲。詹金斯夫

1　按照礼节，桌子的首端和尾端是家庭中重要人物的座席。柯林斯先生坐在尾端，说明他的地位仅次于凯瑟琳夫人。

人一直盯着德·博尔小姐吃饭，见她吃得太少，硬要她多尝几个菜，又担心她吃得不舒服。玛利亚根本不敢说话，而男人们除了吃，就是说好话。

小姐、夫人们回到客厅后，就一直在听凯瑟琳夫人说话。她一个人滔滔不绝地讲着，直到咖啡端上来才住口。不管聊到什么，她的意见总是斩钉截铁的，看得出她不习惯别人发表不同意见。她毫不客气地问起夏洛特的家事，问得十分仔细，还给出一堆如何持家的建议。她还告诉她，像他们这样的小家庭应该如何打理，甚至指导她如何照料奶牛和家禽。伊丽莎白发现，所有能对别人指手画脚的事，这位老人家都要插手。在和柯林斯太太聊天的间隙，她也问了玛利亚和伊丽莎白不少问题，问伊丽莎白的问题尤其多。她一点也不了解伊丽莎白的亲戚关系，对柯林斯先生夸她是个有教养的好姑娘。她问伊丽莎白有几个姐妹，她排行第几，姐妹中有没有人要出嫁，她们长得漂不漂亮，是否上过学，她们的父亲用什么马车，母亲娘家姓什么？伊丽莎白觉得她的问题都很突兀，但还是彬彬有礼地回答了她。凯瑟琳夫人随后评论道："你父亲的庄园要由柯林斯先生来继承吧，"她转向夏洛特，"对你来说这是好事，可是除此之外，我不懂为什么不让女儿们继承。路易斯·德·博尔爵士家就觉得那样做没问题。班内特小姐，你会弹琴唱歌吗？"

“会一点。”

“哦！那我们得找机会听一听。我家的钢琴是顶好的，恐怕要好过——你改天应该试试。你的姐妹们也会弹琴唱歌吗？”

“有一个会。”

“为什么没有都学呢？你们都应该学呀。韦伯斯家的小姐们个个都会，她们的父亲还没你父亲的收入高呢。你们会画画吗？”

“完全不会。”

“什么，没一个会的？”

“对。”

“这可太少见了。不过我估计你们也没机会学。你们的母亲应该每年春天带你们到伦敦去跟着名师学学。”

“我母亲倒是没意见，但我父亲讨厌伦敦。”

“你们的家庭教师已经走了吗？”

“我们没请过家庭教师。”

“没请过！这怎么可能？养了五个女儿，却连家庭教师都没请！简直闻所未闻。你们的母亲准要像苦力一样操心你们的教育吧？”

伊丽莎白忍不住笑了，告诉她情况并非如此。

“那谁教你们？谁照顾你们？没有家庭教师，你们就没人管了吧？”

“和其他家庭比起来，确实是这样。可姐妹中爱学习的人，有的是办法学。我们一直被鼓励多读书，必要的老师也都请了。不想学的，也可以不学。”

“那确实。可家庭教师就是用来避免这种情况的。我要是认识你母亲，肯定会强烈建议她请一位。就像我总说的，好的教育离不开系统的指导，而系统的指导只有家庭教师能提供。你绝想不到我给多少家庭推荐了家庭教师。我最喜欢给年轻人安排合适的工作了，詹金斯夫人四个侄女的工作都是我给找的。前几天有人偶然和我提起一个女孩，我就把她推荐给了一户人家，他们可满意了。柯林斯先生，我跟你说了吗？梅特卡福夫人昨天上门来感谢我，她把波普小姐当成了宝贝。‘凯瑟琳夫人，’她说，‘你真是赐给了我一个宝贝呀。’你有妹妹出来社交了吗，班内特小姐？”

“是的，夫人，都出来了。”

“都出来了！你是说五个人一起？太奇怪了！你排行老二，那大的还没出嫁，小的就出来社交了！你的妹妹年纪都还小吧？”

“是的，最小的还不到十六岁。她大概还太小了，不适合出来社交。不过夫人，我真心觉得，要是因为姐姐们还没结婚或者不想结婚，做妹妹的就不能享受社交的快乐，那也太委屈她们了。小妹和大姐同样有权享受青春。因为这样的理由而被关在家里，既不利于增进姐妹之间的感情，也不利于养成体贴的性格。”

“我的天，”夫人说，“你小小年纪，说起话来倒是挺有主见。你说，你多大年纪了？”

“我有三个已经长大的妹妹，”伊丽莎白笑着回答，“夫人您还指望我供出年龄吗？”

凯瑟琳夫人很惊讶自己的问题竟然被搪塞过去了。伊丽莎白也猜想，敢于怠慢这样一位多管闲事的贵妇人，她恐怕是第一个。

“你肯定不到二十岁，所以没必要隐藏年龄。”

“我快二十一岁了。”

等男士们加入进来，一起喝过了茶，就摆起牌桌来。凯瑟琳夫人、威廉爵士和柯林斯夫妇一桌玩四十张；德·博尔小姐想玩卡西诺[1]，于是伊丽莎白和玛利亚有幸同詹金斯夫人一起陪打。她们这一桌玩得非常无聊。詹金森夫人不时地担忧德·博尔小姐感觉太热或者太冷了，灯光是太亮了还是太暗了。除此之外，与牌局无关的闲聊一句也没有。另一桌就活跃多了。一般都是凯瑟琳夫人说话——要么指责另外三个玩得不对，要么就讲发生在自己身上的小故事。不管她老人家说什么，柯林斯先生都要附和。他赢了鱼，要感谢夫人；赢多了，要向夫人道歉。威廉爵士

1 Casino，一种起源于意大利的纸牌游戏，得分二十一点为赢。

没说几句，他忙着把那一个个小故事和上等贵族的人名都牢牢印入脑海。

等凯瑟琳夫人和她女儿玩够了，牌局就散了。主人家对柯林斯夫人说要派马车送，她感激地接受了，于是派人去备马车。一群人围坐在炉边，听凯瑟琳夫人断定明天的天气如何。正受教的工夫，马车已经到了。柯林斯先生说了许多感谢话，威廉爵士鞠了好几个躬，大家才离开。刚走到门口，伊丽莎白就被表哥叫住，问她对罗辛斯作何感想。看在夏洛特的面子上，她说了很多言不由衷的好话。可她颇费心思说出的这些恭维，完全不能让柯林斯先生满意。柯林斯没办法，只好亲自接过话头把夫人又夸了一遍。

第三十章

威廉爵士在汉斯福德待了不过一周，但足够他确信女儿过得很好，有这样的丈夫和邻居实属难得。他住在这儿的几天，柯林斯先生整天带他乘着双轮马车在乡间到处转悠，等他走了，全家人又恢复了日常。伊丽莎白很庆幸，爵士走后，与表哥碰面的机会并没有增多。早饭和晚饭之间的大部分时间，他要么在花园侍弄花草，要么就是在临着大路的书房里读书、写字，远眺窗外的景色。女士们用的起居室在房子背面。起初，伊丽莎白还奇怪，为什么夏洛特不选餐厅做客厅，那间屋子更宽敞，景色也更好。不过很快她就发觉，夏洛特的选择很有道理——如果他们的客厅同样舒服敞亮，那柯林斯先生待在自己房间里的时间就会大大减少。她觉得夏洛特的选择很明智。

她们坐在客厅里完全看不到路上的情况。还要多亏柯林斯先生，一有马车路过就来告诉一声，尤其是德·博尔小姐经过。虽然她几乎每天都会坐着轻便马车路过，但柯林斯先生还是一次不落地跑过来通知。小姐常常在牧师住所停下，和夏洛特说几句话，可是要把她请下车却太难了。

柯林斯先生几乎每天走去罗辛斯一趟，他妻子也是隔不了几天就要去一趟。后来伊丽莎白想，或许凯瑟琳夫人手上还有其他的牧师职位，不然她真不明白为什么要花那么多工夫去拜访。夫人不时赏脸到他们家来看看，屋里的一切都逃不过她的眼睛。她要检查家务事打理得如何、针线活做得怎么样，还总要建议他们换个法子做。她会挑家具摆得不对，或者抓到某个仆人在偷懒。她偶尔在这儿吃点东西，好像只是为了看看柯林斯太太是否不顾家里的条件，挑了大块的肉来吃。

伊丽莎白很快就看出来，这位老人家虽然不负责当地治安，却是整个教区最活跃的执法者，芝麻大的事也要柯林斯先生向她汇报。只要有村民吵架、不满或者穷得过不下去了，她就会动身到村里去解决争端，平息抱怨。把他们一个个骂到邻里和睦，不再哭穷为止。

柯林斯家每周去罗辛斯赴两次宴席。因为威廉爵士的缺席，晚上的牌局只能开一桌了。除此之外，每次的活动都和头一次完全相同。他们很少到别处做客，因为附近上等人家的生活水平，柯林斯先生还够不上。不过，伊丽莎白并不介意，总的来说她过得很惬意。她每天能和夏洛特高高兴兴地聊上半个多小时，又赶上这个季节难得的好天气，让她能常到户外去走走。她最喜欢到罗辛斯花园边上的一片小树林里散步，在那里发掘了一条可爱的林荫小道，其他人去拜访凯瑟琳夫人的时候，她就去那儿走走。在那里，她感觉自己终于逃脱了凯瑟琳夫人的窥探。

前两周的拜访就在一片风平浪静中过去了。复活节临近了，节前一周罗辛斯家要迎来一位客人，这在他们的小圈子里可是大事。伊丽莎白刚来不久就听说，达西先生要来待上几周。虽然他是伊丽莎白最不待见的熟人，可他的到来也算给罗辛斯家增添了一副新面孔。她还等着看他是否对他表妹有意思，从中看出彬利小姐的小算盘是不是白费了。凯瑟琳夫人显然相中了他做女婿，一提达西要来就面露喜色，说到他这个人更是赞不绝口。还有，她一听说卢卡斯小姐和伊丽莎白以前常和达西见面时，脸色顿时变得很难看。

达西一到，牧师住宅里的人们就知道了——柯林斯先生一整天都在汉斯福德路口的门房旁边转悠，只为第一时间得到消息。他看到达西的马车驶进花园，立马鞠了一躬，然后赶回家报告这个重大新闻。第二天，他就迫不及待地到罗辛斯去问候。他要问候的凯瑟琳夫人的外甥有两位，因为达西还带来了一位菲茨威廉上校，是他某个叔叔的小儿子。令所有人大吃一惊的是，柯林斯拜访回来时，两位先生也一道跟来了。夏洛特从丈夫的房间看到他们在马路对面，急忙跑到另一个房间，告诉两位小姐有贵客要光临，还说："他们大驾光临，还要感谢你，伊丽莎。要是为了看我，达西先生可不会这么快就来。"

伊丽莎白还来不及推托这番恭维，门铃就宣布了他们的到来。随后，三位男士来到屋里。菲茨威廉上校走在第一个，大约三十岁，长相算不上英俊，但言谈举止很有绅士风度。达西先生还和在赫特福德时一样——带着惯常的矜持问候了柯林斯太太。不管他对伊丽莎白怀着怎样的感觉，和她打招呼时依旧不动声色。伊丽莎白回了个屈膝礼，一句话也没说。

菲茨威廉上校立刻寒暄起来，他谈吐大方从容，一看就很有教养，和大家相谈甚欢。再看他表弟，对着柯林斯太太聊了几句房子和花园，之后就坐了下来，再也没跟任何人说话。最后他终于想起来，按照礼节该问问伊丽莎白家人是否安康。她照例回答了他，顿了顿又说："我大姐三个月来一直住在伦敦，你没碰见过她吗？"

她知道他肯定没碰到过，但还是想探探他是否了解彬利和简之间发生了什么。他回答说，未曾有幸碰到班内特小姐，伊丽莎白觉得他说的时候表情有些慌乱。这个话题只谈到了这里，两位男士不久便告辞了。

第三十一章

菲兹威廉上校风度翩翩，大受牧师家里人的赞扬。小姐、夫人们都觉得，他肯定能为罗辛斯的聚会增添乐趣。不过一连好几天他们都没受到邀请——有别人来做客时，罗辛斯就用不着他们了。直到复活节那天，也就是两位先生来了快一周之后，他们才有幸再度受邀，而且还是做完礼拜出来，主人家才说请他们晚上去玩。上个礼拜，他们没怎么见到凯瑟琳夫人和她女儿。菲兹威廉上校倒是来拜访了好几次，达西只在教堂见过一面。

他们自然接受了邀请，并适时出现在凯瑟琳夫人的客厅。夫人客气地欢迎了他们，但很明显是因为请不到别人才叫他们来的。不仅如此，她的注意力完全在两个外甥身上，光顾着跟他们说话，尤其是达西，没怎么搭理剩下的人。

菲茨威廉上校见他们来了，表现得很高兴。在罗辛斯待得无聊，有点什么事他都高兴，更何况他很喜欢柯林斯太太的漂亮朋友。眼下他正坐在伊丽莎白旁边，两人愉快地交谈着，从肯特聊到赫特福德，从旅行聊到居家，还有新书和音乐。伊丽莎白觉得这地方从没如此有趣过。他们聊得眉飞色舞，甚至引起了凯瑟琳夫人和达西先生的注意。达西立刻露出好奇的目光，一次又一次地往他们这边瞥。凯瑟琳夫人也忍不住好奇，而且更不掩饰。过了不一会儿，她就毫无顾忌地叫道："菲茨威廉，你们俩说什么呢？在聊什么事？你跟班内特小姐说了什么，让我也听听。"

"我们在聊音乐，夫人。"他迫不得已答道。

"聊音乐！那大点声聊吧。这是我最喜欢的话题，要是聊音乐那必须有我的份儿。我认为，全英格兰也没几个人像我这样会欣赏音乐，或者有我这样的天赋的。我当初要是学了，肯定能成为伟大的音乐家。安也是一样，要不是因为身体不允许，她一定弹得很好。乔治亚娜弹得怎么样了，达西？"

达西先生满怀柔情地赞美了妹妹的琴技。

"听说她弹得这么好，我很欣慰。"凯瑟琳夫人说道，"请代我告诉她，只有勤于练习，才能出类拔萃。"

"夫人，您放心，"他答道，"乔治亚娜不用人提醒。她练得非常刻苦。"

"那就好。练琴怎么刻苦都不为过。我下次写信会告诉她，千万不能疏于练习。我总是告诫年轻的小姐们，在音乐上，不勤学苦练，是不可能出成绩的。我已经告诉班内特小姐好几次了，除非多练，不然她永远也弹不好。我也经常告诉柯林斯太太，既然家里没有琴，她每天都可以到罗辛斯来，到詹金森夫人房里练琴。在那个房间里，不会碍别人的事。”

见姨妈如此粗鲁，达西先生看起来有点难为情，没有说话。

喝过咖啡之后，菲茨威廉上校提醒伊丽莎白，她答应了要弹琴给他听。伊丽莎白立刻坐到了钢琴前，上校则拉了把椅子坐在她旁边。凯瑟琳夫人听了半首曲子，就又开始和达西聊天。过了一会儿，达西带着惯常的从容不迫从姨妈身边起身，站到了钢琴前，为了能把演奏者的脸看清楚。伊丽莎白看他凑了过来，一找到可以停顿的地方，就转过身来笑着对他说：“达西先生，您这么像煞有介事地过来听我弹琴，是想吓唬我吗？虽然你妹妹弹得**确实**好，可我也不怕。我天生倔强，绝不要被人吓住。别人越是想吓唬我，我胆子就越大。”

“你讲得没错，”他回答说，“因为你知道我不会存心要吓唬你。我有幸对你足够了解，知道你偶尔也会口是心非。”

伊丽莎白听达西这么形容他，不由得大笑了起来，对菲茨威廉上校说："你表弟会好生把我介绍一番，会告诉你我的话一句也不要信。我真倒霉，碰上个能戳穿我真实性格的人。我本来还希望能在这儿混个好名声呢。达西先生，你把在赫特福德了解到的我的缺点都抖出来，真不厚道。要我说，也很不明智——这会引起我的反击，说出一些让你的亲戚听了要大吃一惊的事。"

"我不怕你说。"达西笑着回答。

"快把他的不是说来听听，"菲茨威廉上校嚷道，"我真想知道他在陌生人面前什么样。"

"那我可说了——不过你要做好准备，很可怕的。要知道，我第一次见他是在一个舞会上——你猜他做了什么？他只跳了四支舞。我不想惹你难过，但事实就是如此。当时在场的男士很少，据我所知，不止一位姑娘因为没有舞伴只能干坐着。达西先生，我说的属实吧？"

"那时除了同去的人，我不巧一个人也不认识。"

"可不，舞会哪是人们相互认识的地方。菲茨威廉上校，那我接下来弹什么呢？我的手指恭候您吩咐呢。"

"也许，"达西说，"我当时要是找个人介绍一下会更好，可我最不擅长向陌生人介绍自己了。"

"能问问你表弟这是为什么吗？"伊丽莎白继续对菲茨威廉上校说，"问问他，为什么一个聪明又有教养，生活在上层社会的人，会不擅长向陌生人介绍自己？"

“这个不用问他，我就可以回答，”菲茨威廉说，“因为他怕麻烦。”

“我没有某些人的那种本事，”达西说，“能泰然自若地和素不相识的人聊天。我经常看到，有人一下就能听出别人的话外音，装作对别人的事很关心，这些我都做不来。”

“我弹起琴来，”伊丽莎白说，“不像许多女孩子那样熟练。手指不够有力度，不够灵活，也弹不出人家那种感觉。不过我一直认为这是我自己的问题——只怪我练习得不够。我并不认为是因为我的手指不好用，才比不上那些琴技高超的女孩子。”

达西笑着说：“你说得完全正确。你把时间花在了更值得的地方。凡是有幸听过你弹琴的人，都不会觉得你有任何不足之处。我们两个都不喜欢在陌生人面前做样子。”

说到这儿，对话被凯瑟琳夫人打断了，她大声问他们在说什么。伊丽莎白一听赶忙继续弹琴。凯瑟琳夫人听了几分钟后走了过来，对达西说：

“班内特小姐要是多加练习，再找个伦敦的老师教教，准能弹得不错。她的指法很好，不过品位比不上安。安本可以成为一位出色的演奏者，只可惜身体不允许。”

伊丽莎白望着达西，想看看他是否会真心赞同表妹受到的这番赞美。可不管是当时，还是任何其他时候，她都丝毫感受不到任何爱意。达西对德·博尔小姐的整个态度可以让彬利小姐感到欣慰了——倘若她是达西的表妹，那达西也可能会娶了**她**的。

凯瑟琳夫人还在滔滔不绝地评论伊丽莎白的琴技，中间就演奏和品位给出许多指点，伊丽莎白都心平气和地接受了。在男士们的要求下，伊丽莎白弹了一首又一首，直到凯瑟琳夫人叫来了马车送他们回家。

第三十二章

第二天早上，柯林斯夫人和玛利亚到村子里去办事，伊丽莎白独自坐在房间里给简写信。突然门铃响了，准是来了客人。因为没听到马车的声音，她心想可能是凯瑟琳夫人。怕她又要突兀地问东问西，伊丽莎白把写到一半的信收了起来。可是门一开，她却大吃一惊——走进来的是达西先生，而且只有他一个人。

见家里只有伊丽莎白在，达西也很吃惊。他为自己擅自登门道歉，说以为女士们都在呢。

两人坐下来，伊丽莎白问了问罗辛斯的各位是否都安好，然后两人似乎又要陷入无边的沉默了。她觉得得赶紧找个话题，急忙之中想起她最后一次在赫特福德见到达西的情形。她想知道达西会对他们的匆忙离开作何解释，于是说道：

“达西先生，去年十一月，你们从奈泽斐走得好匆忙啊！彬利先生看到你们那么快就去找他了，一定非常惊喜吧？我没记错的话，他前脚刚走，第二天你们就跟着走了。你离开伦敦的时候，他和他的姐妹们都好吧？”

“他们很好，谢谢问候。”

伊丽莎白觉得达西不会再回别的话了，于是顿了一下继续说道：“我感觉彬利先生不打算再回奈泽斐了？”

“我没听他这么说过，不过他以后大概不会在那儿久住。他本就有许多朋友，这个年纪也正是交际还在增加的时候。”

“如果他不打算在奈泽斐多住的话，对街坊四邻来说，他最好放弃这块地方。这样，我们才能有个稳定的邻居。不过，也许彬利先生租下这座房子的时候只考虑了自己，没有顾及邻居们，那这房子他要退还是要留，也会遵循同样的考虑。”

“我觉得他一旦买到合适的房子，就会退掉这里的。”

伊丽莎白没有回答。她不想再聊他朋友的事了，也没别的事好聊，于是决定把找话题的差事留给达西。

达西看出了她的意思，马上说道：“这房子看起来非常舒适。我想柯林斯先生刚来到汉斯福德的时候，凯瑟琳夫人肯定好好修缮了一番。”

“我想也是——我相信她把好心花在了一个最感恩戴德的人身上。”

“柯林斯先生很有福气，娶了位好妻子。”

“没错，他遇到了一位难得聪明的女人，不但肯嫁给他，还能让他幸福，他的朋友们都该替他高兴。我的朋友聪明绝顶——虽然嫁给柯林斯先生恐怕不是她做过最明智的事。不过她看起来也很幸福，从实际的角度来看，这确实是一门很合适的亲事。”

“嫁到离亲朋好友这么近的地方，她一定也很满意。”

“你管这叫离得近？这差出去快五十英里了。”

“只要路好走，五十英里算什么？大半天就能到了。是的，我觉得这算离得**很**近了。”

“我绝不认为离家近是这门婚事的一个优势，”伊丽莎白嚷道，“我绝不认为柯林斯太太嫁得离家**近**。”

“这说明你太依恋赫特福德了。依我看，所有朗博恩之外的地方，对你来说都算远。”

他说着，脸上浮现出一丝微笑，伊丽莎白觉得她看懂了——他一定觉得她是想到了简和奈泽斐才这么说的，于是红着脸答道：

“我不是说女人不能嫁得离娘家太近。但是远和近是相对的，要看实际情况。如果手里有钱，不在乎旅费，那嫁得远点也无妨。可**他们**不是这种情况。以柯林斯夫妇的收入，过得舒服没问题，可经常出行还是负担不起——我相信，即便是现在**一半**的距离，我朋友也不会认为自己住得离娘家近。”

达西先生把椅子往她身边挪了挪，对她说：“你不能这么恋家。你不可能永远待在朗博恩。”

伊丽莎白吃了一惊。达西也觉得有点不对头，他撤回椅子，从桌上拿起一张报纸看了一眼，用更冷静的语气说：“你喜欢肯特吗？”

两人就肯特进行了一番对话，语气平静，用词简洁。不一会儿，夏洛特和妹妹回来了，他们就此结束了对话。两姐妹看到屋里两人面对面谈话，感到很吃惊。达西先生解释说误以为大家都在，才不小心打扰到班内特小姐。说完又坐了几分钟，也没和谁多说话就离开了。

“这是什么意思呢？”他刚走，夏洛特就说，“亲爱的伊丽莎呀，他准是爱上你了，不然绝不会这样随随便便来看我们。”

不过，等伊丽莎白把达西聊天时的爱搭不理描述出来后，夏洛特纵有这番希望，也觉得大概是不太可能。大家猜了一阵，最后只能认为：他实在是闲极无聊。现在这个时节，确实容易无事可做。打猎的季节已经过去了，屋里虽然有凯瑟琳夫人、有书，还有一张台球案子，可男人们不能总待在房间里。也许因为牧师住所离得近，也许是走这一趟让人神清气爽，又或者是为了住在这儿的人，达西和菲茨威廉两兄弟几乎天天都往这儿跑。他们一天中不一定什么时间来，有时一起来，有时分开来，偶尔也和姨妈一起来。看得出菲茨威廉上校过来是因为乐于和她们交往，这让他更受欢迎了。和菲茨威廉交往的快乐以及他对自己显而易见的喜欢，让伊丽莎白想起了她之前的心头好乔治·韦克姆。虽然相比之下菲茨威廉上校没有韦克姆那么温柔迷人，然而她相信，他在头脑上更胜一筹。

可达西先生为什么往牧师住所跑得这么勤？这让人看不透。他来肯定不是为了社交，因为他经常坐个十分钟却一言不发。每次开口似乎都是迫不得已，而非出于自愿——是为了顾及礼节做出牺牲，而不是与人交流感到快乐。他很少有好兴致。柯林斯太太看不懂他——菲茨威廉上校偶尔笑他怎么这么无聊，证明他平常不是这样，这一点她原本是不知道的。她愿意相信达西与平常表现不同是因为陷入了爱情，而他爱上的正是自己的朋友伊丽莎，为此，她下决心要搞搞清楚。每次他们去罗辛斯或是达西来汉斯福德，她都仔细地观察他，可什么也没看出来。他确实经常望向伊丽莎白，但他的眼神里是什么意思，却让人看不透。那眼神专注而诚恳，可她说不清这到底是倾慕，还是走神而已。

她和伊丽莎白提过一两次，说达西可能是喜欢她，可伊丽莎白听了总是一笑置之。柯林斯太太觉得这事还是不宜多谈，省得挑起了伊丽莎白的期待，最终又要以失望告终。她敢肯定，她的朋友只要认定达西爱上了自己，对他的憎恶会立马烟消云散。

柯林斯太太好心为伊丽莎白盘算的时候，有时会在心里安排她嫁给菲茨威廉上校——他毫无疑问非常讨人喜欢，很喜欢伊丽莎白，社会地位也很合适。可是达西先生在教会有很大势力，而菲茨威廉却丝毫没有，这抵消掉了他的所有优势。

第三十三章

伊丽莎白在花园散步时，偶然碰到了达西好几次。她觉得怪倒霉的，在这里谁也碰不到，偏偏总要碰到他。为了防止这种事再次发生，她从一开始就告诉他，这是自己最喜欢来的地方。所以，要是再碰到他，那可就奇怪了。结果，他们确实又碰到了第二次，甚至第三次。他要么是诚心跟她过不去，要么是想要修补关系。因为每次碰到，他并不是客套几句，尴尬地沉默一阵就离开，而是觉得有必要掉头回来陪她走一走。他一向话不多，她也懒得多说或是多听。可是第三次偶遇的时候，他问了几个奇怪又不相干的问题——比如她在汉斯福德待得开不开心，为什么喜欢一个人散步，是否认为柯林斯夫妇过得幸福。谈到罗辛斯的时候，伊丽莎白说她还不够了解那里，而达西先生似乎期待伊丽莎白再来肯特还会住在**这里**。他话里话外似乎暗示了这一点。这是在替菲茨威廉上校着想？她猜想，达西要真是话里有话，那准是暗示她和菲茨威廉上校的事。这让她有点懊恼，好在他们已经走到了牧师住宅对面的围栏边。

有一天，她正一边走路一边重读简最近的来信，心里琢磨着明显能看出简心情低落的那几段话。就在这时，又有人把她吓了一跳。一抬头，发现这回不是达西先生，而是菲茨威廉上校。她立刻把信收起来，勉强挤出一个笑容："没想到你也会来这里。"

"在园子里转上一圈，"他回答说，"我每年都这么转一圈，正想转完再去牧师住宅串个门呢。你还要再往前走走吗？"

"不了，我再走两步也该回去了。"

她说着转过身，两人一起往牧师住宅走去。

"已经确定星期六离开肯特了？"她说。

"是的——如果达西不再推迟的话。不过我全听他差遣，他想怎么安排就怎么安排。"

"就算安排的结果不够令他满意，至少能为全权做主感到开心。我没见过像达西先生这样为所欲为的人。"

"他确实随心所欲，"菲茨威廉上校说，"但谁不是呢？他只不过是比其他人更能随心所欲罢了。因为他很有钱，而其他人不如他富裕。说句心里话，作为小儿子，就得习惯于克制自己、仰仗别人。"

“在我看来，一个伯爵的小儿子，对这两样都很难有体会。说实话，你懂得什么是克制自己、仰仗别人呢？你什么时候因为缺钱去不成想去的地方了，或是得不到想要的东西了？”

“你问得好——我恐怕是没怎么吃过这种苦。但是在更重大的事情上，我也有缺钱的烦恼。小儿子是不能想娶谁就娶谁的。”

“除非他们想娶的是有钱的女人，我觉得他们往往是这样。”

“我们花钱大手大脚惯了，所以不得不依赖别人。我这个阶层的人里面，结婚不用考虑钱的并不多。”

“这话是说给我听的吗？”伊丽莎白心想着，红了脸。不过她很快镇静下来，嘻嘻哈哈地说：“那请问，伯爵的小儿子一般身价多少？我猜，除非大哥体弱多病，不然你身价不会超过五万英镑吧。”

他也半开玩笑地回答了她，然后两人就结束了这个话题。伊丽莎白害怕，要是一直这么沉默下去，菲茨威廉会以为他这番话影响了自己的心情，于是赶紧说：

“我猜你表弟把你带来，就是为了有个人供他摆布吧。他怎么不结婚呢，找个人摆布一辈子。不过，也许现在他妹妹就担任这个角色。既然在他的关照之下，那他更是想怎么对待她都行了。”

“不，”菲茨威廉上校说，“这份特权他是要和我分享的。我们共同承担达西小姐的监护权。”

“是吗？那请问你们怎么监护呢？这位被监护人是不是挺麻烦？她这个年纪的女孩子有时候很难管，她要是也继承了达西家的脾气，恐怕也是个任性的人。”

她说着，发现菲茨威廉认真地盯着她，然后立刻问她为什么觉得达西小姐会很难管。他的反应让伊丽莎白觉得自己猜得八九不离十。她坦率地答道：“你别担心。我没听到什么关于她的坏话，说不定她是个非常听话的孩子。我认识的小姐、夫人中，有几位非常喜欢她，比如赫斯特夫人，还有彬利小姐。我记得听你说过，你也认识她们。”

“我和她们不算熟。她们的兄弟是位很亲切、有绅士风度的人——他是达西的好朋友。”

“哦！是的，”伊丽莎白冷冷地说道，“达西先生对彬利先生好极了，对他的关照简直是无微不至。”

“是的，关照。我觉得达西**确实**在他最需要的地方给予了许多关照。他在来的路上跟我说了件事，让我觉得他确实对彬利有恩。不过若是搞错了，还得请他原谅，因为我不敢断定说的就是彬利，只是我的猜测。”

“是什么事？”

“这事达西不想让太多人知道，要是传到那位小姐家，面子上就不好看了。”

“你放心，我不会说出去的。”

“另外，我也不能确定说的就是彬利。他跟我只说了这些：他很欣慰，最近成功说服某位朋友放弃了一门非常冒失的婚事。他没有指名道姓，也没有说什么细节。我之所以猜是彬利，是因为他像是会陷入这种困境的年轻人，而且去年整个夏天他们都在一起。”

“达西先生有没有说插手此事的原因？”

“似乎是那位姑娘有许多不够格的地方。”

“那他是用什么手段把他们分开的？”

“这他倒没说，”菲茨威廉笑着说，“他对我说的，我都告诉你了。”

伊丽莎白没答话，只是继续往前走，心里怒火中烧。菲茨威廉观察了她一会儿，问她怎么如此心事重重。

“我在思考你刚告诉我的事，”她说，“我真看不惯你表弟的做法，凭什么由他做主呢？”

“你觉得他这是多管闲事吗？”

“我不懂达西先生哪儿来的权力决定朋友的恋爱合不合适。他怎么能凭他的一己之见，就决定并且指挥朋友如何获得幸福？不过——”她调整了一下情绪，继续说道，“我们不了解具体情况就指责他也不公平。或许那两个人之间感情也不深。”

“这样想也不是不合情理，”菲茨威廉说，“可这就大大抹杀了我表弟的功劳呀。”

这本是一句玩笑话，可伊丽莎白却觉得这正是达西的真实写照。她不敢保证自己能得体地回答，于是赶紧转换了话题，谈起一些无关紧要的事，就这么一路走回牧师住宅。等客人一走，她就把自己关在房间里，好清净地想想刚才听到的事情。她认定菲茨威廉所说的那两个人，就是跟她认识的那两个。这世上没有**第二个**人能被达西如此随意地摆布。她从未怀疑过达西参与拆散了彬利和简的计谋，她一直以为彬利小姐才是幕后主谋。如果不是虚荣心让他自作多情，那么简所遭受到的，并还在忍受的痛苦，都要归罪于**他**，归罪于他的傲慢和一意孤行。一时间，这世上最深情、最善良的女孩子心中对于幸福的期望全被他毁了，谁也不知道他造成的不幸什么时候才能结束。

“那位姑娘有许多不够格的地方。”——这是菲茨威廉上校的原话。其中，恐怕包括了她在乡下当律师的姨夫，以及在伦敦做生意的舅舅。

“简本人不可能有什么不够格的地方，”她喊道，“她那么可爱、那么善良！有头脑、有修养、举止迷人。我父亲也没什么可挑的，虽然有些古怪，却有达西先生不可小看的能力和他永远无法企及的品格。”可想到母亲的时候，她的自信就减退了一些。不过她相信，达西并不会太在意**这方面**的欠缺。她认为，最让达西先生自尊受伤的，不会是朋友的亲家见识短浅，而是他们地位低下。他最终决定这么做，一方面是受到这种糟糕的自尊心的驱使，另一方面就是想要把彬利先生留给他妹妹。

这件事气得伊丽莎白哭了起来，搞得头也痛了。快到傍晚的时候，头痛得更厉害了，再加上她不想见到达西，于是决定不和表兄他们一起去罗辛斯喝茶了。柯林斯太太看到她确实不舒服，于是不勉强她，让丈夫也不要勉强她。然而柯林斯先生却提心吊胆的，生怕她留在家让凯瑟琳夫人不高兴。

第三十四章

他们走了之后，伊丽莎白似乎成心要激起自己对达西先生的深仇大恨，把来到肯特之后简写给她的信又细读了一遍。简在信里没有抱怨，既没有提起以前的事，也没有说眼下的痛苦，可是字里行间总是少了点她往常的快活。简心气平和，待人亲切，因此写信的语气原本也很少阴郁。伊丽莎白第一次读的时候没留意，这次再看，发觉这阵子简信里的每句话都带着些焦躁不安的感觉。达西先生不知羞耻地夸耀他让人受的罪，更让她感受到了姐姐的痛苦。不过让她稍感欣慰的是，达西后天就走了。更让她高兴的是，用不了两个星期，她就能回到简身边了。她要用所有的姐妹情，让简重新振作起来。

一想到达西要离开肯特，就不免记起他的表哥也要一起离开。菲茨威廉上校说得很明白了，他对她没意思，虽然他很可爱，伊丽莎白也不会为他自寻烦恼。

正想到这儿，突然听到门铃响了。她想着会不会是菲茨威廉上校来了，心里有点激动。之前也有一次他很晚来拜访，也许这次是特意来问候她呢。这个希望很快就破灭了，她的心情也立刻低落了下去——出乎她的意料，走进来的竟是达西先生。他一进来就急急忙忙地问她身体怎么样，说自己特地过来，希望看到她好些了。伊丽莎白态度冷淡地敷衍了几句。他坐了一会儿，又站起来在屋里转圈。伊丽莎白心里觉得奇怪，却没说话。两人沉默了几分钟后，他神情激动地朝她走来，对她说："我挣扎过了，但是没用。我无法抑制自己的感情。请允许我告诉你，我有多么欣赏你、多么爱你。"

伊丽莎白的惊讶简直无法用言语形容。她瞪着眼，红了脸，先是不敢相信，确认之后又默不作声。这一系列反应让达西觉得很有希望，于是赶忙倾诉对她的感情，并说自己的爱慕由来已久。他说得很动听，除了深情，其他的感受也一一道来。他谈起自己尊贵的地位，说得一点也不比甜言蜜语少。他觉得伊丽莎白出身低微，和她在一起会拉低自己的地位，这样门不当户不对一直让他在理智上克制自己的感情。大概是意识到自己将为这门婚事牺牲的地位和尊严，他说起来情绪有些激动，可求婚时说这些是不会受欢迎的。

虽然她打心里讨厌达西，但不可能对这样一个男人的爱慕无动于衷。她丝毫没有动摇，不过刚开始还对他即将遭到拒绝有些许同情。等他说了之后的那些话，让伊丽莎白把同情都变成了愤怒。不过她还是努力保持平静，耐心地等他说完再答复。他最后告诉她，他爱她爱得太深了，不管怎么努力也克制不住，希望她能接受求婚，也不枉他一片痴情。从这些话里，伊丽莎白听得出他非常确信求婚会被接受。他嘴上说着担心，表情却十分自信，这样的表现只会让伊丽莎白更生气。他刚一说完，伊丽莎白就涨红着脸答道：

“遇到这种事，按道理来讲，人家对你表达爱意，不管接不接受，都应该报以感谢。有感激之情是自然的，我如果能感觉到，现在也会谢谢你。可是我没法感谢你——我从未希求过你的青睐，而你也表达得极不情愿。如果给你造成了痛苦，我很抱歉，这不是我的本意，但我相信这种痛苦持续不了多久。你告诉我说，之前有种种顾虑，让你无法承认对我的好感，那经过这番解释，应该也很容易克服那种好感了。”

达西先生倚着壁炉架站着，盯着伊丽莎白的脸，听了这话既惊讶又生气。他气得脸色发白，情绪波动写在了脸上。他努力克制着，要等到自觉平静下来了才开口。中间这段沉默让伊丽莎白非常难受。终于，他强作镇定地说：“我真是荣幸，竟得到这样的回答！可以的话，想请教一下，为什么你会如此无礼地拒绝我。不过这也没什么重要的。”

“那我也想请教一下，”她回答说，“你为何毫不掩饰地冒犯我、侮辱我，告诉我你对我的好感违背了你的意志、理智，甚至品质？倘若我**真的**无礼，这难道不是情有可原的吗？不过，让我生气的不仅是这些，你应该也清楚。就算我对你并不反感——可能只是没感觉，甚至喜欢你，你以为我会考虑一个毁掉了，或许永远毁掉了，我最亲爱姐姐的幸福的人吗？”

听到这番话，达西先生的脸色变了。不过他很快平静下来，也没有想要打断她，而是听她继续说。

“我有太多的理由看不起你。不管出于什么原因，都不能为你这种不仁不义的行为开脱。你既不能，也无法否认，他们俩被拆散，即便不是你一手造成的，主谋也是你。因为你，一个被人指责朝三暮四，另一个被嘲笑自作多情，两个人都陷入了无边的痛苦。”

她顿了一下，发觉达西听了她的话却毫无悔意，气得够呛。而达西看着她，假装不相信，甚至面带笑容。

“你敢说这事不是你做的吗？”她又问了一遍。

他故作镇定地答道：“我完全不否认，我确实竭尽所能拆散了我朋友和你姐姐，并为此感到欣慰。我对**他**比对自己好多了。”

伊丽莎白听得出，这番话是出于好意，可她并不屑于表露出来。意思她懂了，但并不感到宽慰。

“我还不只因为这事讨厌你，”她继续说，“我对你的看法在很久之前就已经定型了。几个月前，韦克姆先生就揭露了你的面目。在这件事上，你有什么好说？又要编造什么为朋友好的借口来为自己辩护？还是骗人说自己遭到了误解？”

“你对那位先生的事倒是非常关心。”达西的语气不如之前平静，脸上也增添了几分愠怒。

“任何人听说了他的不幸遭遇，都很难不为所动吧？”

“他的不幸遭遇？！”达西不屑地重复了一遍，“是啊，他可真是太不幸了。”

“而且都是你一手造成的，”伊丽莎白大声嚷道，“是你害他活在贫困之中——当然，相对而言。你明知道那些好处是为他准备的，却不肯给他。他在最好的年华本可享受舒适的生活，于情于理都是他应得的，却被你剥夺了。这全是你干的好事！如今说到他的不幸遭遇，你还要鄙视和嘲笑。”

“这就是你对我的看法！”达西嚷着，快步走向屋子的另一头。“原来你就把我看成这样的人！还要谢谢你解释得如此充分。照这么说来，我确实罪孽深重。不过——”他停下脚步，转过身来冲着她说，“怪我太实在，非要告诉你之前迟疑不决的原因，让你觉得自尊心受损，不然也不会对我这么不依不饶的。我要是耍点手段，把内心的纠结隐瞒下来，用花言巧语让你相信，我对你的感情理由充分、深思熟虑，不管从哪个方面对你都是无条件的、纯粹的爱，或许你就不会这么苛责我。只不过，我讨厌任何形式的伪饰，也不觉得我的顾虑有什么好羞耻的。有这些顾虑很自然，合情合理。你难道希望我因为你低贱的亲戚们欢欣鼓舞吗？让我为结交这些社会地位远低于我的亲戚感到庆幸？”

伊丽莎白越听越生气，但还是尽力平心静气地说：“达西先生，你若是表现得绅士一些，我可能还会对拒绝你有点过意不去，可现在我不会这么想了，这就是你这番表达对我产生的唯一影响。”

她看到达西先生有些吃惊，但没有作声，于是继续说道：“不论你用什么方式求婚，我都不会接受的。”

这话明显又让他很惊讶，他看着伊丽莎白，眼神既诧异又困窘。

她继续说道：“从我最开始认识你——可以说是见你的第一面——就从你的举止中看出了你的骄傲自大、自私自利，毫不顾忌他人的感受。这给我对你的不满打下了基础。后来发生的事情则让我对你深恶痛绝。认识你不到一个月，我就觉得，哪怕天底下的男人都死光了，我也不会嫁给你。”

“小姐，你说够了吧？我现在完全了解了你的态度，只剩下对我之前的想法感到羞愧。抱歉占用了你这么多时间，允许我衷心地祝你幸福安康。”

他说完匆匆走出了房间。接着，伊丽莎白听到他打开大门离开了。

她此时心烦意乱，痛苦不已。她不知道怎么撑过去，身体也觉得虚弱，于是坐下来，哭了半个钟头。回想刚刚发生的事，越想越震惊。她竟然被达西先生求婚了！而且他从好几个月前就爱上她了！因为太爱她，甚至顾不上种种顾虑也想娶她。明明不久前，他才因为同样的问题不让朋友娶简，可见他自己对这些也是重视的——这简直不可思议！能在不知不觉中得到如此强烈的倾慕，是件令人高兴的事。可他太傲慢了，傲慢得令人讨厌。居然不知羞耻地承认破坏了简的感情，不占理却承认得理直气壮。还有他谈到韦克姆先生时那冷漠的态度，竟毫不否认对他的残酷无情。想到这些，她因为达西的一片钟情而生发的同情随即消散了。

她心烦意乱地回想着这些事，直到听见凯瑟琳夫人马车的动静，才意识到这副样子见不得夏洛特，于是赶忙逃回了自己的房间。

第三十五章

伊丽莎白辗转反侧，想了很久才合眼。第二天一早醒来，脑子里还是昨晚的那些事。她太惊讶了，完全没法想别的。吃完早饭，她决定出门去散散心。正往最喜欢的小路走去时，她突然想起之前达西先生有时也会去那儿，于是停住了脚步。她没去花园，而是沿着小路往远离大路的方向去了。她顺着花园的围栏，不久便经过了花园的一道门。

沿着那条小路来回走了两三趟之后，伊丽莎白禁不住惬意清晨的诱惑，站在花园门口往里面望去。在肯特住了五个星期以来，乡下的景色发生了很大变化，树木一天比一天蓊郁。她正要继续往前走，突然瞥见花园旁的小树林里出现了一个男人的身影，正往她这边来。伊丽莎白怕这人是达西，赶忙后退。但是那人已经走得很近，可以看到她了。他连忙赶上前来，还叫出了她的名字。伊丽莎白原本已经转过身去，可一听见有人喊她，虽然从声音就知道是达西先生，也只好再往花园门口走去。达西此时也来到了门口，递给伊丽莎白一封信，她则下意识地接了过来。达西带着傲慢而从容的神气说："我在林子里转悠一会儿了，就是希望能碰到你。能赏脸读读这封信吗？"说完，微微鞠了个躬，转头消失在了树林中。

伊丽莎白并不期待这封信能带来什么乐趣，可极度的好奇心还是让她打开了信。更令她吃惊的是，信足足有两页纸长，写得密密麻麻、满满当当。就连包住这封信的那页纸上也写满了字。她沿着小路一边走一边读了起来。信是当天早上八点钟在罗辛斯写好的：

小姐：

接到这封信时，请不要惊慌。我昨晚表达过的那些感情，向你提起的求婚，既然惹你不快，在这封信上我绝不再提。我并不想沉湎于自己的心愿，让你痛苦，也让我自己难受。为了我们双方的幸福，都应该尽快把它忘掉。我之所以要写这封信，还要劳你来读，因为事关我的名声。否则，我们两个都可以省事，既不用写，也不用读。因此，请你务必原谅我冒昧地麻烦你。我知道你本心并不情愿，可为了公正起见还是读读吧。

昨晚，你把两个性质不同、轻重不等的罪名加在我头上。第一件是指责我，不顾双方的感受，生生把彬利先生和你姐姐拆散了；另一件是说我无视别人的权益，不顾体面、不讲人情，毁掉了韦克姆先生指日可待的富贵生活，并葬送了他的前途。我蛮不讲理地抛弃了年少的伙伴、先父的宠儿，他一个无依无靠的年轻人，从小到大就指望着我家掌握的牧师职位，我这么做简直是罪大恶极。相比之下，拆散两个相恋不过几周的小情侣，简直不值一提了。等读完我对自己行为和动机的详尽阐释，希望你不会再像昨晚那样随意地给我扣上如此严重的罪名。在解释的过程中，我可能不得已要讲一些自己的情绪，如果引起你的不快，只能请你原谅。既然是迫不得已，再做道歉未免荒唐。我来到赫特福德不久，就和大家一样看出彬利在当地的姑娘们中间对你姐姐的偏爱。不过直到奈泽斐舞会的那天晚上，我才开始担心他这次是认真的。以前，我也常常见他陷入爱情。那次在舞会上，当我有幸和你跳舞时，才偶尔听威廉·卢卡斯爵士透露，彬利对你姐姐的好感已经开始让大家期待他们好事将近了。听他的意思，这事十拿九稳，只是时间还没定下来。从那时起，我开始仔细观察我朋友的表现：我从没见他对谁如此痴情过。我也观察了你姐姐，虽然她的表情举止一向开朗活泼、令人愉快，却没有表露出对彬利特别的好感。经过一晚上的观察，我还是确信：虽然她乐于接受彬利对她的感情，却没有表现出好感来鼓励他。在这件事上，如果**你**没有搞错的话，那一定是**我**错了。鉴于你对令姐更了解，那么很可能是我判断失误了。若真是如此，我的失误造成了她的痛苦，那么你对我的憎恨就不是没有道理的。但恕我直言，你姐姐那副心如止水的样子，任眼睛最尖的人看了也会觉得，虽然她的性格亲切可爱，芳心却很难被打动。我内心当然希望她对彬利没感觉，可我敢说，我内心的期望或担忧很少影响到我的观察和结论。我推测她不喜欢彬利，并不是因为我希望如此。我的推测没有偏见，我的愿望也合情合理。我昨晚说，这门亲事中有些弊端，放在我自己头上，要有很强烈的感情才能置之不顾。但其实门户高低的缺陷，对我的朋友来说不像对我这么重要。我还有其他的顾虑——这些顾虑现在还存在，而且在这两段关系里都有。我现在尽量忘掉，因为问题并不在眼前。可这些顾虑还是得简单说说。你母亲的家庭虽然也不够体面，但比起她自己一贯的不成体统，还有你三个妹妹，甚至偶尔你父亲的有失体面，简直算不了什么了。请原谅，冒犯到你我也不好受。你家里人的缺点本就让你难过，我这么一说更令你不快。但你想一想，你和你姐姐因为举止得体而免受同样的责备，这本身就是一种赞扬，也不逊于夸奖你们德才兼备。我再多讲一句：那天晚上发生的事，坚定了我对所有相关人士的看法，也让我更想将朋友从一门我认为不幸福的婚事中解救出来。

你肯定记得，他第二天离开奈泽斐的时候，是计划着要马上回来的。现在我解释一下我在其中起的作用。他的姐妹也和我一样对此事感到不安，很快我们就发现了彼此感觉相通，并且都认为拆散她们哥哥的恋爱事不宜迟，于是立即决定直接跟着他到伦敦去。到了伦敦，我就立刻开始给朋友指出这门亲事的弊端，苦口婆心地再三劝说。我的这番劝说也许动摇和拖延了他的决定，可最终拆散这门婚事，是我紧接着斩钉截铁地向他保证，你姐姐并不喜欢他。说这话之前，他相信简即便没有他爱得那么深，至少也是真心喜欢他的。不过彬利生性谦卑，相比他自己的想法，更相信我的判断。因此，想要说服他是自作多情了，并不是什么难事。他想通了这一点之后，再劝他不要回赫特福德简直不费吹灰之力。至此，我并不觉得我的做法有什么问题。不过，整件事中我有一点处理得不尽如人意——我堕落到靠耍手段向他隐瞒你姐姐在伦敦的消息。这件事我知道，彬利小姐也知道，但彬利并不知道。他们俩见面也未必会出现什么不好的结果，但在我看来，他还没有对你姐姐完全死心，这样见面还是有危险的。也许如此隐瞒和遮掩有失我的身份，但木已成舟，而且是出于好意。在这件事上，我没有其他可说的，或是要道歉的了。如果我伤害到了你姐姐的感情，那也是无意为之。虽然在你看来，我这样做理由可能很不充分，但我至今不觉得自己做得有何不妥。至于另一个更严重的罪名，说我伤害了韦克姆先生，我只能用这种方式驳斥：将他与我家的关系全部摆在你面前。他具体指责了我什么事，我不清楚，但我信上所说句句属实，不止一位信誉卓著的人可以为我做证。韦克姆先生的父亲是个非常值得尊敬的人，多年来一直打理彭伯里的产业，兢兢业业，十分尽职，因此我父亲自然很愿意帮他的忙。乔治·韦克姆是我父亲的教子，因此先父对他很好，不但供他上中学，后来还帮忙送他去上剑桥。韦克姆自己的父亲因为妻子挥霍无度而陷于贫困，无力为他提供上等的教育。韦克姆言谈举止非常讨人喜欢，因此我父亲很乐意与他交往。不仅如此，他也很器重韦克姆，希望他以后能当牧师，并想要给他安排工作。至于我自己，从很多年前就对他有了很不同的看法。他把自己的种种恶习和放荡乖张都小心地掩饰了起来，没有让他那些最好的朋友看到，可这逃不过一个同龄人的眼睛。我几次看到他没有戒备的样子，而老达西先生却没有这样的机会。我接下来要说的会让你难过，难过到什么程度只有你自己知道。不管韦克姆先生让你产生了怎样的感情，我都对这些感情的性质存疑，这不会阻止我向你揭示他真实的面目，相反又多了一个非说不可的原因。先父德高望重，五年前西去，直到去世都对韦克姆宠爱有加。他特别在遗嘱里向我提到，要根据他的职业尽力提拔他——如果他被授以圣职，只要一有薪水丰厚的职位空缺出来，就立刻让他补上。此外，还留给他一千英镑的遗产。不久后，他的父亲也去世了。这几件事发生大约半年后，韦克姆先生写信给我说，决定不接受圣职了。他说要我立刻给他一些钱，来替代他无法享受的牧师俸禄，希望我不要见怪。他还说，他计划学法律，说我该知道，靠那一千英镑肯定远远不够。说相信，倒不如说我希望，他的话是真的。但不管怎么说，我都欣然同意了他的请求，我早就知道韦克姆先生不是当牧师的材料。事情就这么解决了——他放弃了所有在教堂履职的权利，即便将来有机会接受圣职，也不再要求了。作为交换，我拿出三千英镑给他。从此我们之间就再没有任何关系了。我打心里看不上他，既不想邀请他来彭伯里，在伦敦也不愿与他交往。我想他主要是住在城里，说学法律就是个幌子，如今摆脱了一切束缚，便过上了游手好闲，奢靡浪费的日子。此后大概三年里，我几乎没有听到他的消息。直到原定他来接替的牧师去世，他又写信给我想得到那个职位。他告诉我，他日子过得很不如意，这我倒是相信。他发现学法律完全不挣钱，如今下定决心，只要我把这个空着的职位给他，他就去做牧师——他相信我不会拒绝，因为他断定我也没有别人可以补缺，另外还要顾及先父的遗愿。我拒绝了他的要求，在他的再三请求之下也没有同意，这你能理解吧？他的境况越窘迫，对我的怨恨就越深——不论是在背后骂我，还是当面指责，言语都很恶毒。从这时起我们完全断绝了关系，我也不知道他是怎么生活的。去年夏天，他又闯入了我的视线，令我苦不堪言。我现在要提到一件我自己也不愿记起的事。若不是因为眼下的情况，我是不会告诉任何人的。我妹妹比我小十多岁，由我的表兄菲茨威廉爵士和我共同做她的监护人。大约一年前，我们把她从学校接出来，安置在了伦敦。去年夏天，她跟随管她的杨太太去了拉姆斯盖特，韦克姆先生也去了，显然是别有用心的。原来他和这位杨太太早就认识，我们也不幸被这位太太骗了，没有看清她的真面目。在她的纵容和协助之下，韦克姆百般讨好乔治亚娜。乔治亚娜心太软，还惦念着小时候他对她的好，竟然动了真心，以为自己爱上了他，甚至同意与他私奔。她当时才只有十五岁，也情有可原。虽然她实在冒失，但我很欣慰，最后她还是亲口把这事告诉了我。在他们计划好要私奔前一两天，我突然出现在他们身边。乔治亚娜一直把我这个大哥当父亲一样看待，不忍心让我难过生气，于是向我和盘托出。你可以想见当时我心里是什么滋味，又做出了怎样的反应。顾及妹妹的名声和情绪，我决定不把此事公之于众。但我写了封信给韦克姆先生，让他立刻离开，杨太太当然也被我解雇了。毫无疑问，韦克姆先生是看中了我妹妹的三万英镑财产。但我又不禁在想，他恐怕也想趁机报复我。他们若真的私奔了，那他确实可以复仇成功。小姐，我们之前谈到的几件事，我在这里一一如实陈述了。如果你不觉得我在撒谎，那么我希望从今往后，你不要再说我对韦克姆先生残酷无情了。我不知道他是以什么方式、说了什么谎话来欺骗你的，不过受他蒙骗也不足为奇。你之前对这些事一无所知，也无从打听，更何况你本就不喜欢猜疑别人。你也许很不解，我为什么不在昨天晚上就把这些告诉你——但当时我还不确定哪些该说、哪些不该说。我在信上所说的一切，菲茨威廉上校都可以做证。他是我家的近亲、是我的好友，也是我父亲遗嘱的执行人之一，对于个中详情自然非常了解。如果对我的厌恶让你觉得我的话一文不值，那你总不能因为同样的理由不相信我的表兄。为了让你有机会和他对证，我将找机会尽量在今天把信交到你的手中。最后再加一句：愿上帝保佑你。

菲茨威廉·达西

第三十六章

收到达西先生这封信的时候，伊丽莎白就算没有期待他会重提求婚，那也完全想不到信里会说些什么。但看到这封信的内容，就能想到她读的时候心情多么迫切，感情又多么矛盾。她简直无法形容自己看信时的心情——刚开始感到惊讶，达西先生竟认为自己无可指摘。接下来她断定，他若是有一点廉耻心，就没法自圆其说。抱着对他一切说法的偏见，她开始读他所写的奈泽斐发生的事情经过。她读得太急了，根本没时间体会，读了前一句就等不及看下一句，没时间搞懂眼睛看着的这句究竟是什么意思。达西说她姐姐对彬利没有感觉，她立刻断定是胡说；他说到这门亲事真正最大的缺陷，气得她没法客观地对待他的话。他对自己的所作所为毫无悔意，这正在伊丽莎白的意料之中——他字里行间满是理直气壮、盛气凌人，全透着傲慢无礼的态度。

可接下来读起韦克姆先生的事，她稍微清醒了一点——如果他说的这些是真的，那她对韦克姆先生的好感将完全被推翻，可达西的叙述又和韦克姆亲口所说的身世那么符合——这让她的心情更难过，更难以描述。惊讶、忧虑，甚至恐惧，让她招架不住。她希望这全是谎话，不断地惊呼："这绝不是真的！绝不是！一定是胡说八道！"等她终于把信读完，虽然完全不懂最后一两页说的是什么，却赶快把信收到一边，决定完全不理这套，再也不看了。

她心烦意乱，不知道该从哪儿想起，只顾往前走。可这也不是个办法。过了半分钟，她就重新打开了这封信，尽量让自己平静下来，逼着自己重读有关韦克姆的那几段，仔细揣摩每句话的意思。信上所说他和彭伯里家的关系与他自己的口述如出一辙；至于已故的达西先生对他的宠爱，虽然她以前不知道到怎样的程度，这里也和韦克姆所说完全吻合。至此，两人所说的情况都对得上。可一谈到遗嘱，两人的说法就大相径庭了。韦克姆所说的关于牧师职位的事，她还记忆犹新。想起他当时的话，伊丽莎白不免感到，他们俩之间一定有人在撒谎。一时间，她还沾沾自喜，觉得撒谎的是达西。可等她仔细地一读再读，尤其是韦克姆放弃接受牧师职位的权利、换得三千英镑巨款的部分，她犹豫了。她把信放下，想要不偏不倚地权衡每个细节——她仔细斟酌每一句话，看它们是否可信——结果还是徒劳，只觉得双方各执一词。她本以为达西再是巧舌如簧也无法改变他行为的卑鄙无耻，可一读再读，却感到每句话都清楚地表明，达西先生是完全无辜的。

他毫不犹豫地指责韦克姆骄奢淫逸的做派，让伊丽莎白十分震惊，更震惊的是，她并找不出反证。在韦克姆加入某民兵团之前，伊丽莎白从未听说过他。而他加入民兵团，也是受到镇上偶然遇到的一位泛泛之交的劝说。此前他是如何生活的，除去他在赫特福德亲口所说，伊丽莎白一无所知。至于他真正的品格，即便伊丽莎白有机会问，也从没想过要去打听。凭借他的言谈举止，一下就会让人觉得他具备一切美德。她试图回想一些韦克姆的善行，一些他正直厚道的品格，想让他免受达西先生的指摘。至少，他可以凭借良好的品行，弥补一些偶然的过错——达西先生口中的游手好闲，恶习不断，伊丽莎白宁愿看作无心之失。然而她却找不到任何事例佐证。她眼前浮现出的韦克姆，风度翩翩、谈吐优雅。可除了邻里之间的交口称赞，和用交际手段在军官之间赢得的好口碑之外，她想不出他有什么实际的优点。她在这件事上琢磨了半天，又继续读信。可是，天啊！接下来信上提到他在达西小姐身上动的歪脑筋，她前一天和菲茨威廉上校的对话正好可以证明。信的最后让她去找菲茨威廉上校求证——她早前就得知菲茨威廉对表弟的大事小情都很关心，而他的人格也无须怀疑。想到这儿，她差点就要去找他问问，但因为怕尴尬又止住了这个念头。最后她断定，达西先生既提出这个办法，准是确定他表哥能为他做证，于是干脆放弃了。

伊丽莎白第一次和韦克姆见面是在菲利普先生家。她如今清清楚楚地记得，两人见面时说了些什么。他的许多说辞，她记忆犹新。可她**现在**才意识到，他和一个陌生人说这些有多么不合适，奇怪自己之前怎么没想到这一点。她发觉像他对自己的事夸夸其谈极其不体面，而且言行也前后不一——她记得韦克姆之前夸口说一点也不怕见到达西，要走也是达西走，他是不会退缩的，可接下来那周在奈泽斐的舞会他就没敢来；她还记得，在奈泽斐一家离开乡下前，这件事他就只告诉了她一个人，可等他们一走，故事便传得满城风雨。他肆无忌惮、毫不犹豫地诋毁达西先生的人格，可之前他还向伊丽莎白保证，仅是出于对达西先父的尊敬，他也绝不会揭露他儿子的过错。

韦克姆的事如今看起来全然不同了！他之所以追求金小姐，完全是唯利是图，十分可恶。他看中的金小姐财产不多，并不能说明他不贪婪，不过是见钱眼开。至于他对自己的好感，如今看来也是动机不纯——要么是高估了她的财产，要么是看到她不小心流露出对他的喜欢，为了满足虚荣心而故意挑逗她。她越来越难以站在韦克姆这边了。为达西先生辩护的理由还有一条，就是当简向彬利先生询问此事时，他也说过达西并无过错。虽然达西举止傲慢，令人生厌，可她从认识他以来——尤其最近两人走得更近，她也更了解他的举止——还没发现他做过任何违反原则、蛮不讲理的事情，也没见他有任何不讲礼节，不守道德的行为。他在自己的社交圈里备受尊敬和器重，就连韦克姆都承认他是个好哥哥，她自己也多次听达西无限深情地谈起妹妹，这证明他也有一些柔软的感情。若真像韦克姆所说，达西做了那样伤天害理的事情，是很难掩尽天下人耳目的。一个行径如此卑劣的人，和彬利先生这样善良可爱的人之间的友谊，实在不可思议。

她越想越觉得羞愧难当。不管想到达西还是韦克姆，她都感到自己太盲目、太偏激、心怀偏见、荒谬至极。

“我的行为太糟糕了！”她叫道，“总是自以为看人很准，自以为很有能耐！我还看不起姐姐的宽容善良，为了满足自己的虚荣心，总是做些无聊胡乱的猜忌。这个发现真是太丢人了。岂止丢人！我就算是陷入了爱河，也不会盲目到如此可悲的程度。可我最蠢的，不是陷入爱情，而是该死的虚荣心。一个人喜欢我，我就得意；另一个人冷淡我，我就生气。从最开始认识他们，我心里就抱着偏见和无知，完全抛弃了理智，直到现在才有点自知之明。”

从她自己到简，从简到彬利，她这样一路想来，很快就发现达西先生对**那件事**的解释并不充分，于是她又把信读了一遍。再读和初读的感觉完全不同了。她怎么能在一件事上不得不相信他，在另一件事上又拒绝相信他呢？他说完全看不出简对彬利有好感，这让她不禁想起夏洛特一直以来的看法。她也无法否认，达西把简描述得挺准确。简虽然心里的感情很炽热，却很少表现出来。她举手投足间总透出一股平和自得的神气，却很少流露出强烈的情绪。

再看信上谈到她家人的那一段，话虽然尖刻，却句句属实。他的指责实在一针见血，让她无法否认。他提到最开始决定反对这门婚事，正是因为在奈泽斐舞会上所见的情形。其实，那些情形让伊丽莎白比达西更难以释怀。

达西对她和姐姐的赞美，她并非无动于衷。这话确实让她很受用，但家里人不争气，引得别人如此鄙夷，让伊丽莎白很难感到安慰。她发觉，简的失恋其实是最亲近的人造成的，由此又想到，家人举止不当给她们俩的声誉带来了多大的损害。想到这儿，她感到前所未有的郁闷。

她在小路上徘徊了两个小时，各种想法都在脑子里过了一遍——好多事都被她重新思考了一番，判断是否确有其事。面对如此突然又重大的变化，她让自己尽量接受。最后，她觉得有些累了，又想到自己出来了很久，于是终于回家去了。进屋的时候，她让自己装作和平常一样高高兴兴的，不再去想这些事，免得影响和人谈话。

一回来就听说，她不在的这段时间，罗辛斯的两位男士都来拜访了。达西先生待了几分钟就走了，但菲茨威廉上校和他们坐了一个小时，希望能把她等回来，甚至要跑出去找她。伊丽莎白**假装**为没见到他而懊恼，心里却暗自高兴。菲茨威廉上校已经不重要了，她现在满脑子都是那封信。

第三十七章

第二天早上，两位男士离开了罗辛斯。柯林斯先生一直在门房附近等着，要向他们敬礼送别。他带着好消息回了家，说是刚刚在罗辛斯经历了离别之苦，两位先生精神尚可，身体也健康。然后他又赶忙跑去罗辛斯，安慰凯瑟琳夫人和女儿。等再回到家，心满意足地捎回夫人的口信，说她实在无聊，邀请他们所有人共进晚餐。

伊丽莎白见到凯瑟琳夫人，不禁想到，她若是愿意，如今已经成为夫人未来的外甥媳妇了。再一想夫人知道了会多么生气，禁不住露出笑容。她会怎么说？又会怎么做？想到这些让她就觉得很有趣。

大家最先谈到的就是罗辛斯少了两位客人。“不瞒你们说，这真够我难受的，”凯瑟琳夫人说，“没人像我这样，因为亲人走了这么伤心。不过我格外喜欢这两个年轻人，我知道他们也很喜欢我！他们可舍不得走了，一直都如此。

分别之前，上校的情绪都还不错，不过达西似乎比去年更不愿离开。他对罗辛斯的感情肯定加深了。”

柯林斯当即对此恭维、暗示了一番，母女俩听后都高兴地笑了。

晚饭过后，凯瑟琳夫人看班内特小姐兴致不高，断定她准是因为不想这么快回家，于是说道：“如果是这样，你应该给你母亲写封信，请她允许你多待一阵。我敢肯定，柯林斯太太肯定愿意有你做伴。”

“感谢夫人好心挽留，”伊丽莎白答道，“可惜我不能接受。下周六我必须得进城去。”

“哎呀，这样说来，你就只待了六个星期呀。我本指望你待上两个月呢。你来之前我就是这么跟柯林斯太太说的。你完全没必要这么快离开，班内特夫人肯定不介意你多留两个星期。”

“可我父亲不答应。他上礼拜写信催我赶快回去。”

“哎呀！如果你母亲都没意见，你父亲也会答应的。父亲对女儿向来不怎么在意。而且如果你再待上一整个月，我就能带你们其中一个到伦敦去，我六月初要去待一个星期。道森不介意驾一辆四轮四座的大马车[1]，多带个人地方也宽余——当然了，如果赶上天气凉爽，我不妨把你们俩都

---

1 Barouche，一种豪华马车，在当时的富人中颇受欢迎。

带上，反正你们个头都不大。”

“您太好心了，夫人。不过我们恐怕还是要按原计划来。”

说到这儿，凯瑟琳夫人不再勉强了。“柯林斯先生，你得派个仆人送她们。我向来有话直说，让两个女孩子自己乘驿车[1]赶路，这我可接受不了，实在不成体统，你一定得想办法派人去。我最看不惯这种事了。年轻的小姐们总该得到与身份相符的关照。我侄女去年夏天去拉姆斯盖特时，我要求她带两名男随从。达西小姐贵为彭伯里庄园的达西先生和安妮夫人的女儿，绝不能在这种事上有失身份。我对于这方面非常注意。柯林斯夫人，你一定要派约翰和小姐们同去。幸亏我想起这事，不然让她们自己赶路，丢脸的可是**你**呀。”

“我舅舅会派一个仆人来接我们的。”

“哦，你舅舅！他有个男仆是吧？有人替你们安排这些事，我很欣慰。你们要在哪里换马？哦，当然是在布罗姆利啦。跟贝尔客栈的人提我的名字，他们会好好招待你们的。”

关于她们这趟行程，凯瑟琳夫人有很多问题。鉴于她不全是自问自答，还得留心听着。伊丽莎白觉得这对她也

1　富人在城镇间旅行时常用的交通方式。乘客乘坐私人车厢，在驿站更换租用的马匹。

好，否则，脑子里总装着别的事，她可能都忘了自己身处何方。想心事要等到独自一人的时候才好，每到独处的时候，她就会想个痛快。她每天都自己出去走走，然后沉浸在那些不愉快的回忆里。

如今，达西那封信她都快背下来了。她仔细研究信上的每一句话，对达西的感情也一时一变。一想到他写信的语气，她就气不打一处来；可想起她如何错怪了他、错骂了他，她的怒火又转向了自己。他的失落也引起了她的同情。他的钟情令她感激，他的人格让她尊敬。可她无法接受他，一点也不后悔拒绝了求婚，更不想再见到他。她对自己过去的表现很懊悔，而家里人的种种缺点更让她恼怒透顶。他们简直是无药可救。她父亲看着几个小女儿轻佻放荡，总是嘲笑她们，却不加管束；而母亲举止本身就有失体面，也完全意识不到这样做的坏处。伊丽莎白常常和简一起，想要劝阻凯瑟琳和莉迪亚不要那么轻佻，可是她们得到母亲的纵容，怎么可能进步呢？凯瑟琳没主见，又爱耍脾气，全凭莉迪亚摆布，一听姐姐们的劝说就觉得受到了冒犯。莉迪亚呢，任性固执，又不管不顾，姐姐的话连听都不听。她们无知、无聊，又爱慕虚荣。麦里屯来一个军官，她们就要去跟人打情骂俏，朗博恩和麦里屯的距离走路就能到，于是她们便一天到晚往那边跑。

她还有一桩心事，就是担心简。达西先生的解释让她重新建立起对彬利的好印象，同时越发觉得简损失巨大。彬利对简的感情是发自内心的，他的行为也无可指摘。非要说他有错，顶多就是他太过相信朋友了。简碰到的这桩好事本来方方面面都很理想，不但大有益处，而且幸福可期，却因为家里人的愚昧和无礼而生生失去了，这多叫人难过啊！

除了这些事，还有韦克姆被揭露出的真面目。这让原本生性乐观，不容易消沉的伊丽莎白受到了不小的打击，连强颜欢笑也做不到了。

在她做客的最后一周，罗辛斯的聚会和她刚来的时候一样频繁。她临行前的最后一个晚上也是在那儿过的，夫人又事无巨细地问起她们旅程的安排，教她们如何整理行李，强调长裙正确的叠放方式，搞得玛利亚一回去就把早上收好的行李打开重新收拾了一遍。

她们辞行时，凯瑟琳夫人屈尊祝福她们一路顺风，并邀请她们来年再来汉斯福德。德·博尔小姐则破例行了个屈膝礼，还与她们两个握手道别。

第三十八章

星期六早上，伊丽莎白和柯林斯在其他人到来前的几分钟碰面吃了早饭。柯林斯先生趁这个机会向伊丽莎白道别，他认为这种礼数必不可少。

“伊丽莎白小姐，”他说，“承蒙您光临寒舍，不知柯林斯太太是否表达了感谢。我相信，她不会没有道谢就让您离开的。您能来做客，我们不胜感激，我们自知敝舍没什么能吸引人前来的地方。我们生活朴素，房间局促，用人也很少，再加上见识不多，对您这样的年轻小姐来说，汉斯福德一定无聊至极。但我希望您已感受到，我们对您屈尊前来无比感激，已经竭尽所能，让您的拜访不至于难熬。”

伊丽莎白连声道谢，并再三保证自己在这里很快活，说自己六周以来过得非常愉快，能高高兴兴地和夏洛特待在一起，受到了很好的照顾，该道谢的是**她**。柯林斯先生听了很开心，面带微笑，更加郑重其事地回答说：

“听你说过得挺舒服，我万分感激。我们确实尽了最大的努力招待，还十分有幸能动用我们的关系把你介绍给上流的圈子。与罗辛斯频繁交往，能让你从我们俭朴的生活里换换口味，我们也能聊以自慰，你在汉斯福德的生活不至于太过乏味。我们和凯瑟琳夫人家的关系是个得天独厚的优势，没几个人有这样的福气。这下你也看到我们过上了怎样的生活，和他们的交往多么密切了。我不得不说，牧师住宅尽管简陋，有许多不便之处，但不管是谁住在这儿，能和我们分享罗辛斯的深情厚谊，都算不上可怜吧。”

言语还不够表达他的兴奋之情。之后伊丽莎白讲了几句客气又实在的话，他一边听着，一边在屋里转来转去。

“亲爱的表妹呀，你这下可以回赫特福德好好替我们美言几句了。我相信这对你不是难事。凯瑟琳夫人对柯林斯夫人如何关怀备至，你每天都看在眼里。总的来说，你的朋友可不算嫁错——不过这点我们还是不提了。请你相信，亲爱的伊丽莎白小姐，我也衷心祝福你得到同样幸福的姻缘。我的夏洛特和我同心同德，我们从性格到想法总是无比一致，真像是天造地设的一对。”

伊丽莎白发自内心地说，他们的婚姻确实很美满，她也同样真诚地表示，完全相信他家里的日子过得很舒适，为他高兴。正说着，给他带来舒适生活的女士走进来，打断了他们的对话。伊丽莎白求之不得。可怜的夏洛特！留她和这样的男人在一起，真让人郁闷！可这是她自己选的。客人们要走了，她显然很难过，不过她也用不着别人同情。她有了这个家，平常打理家务、饲养家禽、帮忙处理教区事宜以及其他大事小情，对她都还有吸引力。

马车终于到了，行李箱在车尾捆好，大包小包都放了进去，一切准备妥当。伊丽莎白和夏洛特依依不舍地道别后，柯林斯先生送她们去马车上。从花园往外走时，他嘱咐她向全家人问好，说他不会忘记去年冬天在朗博恩受到的款待。以及，虽然并不认识，但也要替他问候加德纳夫妇。说完，他把伊丽莎白和玛利亚先后扶上马车。车门正要关上，他突然张皇失措地提醒她俩，她们忘了给罗辛斯的夫人、小姐留离别谢语。

“不过，”他补充道，“你们当然希望把谢意带给她们，感谢她们这段日子里的招待。”

伊丽莎白表示同意，车门终于关上，马车起程了。

“老天呀！”沉默了几分钟后，玛利亚惊叹道，“感觉我们才来了一两天！可是经历了多少事啊！”

“确实经历了很多。”伊丽莎白叹了口气。

“我们在罗辛斯吃了九次饭，还喝了两次茶！我回去有多少事要讲啊！”

伊丽莎白心里说：“我又有多少事不能讲啊！”

她们一路上风平浪静，也没怎么说话。四个小时后便来到了加德纳先生的家，并将在这里逗留几日。

简看起来状态不错。舅妈安排了太多活动招待她们，让伊丽莎白顾不上观察她的状态如何。不过简会和她一起回家，到了朗博恩，就有的是时间观察她了。

她等不及赶快回到朗博恩，赶紧告诉姐姐达西求婚的事。她知道，自己要说的事准会让简大吃一惊，同时还能满足自己抑制不住的虚荣心。她恨不得赶紧说出来，只是犹豫应该说到什么地步。她又怕一旦聊起这事，就免不了要提到彬利，再惹得姐姐伤心。

第三十九章

五月的第二个星期，三位小姐从格雷斯丘奇街出发到赫特福德的某镇去。班内特老爷提前安排好马车到当地一家旅店接她们，小姐们快到的时候，看到凯蒂和莉迪亚正从楼上的餐厅往外巴望着，看来车夫早到了。她们俩已经在那儿待了一个小时，忙着逛对面的小店，打量站岗的哨兵，还拌了黄瓜沙拉。

欢迎两位姐姐之后，她们得意地展示一桌摆好的冷盘，都是旅店惯常准备的那些。她们嚷着："很棒吧？惊不惊喜？"

"我们本想请客的，"莉迪亚说，"但你们得借我们点钱，我们的钱都在那家店里花光了。"她说着开始展示自己的战利品——"看，我买了这顶帽子。我也没觉得多好看，但是我想不买白不买。到家我就把它拆了，看能不能改好看点。"

姐姐们说这帽子难看，她则满不在乎地答道："噢！可是那店里还有两三顶，比这顶难看多了，等我再买几条颜色漂亮的缎带装饰一下，就不难看了。再说了，今年夏天穿什么也不重要了，某郡民兵团再过两星期就要离开麦里屯了。"

"他们要走了！"伊丽莎白惊叹道，心里松了一口气。

"他们要到布莱顿去驻扎了。真希望爸爸能带我们去那儿过夏天！这是个多妙的计划，我们大概都花不了多少钱！妈妈肯定也乐意去的！不然我们的夏天得多没劲！"

可不，伊丽莎白心想，**那**可真是个绝妙的计划，立刻就会要我们的命。老天爷啊！麦里屯只有一个团的人，一个月不过几次舞会，就把我们搅得鸡飞狗跳。布莱顿那整个营的军官要怎么顶得住！

"我还有个消息要告诉你们，"等大家坐定，莉迪亚说，"你们猜是什么？天大的好消息——重大新闻——关于我们都很喜欢的一个人！"

简和伊丽莎白面面相觑，告诉侍者先离开。莉迪亚笑着说："哎哟，你们俩可真是小心谨慎，还怕服务员听到。人家才不关心呢！我敢说他每天听到的事比我要说的可怕多了。不过他长得可够难看的！走了更好。我这辈子没见过这么长的下巴。好了，言归正传——消息是关于韦克姆的，服务员确实不配听，是吧？韦克姆不娶玛丽·金了。

意外吧！她已经到利物浦的叔叔家去了，不回来了。韦克姆这下安全啦。”

“玛丽·金也安全了！”伊丽莎白说，“逃过了一门唯利是图的婚事。”

“她要是喜欢韦克姆，现在离开可太傻了。”

“但愿双方的感情都不深。”简说。

“**他**感情肯定不深。我打包票，他压根不喜欢她——一个满脸雀斑的烦人精，谁会喜欢？”

伊丽莎白心里一惊。她虽然说不出这种粗俗的话，心里却有过同样粗俗的想法，还自诩开明！

大家吃完饭，两个姐姐付了账，便吩咐马车来接。安排了一番，小姐们才都上了车，连同她们的箱子、包裹、针线袋，还有凯蒂和莉迪亚买的那些破玩意儿。

“我们这样挤着坐，多有意思呀，”莉迪亚嚷道，“我真开心买下了这顶帽子，就算是为了再得一个帽盒也值了！现在，咱们互相依偎着，一路说说笑笑地回家吧。先说说你们离开之后的事，遇到什么好男人没有？有没有勾搭？我还期待你们当中有谁能带个老公回来呢。简很快就要成为老姑娘啦。她都快二十三了！天啊，我要是到二十三岁还没结婚那该多丢人啊！你们都想不到，菲利普姨妈有多急着要你们嫁人，她说丽兹当初答应柯林斯先生就好了。可**我**觉得那多没劲呀。老天！我真希望能在你们之前结婚，然后领着你们到处去参加舞会。对了！那天我们在弗斯特上校家玩得可尽兴了。我和凯蒂本就打算在那儿玩一个白天，结果弗斯特夫人许诺晚上开个小舞会（顺便一提，我和弗斯特夫人很亲）。她邀请了哈林顿家的两个姑娘，不巧哈莉特病了，潘只好自己来。然后，你猜我们干了什么！我们给张伯伦（管家）穿上了女人的衣服，让他扮成个女的，多好玩！除了上校夫妇、凯蒂和我，谁都不知道。哦，还有姨妈也知道，因为我们不得不找她借一件长袍。你们绝对想不到他扮得多好！丹尼、韦克姆、普拉特，还有另外两三个人进来的时候，根本没认出他来。天哪！把我给笑得！弗斯特夫人也是。我简直要笑死过去了。男人们这才觉得不对劲，然后马上就识破了。”

回朗博恩的一路上，莉迪亚都在讲聚会的故事和笑料，凯蒂则在旁边添油加醋，逗大家开心。伊丽莎白尽量不去听，却难免听到韦克姆的名字一次次被提起。

回到家，她们受到了热情的欢迎。班内特夫人看到简还是那么美，不禁喜上眉梢，而班内特老爷则在饭桌上不止一次对伊丽莎白说：“你回来了我真高兴，丽兹。”

餐厅里聚起很多人，卢卡斯家的人几乎都来了，一方面来看玛利亚，也想听听新鲜事。大家七嘴八舌，问什么的都有——卢卡斯夫人问玛利亚，大女儿的日子过得好不好，家禽养得多不多；班内特夫人格外激动地隔着好几个人向坐在同侧的简打听服装潮流，再转述给卢卡斯家的女孩们。莉迪亚嗓门比谁都大，正给人列举这一天的好玩事。

“噢，玛丽！”她说，“你要是跟我们一起去就好了，我们玩得可开心了！去的路上，我和凯蒂把马车的窗帘拉上，假装里面没人。要不是因为凯蒂晕车了，我一路都会这么着。到了乔治酒馆，我觉得我们很够意思，请她们仨吃了天下最美味的冷餐，你要是去了，我们也请你。临走的时候也别提多有趣了！我差点以为这辆车盛不下我们了。真是笑死我了。回来一路也特别好玩，大家有说有笑、吵吵嚷嚷的，十里地外的人都能听见！”

玛丽郑重其事地答道：“亲爱的妹妹，我绝不想搅了你的兴致！这些事很合一般女孩子的口味，但我却一点也不感兴趣——我还是宁愿读书。”

不过莉迪亚一个字也没听进去。她很少能听人说话超过半分钟，对玛丽，更是听都不听。

下午莉迪亚非要姐妹们陪她去麦里屯，看那边的朋友近况如何，不过伊丽莎白坚决拒绝了。她觉得，不能让人家说，班内特家的小姐们半天都忍不了，就要跑出去追军官们。不过，她反对还有另一个理由。她很怕再碰到韦克姆，决定能不见就不见。听说民兵团要离开了，她感觉无比安慰。再过两个星期，他们就走了，她希望这一走，她就再也用不着为韦克姆的事烦心了。

回到家没几个小时，她就发现莉迪亚之前在旅馆提起的那个布莱顿计划，正被父母反复讨论着。伊丽莎白看得出父亲完全不想让步，可他的回答又那么模棱两可，而她母亲虽然常常碰钉子，可总是不死心，最后常常是以她的胜利告终。

第四十章

伊丽莎白再也等不及要把发生的事情告诉简了。最后，她决定不提与她相关的那些事，而且提前给她打了预防针，在第二天给简讲述了达西向她求婚的主要情节。

班内特小姐先是很惊讶，但很快就感觉也没什么好奇怪的。她偏爱妹妹，觉得谁爱上她都不足为奇。很快，惊讶就被其他情绪取代了。她为达西先生惋惜，觉得他不该采取那样的方式求婚；同时又替他难过，因为妹妹的回绝一定让他很伤心。

“他确实不该那么自信，”简说，“更不应该表现出来。但你想想，自信越多，失望就越大。”

“确实，”伊丽莎白说，“我真心替他难过。但他对我也有顾虑，大概很快就会冲淡喜欢的。不过，我拒绝了他，你不怪我吧？”

“怪你？当然不。”

“但你会不会怪我把韦克姆夸得太好了？”

“不会——我不觉得你哪里说错了。”

“听我告诉你第二天发生了什么事，你**就会**知道我哪里错了。”

接着她便说起那封信，把信里关于乔治·韦克姆的事都复述给简听。这对可怜的简是多大的打击啊！她看遍这世界，也不会相信人性中如此多的恶都集中在一个人身上。达西的辩白虽然让她听了很舒服，却无法为她的发现带来安慰。她竭力想要证明这里面可能有误会，想要证明一个人的清白，又不让另一个人蒙冤。

“这是不可能的，”伊丽莎白说，“你不可能让他们两个都当好人。你随便选，但只能二选一。他们两个人中间就只有那么多美德，只够一个人做好人。最近这些美德在两个人之中摇摆不定。我现在倾向于相信拥有这些美德的是达西，你怎么判断要看你自己。”

过了好一会儿，简脸上才挤出一个笑容。

“我恐怕这辈子没这么震惊过，”她说，“韦克姆竟然如此卑鄙！我简直不敢相信。达西先生真可怜！亲爱的丽兹，你想想他受了多大的委屈，又该多么失望呀！又得知你看不上他！还不得不告诉你他妹妹的私事！太令人难过了。我相信你也有同感。”

“哎哟，得了！一看到你对他这么同情、这么内疚，我顿时就没什么感觉了。我知道你会替他鸣不平，因此我就越来越漠不关心了。你越是掏心掏肺地同情他，我越会吝啬我的感情。你继续替他委屈一阵，我就彻底轻松了。”

“可怜的韦克姆！他明明看起来那么善良，性格开朗，又风度翩翩！”

“他们两个在做人上都有很大的问题，一个哪儿都好却看不出来，另一个只是看着哪儿都好。”

“我从没像你之前那样，觉得达西外在表现有那么大的欠缺。”

“我这样毫无理由地讨厌他，是为了让自己显得特别聪明。对一个人如此厌恶，能开拓思维，启发心智。一个人可能一直在骂人，却说不出一句公道话，可如果你常常取笑别人，偶尔也会想到一两句聪明话。”

“丽兹，你当时读那封信时的感受，肯定不是现在说的这样。”

“当然了，我当时很难受，甚至可以说很伤心。找不到人谈谈，也没有简你来安慰我，告诉我，我并不像自己想的那样软弱、虚荣、不可理喻。噢！我当时多么需要你啊！”

“你当时说起韦克姆的事，对达西言辞那样激烈，真是太遗憾了，现在看来这些话确实过分了。”

“是呀，但我是因为一直抱有偏见，自然会出言刻薄。

我有件事要问你的意见：我们是否应该把韦克姆的真面目告诉身边人？”

班内特小姐想了想，回答道：“我们也没有理由让他身败名裂吧？你怎么想？”

“我也这么觉得。达西先生没有授权我把他的话公之于众。相反，所有牵扯到他妹妹的事情，我都要尽量保密。就算我很想把韦克姆的其他行径揭露出来，谁会相信呢？大家对达西先生的偏见那么深，麦里屯怕是有一半人到死都没法对他有好感。我可搞不赢。韦克姆很快就要离开这儿了，他究竟是个怎样的人，在这里也无关紧要了。总有一天会真相大白，到时我们就可以嘲笑人们太愚蠢，没有早点看出来。眼下，我只字不提吧。”

“你说得对。把他的罪过公之于众，可能会毁了他的一生。说不定，他现在已经后悔做过这些事，想要重新做人了。我们可不能逼得他走投无路。”

经过这番对话，伊丽莎白起伏的内心平静了不少。过去两个星期以来，压在她心里的几个秘密，终于吐露了两个。她也相信，不管她什么时候想再谈这些事，简都会愿意倾听的。不过还有件事，为了谨慎起见，她还没有提起。她不敢说出达西先生信中的另一半内容，也不敢告诉姐姐达西的朋友有多么在意她。这件事谁也不能告诉。她知道，只有等到他们两个自己达成完全的谅解，她才能卸下最后这个秘密的包袱。“这事希望渺茫，”她想，“但万一发生了，彬利自己会把那个秘密描述得更动人。要等到这事完全没有意义了，才轮得到我来说吧！”

回到家踏实下来，伊丽莎白才得空观察姐姐的精神状况到底如何。简并不开心。她还对彬利一片深情。她以前从未想象过自己会坠入爱河，因此这份感情像初恋一般热烈。可她的年纪和性格又让她比大部分的初恋都更坚定不移。她对彬利仍然难以忘怀，觉得他好过这世上任何男人。幸亏她明事理，非常照顾身边人的感受，才没有沉浸在那些遗憾中，否则不但她自己的身体要垮掉，还会把别人闹得心神不宁。

“丽兹啊，”班内特太太有一天说，“你**现在**对简这桩倒霉事怎么看？我反正是下定了决心，再不和任何人提起了。我那天和菲利普姨妈也是这么说的。简在伦敦竟然连他的人影都没见着。这个小伙子真是不值得——我觉得简也没可能嫁给他了。我已经跟所有可能知道的人打听过了，完全没听说他夏天会回到奈泽斐。”

“我看他不会再回奈泽斐住了。”

“那随他的便吧！也没人盼着他来。不过我永远都会觉得，他太对不起我女儿了。我要是简，绝对不会这样忍下来。唯一让我安慰的是，简准会心碎而死的，到时候他就会追悔莫及。”

伊丽莎白没法为这种期待感到安慰，所以没有回答。

“丽兹啊，”她妈妈接着说，“柯林斯家过得挺好，是吧？我祝他们能长久。他们的饭菜怎么样？夏洛特肯定很会操持家事。她只要有她妈妈一半精明，就能存下不少钱了。他们肯定不会搞什么铺张奢侈的东西。”

“是的，完全没有。”

“他们肯定特别会精打细算。没错，没错。**他们**才不会入不敷出，为钱发愁呢。但愿这样能过得好！我估计，他们经常说起，等你爸爸死了朗博恩就归他们。等到了那一天，他们准会据为己有的。”

“这种事他们肯定不能在我面前提。”

“是啊，那就太奇怪了。但我相信，他们两个人之间一定常常提起。哎，他们能心安理得地接受这份不义之财，算他们厉害。要是让我继承别人的财产，我肯定会良心不安的。”

第四十一章

她们回来的第一周一晃就过去了。接下来的第二周，也是民兵团驻扎麦里屯的最后一周。当地的女孩子都垂头丧气的，所见之处一片愁云。只有班内特家的两位大小姐还能照常饮食起居，忙平常的事情，也因此被凯蒂和莉迪亚指责冷漠无情。她们俩伤心至极，无法理解家里怎么会有人如此铁石心肠。

“老天爷！我们之后可怎么办呀？日子还怎么过？”她们经常哀叹，“丽兹，你怎么还笑得出来？”

她们那位慈爱的母亲也跟着一起伤心。她还记得自己也曾为类似的事情饱受煎熬，在二十五年前。

“我记得清清楚楚，”她说，“米勒上校的团离开的时候，我哭了整整两天，心都要碎了。”

“我的心肯定会碎的。”莉迪亚说。

“要是能去布莱顿就好了！”班内特夫人说。

“对呀！——要是能去布莱顿该多好！可爸爸就是不同意。”

“去泡泡海水浴，我这辈子都满足了。”

“菲利普姨妈说这对我一定也大有好处。”凯蒂补充道。

这般唉声叹气在朗博恩此起彼伏。伊丽莎白本想拿她们打趣，可羞耻心让她乐不出来。她再次感到达西先生的反对不无道理，甚至从未有过地谅解他干涉朋友的婚事。

莉迪亚的郁闷不久就消散了——民兵团上校的老婆弗斯特太太邀请她与他们同去布莱顿。莉迪亚的这位贵人非常年轻，最近才刚刚结婚。两人性格都很活泼，所以非常合得来。她们认识不过三个月，却做了两个月的闺蜜。

莉迪亚的喜出望外、对弗斯特夫人的顶礼膜拜，班内特夫人的欣喜，还有凯蒂的难过，都溢于言表。莉迪亚毫不顾及姐姐的情绪，只管在屋里欢呼雀跃，一边叫大家祝贺她，一边说说笑笑，越来越疯癫。而不走运的凯蒂则在客厅里抱怨自己命不好，语气和言辞都很过分。

“我不懂弗斯特太太为什么不一起邀请我，”她说，“虽然我不是她特别要好的朋友，可一样有权受到邀请，更何况我还比莉迪亚大两岁呢。”

伊丽莎白试图和她讲道理，简劝她想开些，但都是白费。对于这个邀请，伊丽莎白远不像妈妈和莉迪亚那么激动。如果说莉迪亚本来还算有点理智，这一去就全报销了。

伊丽莎白忍不住私下叫父亲阻止莉迪亚，也顾不得想莉迪亚若是知道会多么恨她。她给父亲列举了莉迪亚各种不妥当的举止，说和弗斯特太太这样的人做朋友毫无益处，跟着她一起去布莱顿会让莉迪亚更加肆无忌惮，因为那里的诱惑比家里还要多。父亲认真听了她的话，然后说："不让莉迪亚去个公共场合出出丑，她是不会罢休的。像这样不用花钱，又给家里省去了麻烦，是个多好的机会。"

伊丽莎白说："您若是知道，莉迪亚这些轻浮的举止被别人看见，会如何连累我们家——不，事实上已经连累了，那您绝不会这么说了。"

"已经连累了？"班内特先生重复了一句，"怎么连累了？她吓跑了你的心上人吗？哦，可怜的小丽兹！不过别伤心，这么挑剔的年轻人，一点荒唐都受不得，不值得惋惜。来，我倒要看看有多少小伙子被莉迪亚的愚蠢吓跑了。"

"您误会了。我并没有受到这样的伤害。我说的不是某一种坏处，而是总体的危害。莉迪亚那喜怒无常、胆大妄为、放荡不羁的性格，肯定会影响到我们的名声和地位。原谅我话说得直白。亲爱的父亲，你得费心管管她那无法无天的性子，告诉她不能把追男人当成人生目标，不然她很快就无药可救了。她的性格会定型，到了十六岁，就会成为一个轻浮的女孩子，让自己和全家人成为别人的笑柄，而且会浪荡到最严重、最低贱的程度。她除了年轻而且略有姿色之外，毫无迷人之处。她愚昧无知，脑袋空空，一门心思要博得别人的喜欢，结果却到处叫人看不起。凯蒂也有这样的危险，莉迪亚做什么她都要跟着学——爱慕虚荣、愚昧无知、游手好闲，还完全不受管束！噢！父亲啊，你难道不觉得她们不论走到哪儿，只要碰见认识的人，都会被指指点点和看不起吗？她们的姐妹也会因此蒙羞呀。”

见她把这事看得这么重，班内特先生慈爱地握住她的手，回答说：“孩子，别担心。你和简无论走到哪儿，都会受到尊敬和器重。你们不会因为有两个——其实是三个——愚蠢的妹妹，就会被人看不起。要是不让莉迪亚去布莱顿，我们在朗博恩就别想安宁。所以，就让她去吧。弗斯特上校是个明白人，不会让她惹出大事。所幸她也太穷了，不会被谁看上的。布莱顿和这里不同，就算是当一个轻佻女子，她在那儿也没什么市场。那里会有更值得军官们注意的女人。所以，我们就寄希望于她在那儿能了解到自己的无足轻重。不管怎么说，如果她变得更过分的话，我们就这辈子都把她关在家里。”

听了这话，伊丽莎白只得作罢。她的看法并没有改变，只是带着失望和遗憾离开了。不过，以她的性格，不会让自己沉浸在烦心事里越想越烦。她觉得自己已经尽到了责任，为不可避免的厄运着急或是过度焦虑，不是她的风格。

莉迪亚和她妈妈若是知道伊丽莎白和父亲的谈话，肯定会火冒三丈，两个人的伶牙俐齿加起来也不解气。在莉迪亚的想象中，布莱顿之行能带来这世间一切的快乐。在幻想中，她仿佛看到，这个令人愉快的海滨浴场大街小巷上满是军官，十几二十个军官都被她迷住。她幻想着蔚为大观的营地上整齐地排列着许多漂亮的帐篷，里面挤满了欢乐的年轻人，一个个都穿着炫目的红制服。为了让画面圆满，她想象自己坐在帐篷下面，至少同时和六个军官甜蜜地打情骂俏。

要是知道姐姐想剥夺她这样的幻景和好事，她会怎么想呢？能理解她的只有母亲，因为几乎与她有同感。丈夫不愿去布莱顿，让班内特夫人很郁闷，如今莉迪亚要去，也算是给了她一点安慰。

好在，她们俩对中间发生的事一无所知，直到莉迪亚走的那一天都很开心。

眼下也轮到伊丽莎白见韦克姆先生最后一面了。她回来之后经常和他碰面，内心的烦乱差不多消散了，特别是旧情引发的烦乱已经完全没有了。她起初很喜欢他彬彬有礼的风度，如今却看出其中的矫揉造作、千篇一律，从而感到厌恶。而他现在对她的态度更增加了她的不快。他很快表明想要重修旧好，可经过了许多事，这只会让她生气。她发觉挑逗她的竟是这样一个游手好闲又轻浮的人，顿时失去了兴趣。她虽然一忍再忍，还是在心里暗自责备他，竟然会以为不管过了多久、不管因为什么不再追求她，只要他故技重施，伊丽莎白的虚荣心就能得到满足，并再次喜欢上他。

民兵团在麦里屯的最后一天，韦克姆和其他几位军官一起来朗博恩吃晚饭。伊丽莎白觉得没必要非得和和气气地分别。于是，当他问起她在汉斯福德过得怎样时，她提到菲茨威廉上校和达西先生都在罗辛斯待了三周，还问他是否和菲茨威廉相熟。

他大吃一惊，脸色不悦且十分警惕。稍微平复了一下之后，他笑着回答说，以前经常见到他，说他很有绅士风度，又问她喜不喜欢他。伊丽莎白热切地回答说，很喜欢他。接着，韦克姆漫不经心地问道："你刚才说他在罗辛斯待了多久？"

"将近三个星期。"

"你经常见到他？"

"是的，几乎每天都会见。"

"他待人接物和他表弟很不一样。"

"是很不一样。不过我认为达西先生一旦跟人熟起来，待人接物也有改善。"

"是吗？"韦克姆叫道，脸上的表情没有逃过伊丽莎白的眼睛。"能否请问，"他顿了一下，用轻松些的口气说，"他是在说话的态度上有改观吗？比平常更有礼貌了？因为我实在很难相信——”他又压低嗓门，严肃地说，“他本质上能有什么进步。”

“哦，确实！”伊丽莎白说，“我相信，他在本质上没有什么变化。”

韦克姆听了这话，不知是该高兴，还是该怀疑。她脸上有种神情，让韦克姆心里惴惴不安。接着她又说：“我说他相熟起来有改进，不是说他的举止思想有什么进步，而是说和他越熟，就越能理解他的性格了。”

惊慌之下，韦克姆变得张皇失措，沉默了好几分钟才消除了窘态。他面向伊丽莎白，语气温和地说：“你很了解我对达西先生的看法，所以一定能理解，听说他懂得要举止得当，即便只是在**表面上**，我会多么欣慰。他在这种事上的骄傲，或许对自己无所谓，但对别人却大有裨益。有了这种骄傲，他就不会做出像对我那样的伤天害理的事了。我只是担心，你说他收敛了些，恐怕只是为了在他姨妈面前装装样子，为了让姨妈喜欢他、器重他。他每次和姨妈在一起都战战兢兢的，这我是知道的，其中很大一部分原因是为了能娶到德·博尔小姐，他一直是这么计划的。”

伊丽莎白听了这话，忍不住要笑出来，但只是微微点头回应。她看出韦克姆又想卖惨，可她没心情再由着他抱怨。那晚剩下的时间里，韦克姆**表面上**高高兴兴的，但再也没有向伊丽莎白示好。他们最后客客气气地道了别，双方都希望再也不要碰面了。

聚会结束后，莉迪亚和弗斯特太太回到麦里屯，第二天一早她们就要从那里出发。她和家里人吵吵嚷嚷地告了别，全无伤感之情。只有凯蒂掉了眼泪，不过全是因为生气和嫉妒。班内特夫人反复祝福女儿好运，还再三嘱咐她要抓住机会及时行乐——这种建议，莉迪亚一定会遵命的。她兴高采烈地大喊再见，姐妹们的低声送别却并没有进她的耳朵。

第四十二章

如果伊丽莎白对事情的看法都来自她的家庭，那她对于幸福婚姻或是家庭的温暖或许都不抱什么希望。她的父亲，因为贪恋年轻貌美，以及年轻貌美通常带来的表面上的好性子，娶了一个智慧不足又缺少教养的女人，结婚不久就耗尽了对她所有的爱。夫妻之间相互的敬重和信任消失殆尽，他对于幸福家庭的希望也完全破灭了。有的人一旦因自己的冒失而失意，就会诉诸那些通常用来安慰不幸者的蠢行和恶习的消遣。不过班内特先生不是这样的人——他喜欢乡野，沉迷阅读，主要靠这些兴趣获得快乐。对于妻子，他谈不上有什么亏欠的地方，只不过常常以她的无知和愚蠢为乐。一般来说，男人们不愿从妻子身上找这种乐趣，可既然其他乐趣都找不到，真正的智者也能利用现有的条件让自己快活。

父亲作为丈夫的失职，伊丽莎白一直看在眼里，觉得很痛心。可是，对父亲才华的敬重和父亲对她的偏爱，让她总是努力忘掉这些她无法视而不见的事。作为丈夫，让自己的妻子被孩子们看不起，实在不应该的，可伊丽莎白很少去想父亲这些有失职责和体面的行为。如今，她却强烈地感受到不合适的婚姻会给孩子们带来多大的影响，以及父亲如何把自己的才华用错了地方——如果用在正处，就算他无法增加妻子的见识，至少可以保住孩子们的体面。

韦克姆的离开让伊丽莎白感到快慰，但除此之外，民兵团的调离一点也不让她开心。她们的社交圈不如以往丰富多彩，回到家，妈妈和妹妹没完没了地抱怨日子过得没意思，让家里也笼罩着一层阴云。凯蒂或许不久就会恢复常态，因为搅得她意乱情迷的那些人已经走了。可她妹妹怕是会变得更加愚蠢轻佻——莉迪亚本就生性放荡，如今又深处浴场和兵营的双重危险中。总的来说，伊丽莎白不止一次发现，很多事情巴望了很久，可等到终于发生了，却不能像期待中那样令人满意。因此她得给真正的快乐找个新起点，给她的期盼和愿望找个新寄托，重新开始期待，获得安慰，然后准备再次失望。眼下，去湖区的旅行成了她的欢乐之源。母亲和凯蒂的不快，让家里的日子很难熬，能出去走走成了她最大的慰藉。要是能让简也一起去，这个计划就完美了。

“不过有缺憾也是好的，”她想，“如果整个旅程都很圆满，我肯定又会失望。可如今，姐姐的缺席让我一直抱有遗憾，期待中的快乐反而可能实现。一个尽善尽美的计划永远不会成功，有些小烦恼才不至于造成大的失望。”

莉迪亚走的时候保证会频繁且详细地写信给妈妈和凯蒂。结果，她却总是很久才写一封信回来，而且都很简短。给妈妈的信无非是说她们刚从图书馆回来，有哪几位军官陪着，她在那儿看到很多漂亮的装饰，觉得很羡慕。要么就是说她又买了一条新长袍，一把新阳伞，她本想仔仔细细地描述一下，可是弗斯特太太已经喊她了，她们马上要到兵营去，于是只好仓促搁笔。她写给姐姐的信上，可以了解的事就更少了——给凯蒂的信虽然更长，可很多都是私房话，不便公开。

莉迪亚走了两三周之后，朗博恩才重新充满生机、欢声笑语。一切都呈现出一种更欢乐的面貌。在城里过冬的人家都回来了，人们穿上漂亮的夏装，开始夏天的活动。班内特夫人又恢复了往日的唠叨，到了六月中旬，凯蒂也终于恢复了过来，去麦里屯终于用不着抹眼泪了。这个可喜的现象给了伊丽莎白希望，说不定到圣诞节的时候，凯蒂就能更清醒些，不会每天三番五次地提起军官们了。除非陆军部又出了什么坑人的安排，比如再送一个团到麦里屯来驻扎。

北上旅行的日期临近了。还剩两周就要出发时，加德纳夫人却突然来了一封信，不但旅行要推后，时间也缩短了。因为加德纳先生生意上的事，旅行只得推后两周，七月才能动身，而且一个月后就要回伦敦。这样一来，没时间跑得太远，无法像计划的那样饱览风景，至少不能悠闲舒适地游山玩水了。他们不得不放弃湖区，找个近一点的地方。按照目前的计划，最远只能走到德比郡了。那里有足够玩乐的地方，够他们待三个星期，更何况加德纳夫人对那里又有特殊的感情。她曾经在那儿住过几年，如今重游几日，给她带来的乐趣不亚于游览马特洛克、查茨沃思、达夫河谷或者峰区这样的名胜。

伊丽莎白非常失望，她一心想去湖区，而且觉得即便在目前的状况下，时间也是够的。不过她得知足，更何况她生性乐观，不久就不再难过了。

一提起德比郡，就会引发许多联想。伊丽莎白看到这地名，自然会想到彭伯里庄园和它的主人。“不过，”她说，“我准能安然无恙地走进他的家乡，趁他不注意顺走几块萤石[1]。”

这样一来，等待又比之前增加了一倍的时间。要再过四周，舅舅和舅妈才会来。不过这四周好歹是挨过去了，加德纳夫妇终于带着四个孩子来到了朗博恩。四个孩子中

1　Spar，德比郡盛产的一种宝石。

有两个女孩，年龄分别为六岁和八岁，还有两个弟弟。他们都被留给人人喜爱的简表姐照管。简做事稳重，温柔亲切，能教他们读书，陪他们玩耍，会好好地爱护他们，把小孩子交给她再合适不过了。

加德纳夫妇只在朗博恩待了一天，第二天一早就同伊丽莎白一道朝着探索和玩乐出发了。有一种快乐是可以确定的——那就是旅伴非常合拍。这种合拍包括大家都身体健康，性格随和——一行人都乐呵呵的，就会让旅途更有趣了——再加上他们情致、见识也都契合，就算景色令人失望，也能玩得很开心。

本书不打算描绘德比郡的风光，而且途径的风景名胜，比如牛津、布莱尼姆、华威、凯尼尔沃思、伯明翰等也是尽人皆知了。现在只讲讲德比郡的一小部分。看完乡间的各种景色，他们掉转方向，去了一个叫兰姆顿的小镇。加德纳夫人曾经在那里住过，最近又听说有些熟人还住在那里。伊丽莎白听舅妈说，彭伯里离兰姆顿不过五英里的距离，他们不是完全顺路，但也绕不了一两英里。前一天晚上讨论行程的时候，加德纳夫人就说想再去那儿看看，她丈夫表示赞成，于是两人来向伊丽莎白征求意见。

“亲爱的，你难道不想去常听说的地方看看？”她姨妈说，“很多你认识的人都和那里有关。你知道吧，韦克姆的整个青少年就是在那儿度过的。”

伊丽莎白很苦恼。她觉得自己现在到彭伯里去很不合适，于是只好假装不想去。她不得不说，自己已经看厌了富丽堂皇的庄园。看过那么多之后，不管是精致的地毯还是绸缎的窗帘都让她提不起兴趣。

加德纳夫人说她糊涂。“如果只是一幢富丽堂皇的房子，我也不稀罕，”她说，“可是那个地方风景非常优美，有几片非常漂亮的树林，放在全国也是数一数二的。”

伊丽莎白没再辩驳，心里却没有被说服。她立刻想到，在那里参观的时候若是碰到达西先生，该多可怕呀！想到这儿她脸都红了，觉得与其冒这样的风险，不如开诚布公地和舅妈谈谈。可真要聊起来，也很麻烦。最后她决定先私下打听主人在不在家，若是在家，最后再用这一招也不迟。

晚上就寝时，她问女仆彭伯里是不是很漂亮，主人叫什么名字，还小心翼翼地问主人家夏天是否住在那里？最后一个问题得到了喜人的否定回答。她终于打消了顾虑，放下心来，同时生出了很大的好奇心，很想亲眼去看看。第二天早上舅舅、舅妈又提起此事，再向伊丽莎白征求意见时，她带着一种无所谓的态度平静地答道，她对这个计划没意见。

于是，他们向着彭伯里出发了。

第三卷

第四十三章

坐在马车里，伊丽莎白怀着不安的心情等待着彭伯里的树林出现在视野中。等马车终于经过门房进入庄园时，她的心更是怦怦乱跳。

庄园很大，地势高低错落。他们从一个地势低的地方进去，在一片辽阔的树林里走了一阵。

伊丽莎白思绪很乱，没心情聊天，但见到每一处迷人的景致，都发出赞叹。他们走了半英里的上坡路，来到一个坡顶。这是树林的尽头，彭伯里庄园映入眼帘。它坐落在山谷的另一边，一条陡峭的路蜿蜒通向谷底。那是一幢宏伟壮观的石头建筑，矗立在一片高地上，背靠一道郁郁葱葱的山脊。房前，一条天然的小河被拓宽，却丝毫不见人工斧凿的痕迹。两岸的景致既不呆板，也不造作。伊丽莎白心生喜欢，她从未见过如此浑然天成，没有被庸俗的品位玷污的地方。大家都赞赏不已。伊丽莎白这时感到，做彭伯里的女主人恐怕非同小可！

马车下了坡，过了桥，开到了庄园门口。从近处看这座房子时，伊丽莎白又开始担心碰到庄园主人。她真怕女仆搞错了。他们一行人请求参观庄园，于是被请进了大厅。等着女管家来接待时，伊丽莎白才感到惊奇，自己竟来到了这里。

女管家来了，是一位仪态端庄的老妇人，穿着打扮远没有她想象的华贵，却比她想象的彬彬有礼。几人跟着她来到餐厅。房间很大，格局匀称，布置典雅。伊丽莎白大致看了一下，就走到窗前去欣赏风景了。窗外是他们刚下的那座小山，山顶树林密布，从远处看更加蜿蜒陡峭，十分秀美。这里的景观处处美不胜收。她纵目远望，一道河流、两岸树木、河谷蜿蜒，所见的一切令她感到赏心悦目。他们每到一个不同的房间，这些景致也随之变换姿态。不过每扇窗子都有各自的美景。屋顶很高，房间也很漂亮，家具摆设和主人的财富身份相称，既不俗气，也不华而不实，和罗辛斯的风格相比少了些奢华，多了些雅致。伊丽莎白看了，很欣赏主人的品位。

“我本可以做这里的女主人！”她心里想，“要是那样，我大概已经对这些房间了如指掌了，不必以一个陌生人的身份来参观，而是当作自己的地盘，迎接舅舅、舅妈来拜访。哦不，”她突然清醒过来，“那绝无可能，那样我就见不到舅舅、舅妈了，他不会允许我邀请他们来的。”

她幸亏想到了这一点，也省得遗憾了。

她很想问问女管家，主人是不是真的不在，可又不敢问。好在最后舅舅替她问了，吓得她赶紧扭过头去。她听见雷诺兹夫人回答说主人确实不在，“不过明天他就会带着一帮朋友回来。”伊丽莎白听了非常高兴，幸亏他们路上没多耽误一天！

正想着，舅妈叫她来看一张画。她走过来，看到壁炉上挂着几幅袖珍画像，其中一幅画的是韦克姆先生。舅妈笑着问她，画得怎么样。女管家走上前，告诉他们照片上的这位青年是老主人管家的儿子，从小受到老主人的资助长大。“他现在参军了，”她继续说，“不过恐怕变成了个花花公子。”

加德纳夫人听了，笑盈盈地看着外甥女，伊丽莎白却笑不出来。

“这一幅是我家主人，”雷诺兹夫人说，“画得像极了。和那幅同时画的，大概是八年前。”

“我常听说你家主人仪表堂堂，”加德纳太太看着画像说，“长得也很英俊嘛。不过，丽兹，你来告诉我们画得像不像？”

听说她认识自家主人，雷诺兹夫人对伊丽莎白越发敬重了。

“这位小姐认识达西先生？”

伊丽莎白脸红了，回答说：“算是认识。”

“你不觉得他非常英俊吗？小姐？”

“是的，的确非常英俊。”

“我没见过比他更英俊的人了。楼上的画廊里还有他一张更大、更好的画像。老主人生前最喜欢这个房间，这些袖珍画像当年就是这么摆着的。老主人很喜欢这些画像。”

伊丽莎白这才明白，为什么韦克姆的画像也在其中。

雷诺兹夫人又把达西小姐的画像指给他们看，画像上的她还只有八岁。

“达西小姐和他哥哥出落得一样标致吗？”加德纳太太问。

“哦，当然——她是世界上最漂亮的姑娘，而且多才多艺！每天都弹琴唱歌。旁边那间房里摆着一架钢琴，刚买的——是我家主人送给她的礼物。她明天和哥哥一起回来。”

加德纳先生举止和蔼可亲，又是提问又是评论的，让雷诺兹夫人很有聊天的兴致。不管是出于自豪还是忠心，反正她非常乐意谈论她家主人和他妹妹。

“您家主人一年里待在彭伯里的时间多吗？”

“没有我希望的那么多，先生。他大概一半时间待在这儿，而达西小姐夏天总在这儿。”

除了去拉姆斯盖特的时候，伊丽莎白心想。

“如果你家主人结婚了，你见他的机会就会多些。”

“是啊，先生。可不知道**那**要等到什么时候，我真不知道谁能配得上他。”

加德纳夫妇听这话笑了。伊丽莎白忍不住说：“您这么想，真是对他很高的赞扬。”

“我说的都是实话，认识他的人都会这么说的。”女管家答道。伊丽莎白觉得这话有点过了，可管家接下来的话更让人震惊了——“我这辈子没听他说过一句重话。从他四岁起，我就看着他长大。”

在女管家的所有溢美之词里，这句最让伊丽莎白惊讶。这完全是她对达西印象的反面。她一向认为，达西不是个好脾气的人。这话引起了她的注意力，她很想继续听下去，幸好舅舅继续说道：“能获得如此称赞的人不多。碰到这样一位主人，也实在是您的幸运。”

“是的先生，这是我的运气。走遍世界也找不到更好的主人了。不过我总说，小时候性格好的孩子，长大了性格也好，他一直都是最厚道、最善良的孩子。”

伊丽莎白几乎瞪大了眼睛盯着她。“达西先生难道是这样的人？”她心想。

“他父亲是个了不起的人。”加德纳太太说。

“是的夫人，他很了不起。他儿子也会像他一样的——

对穷人也十分亲切和蔼。”

伊丽莎白听着，感到惊讶、疑惑，等不及要继续听下去。后来，雷诺兹夫人谈起画像中的人、房间的大小、家具的价格，但这些都提不起她的兴趣。加德纳先生把雷诺兹夫人对主人无尽的赞美归结为对家人的偏爱，觉得非常有趣，于是很快又把话题引回到那上面。他们往主楼梯上走的时候，女管家又兴致勃勃地谈起主人的种种优点。

“他是世上最好的土地主，最好的主人，”她说，“一点也不像那些放荡的年轻人，就只想着自己。他的佃户和仆人，没有一个不说他好。有些人觉得他傲慢，但我一点也看不出来。要我说，他只是不像其他年轻人那样口吐莲花罢了。”

“照这么说来，他可真可爱啊！”伊丽莎白心想。

“把他说得这么好，”一边走着，舅妈小声嘀咕，“和他对我们可怜的朋友所做的坏事可对不上啊。”

“也许我们都被骗了。”

“这不太可能，我们可是听当事人亲口说的。”

大家来到楼上宽敞的走廊上，接着被带进一间非常漂亮的客厅，最近刚刚布置好，比楼下的房间风格更雅致和明亮。管家夫人说，这间屋子刚刚收拾好，是专门给达西小姐准备的，因为她上次来彭伯里的时候看中了这间屋。

“他确实是个好哥哥。”伊丽莎白说着朝窗边走去。

雷诺兹夫人盼着达西小姐回来，料想她走进这个屋子时，一定会对眼前的一切感到欣喜。“他总是这样，”她说道，“能让妹妹开心的事，立刻就办。为了妹妹，他真是什么都会做。”

接下来，只剩下画廊，以及两三间主卧室要参观。画廊里有不少佳作，不过伊丽莎白对于绘画一窍不通。有些画在下面已经看过了，因此她更愿意去看一些达西小姐的蜡笔画，这些画题材更有趣，也更容易看懂。

画廊里有许多肖像画，但对陌生人来讲没什么好看的。伊丽莎白一边走一边寻找她唯一熟悉的面孔。最后，她终于找到了——她看到一幅画很像达西先生，脸上带着一丝微笑。她记得他有时候望向她时，脸上就是这种笑容。她在这幅画前站了好一会儿，看得出神。他们离开画廊前，她又专门回来看了一次。雷诺兹夫人告诉他们，这幅画是他父亲在世的时候作的。

就在这时，伊丽莎白心里对达西生出一股柔情，即便他们交往最多的时候，她也没有过这样的感觉。雷诺兹夫人对他的赞美可不是闹着玩的。还有谁的称赞比一个有见识的仆人更宝贵呢？她想到，作为兄长、地主、主人，多少人的幸福都由他掌控！他能给人带来多少快乐，又能造成多少痛苦！能行多少好事，又能做多少恶事！女管家说的一切，都证明他品格高尚。她自己站在他的画像前，看着他两眼盯着她，想起他对自己的喜欢，心中竟油然生出一种从未有过的感激。她回忆起他那份深情，连他那些无礼的话都不计较了。

他们参观完所有对外开放的地方之后，回到楼下，同女管家道别。之后，他们被托付给了园丁，他在大门口迎接他们。

几个人穿过草地，往河边走去，伊丽莎白又回头看了一眼，舅舅、舅妈也停下了脚步。舅舅正在猜测这幢房子是何时建成的，却看到在通往房后马厩的路上，房主突然走了过来。

他们之间只相隔二十码，他出现得太突然，让人躲闪不及。顿时，他们的目光交会在一起，两人都红了脸。达西很惊讶，一时愣在那里动不了。不过他很快平复了情绪，朝他们一行人走来，并和伊丽莎白搭起话来。即便算不上完全镇定，但至少很有礼貌。

伊丽莎白原本下意识地转头避开了，但看到他走上前来，又停住了脚步，带着压抑不住的窘态接受了他的问候。如果舅舅、舅妈凭借刚看到的画像还不能确定眼前就是达西先生，那么看到园丁见到主人的大惊失色也立刻就能确认了。达西和外甥女说话的时候，他们俩有意站得远了一点。伊丽莎白又惊又慌，不敢抬头看他的脸。达西客气地问候起她家里人，她也不知道自己回答了些什么。她很惊讶，自从上次分别，达西的举止发生了巨大的变化，他说的每句话都让她越发尴尬。她不断地想，自己擅自来到这里，又被达西撞见，这多么不合适啊。和他交谈的几分钟简直成了她人生中最难熬的一段时间。达西先生看起来也很不自在。他说话时，语气没有了往日的镇定。他问她什么时候离开的朗博恩，在德比郡待了多久，问了好几遍。从他那慌张的样子，看得出他是也心神不定的。

最后，他似乎实在没话可说了，两人站在那沉默了一阵后，他突然回过神来，告辞离开了。

舅舅、舅妈回到伊丽莎白身边，夸达西一表人才，可伊丽莎白完全沉浸在自己的思绪中，什么也没听到，一言不发地跟在他们身后。她感到十分羞愧和懊恼。跑到这儿来真是世上最糟糕、最不明智的事了！他得感觉多奇怪啊！他那么傲慢，一定觉得我这样很丢脸！这么看来好像是她在投怀送抱一样！天哪！她到底为什么要来呀？或者说，为什么他非要提前一天回来呢？他们只要早十分钟离开，也不会被他看到了。很显然他就是在碰到他们的那一刻才刚刚下马或下车。一想到这次见面，她脸上就一阵发红。他的态度发生了如此巨大的变化——这是什么意思呢？他肯过来和她讲话就够令人惊奇的了，而且那么礼貌，并问候了她的家人！她从没见过他这么平易近人，也没见过他的语气像这次意外相遇时这么温柔。这和他上一次在罗辛斯交给她那封信时的谈吐形成了多大的反差呀！她不知道该怎么理解，也无法理解。

他们沿着河边一条优美的小径走着。每走一步，地面低落下去，眼前的景色越发壮美，前方的树林也越发秀丽，可伊丽莎白过了很久都没注意到。舅舅和舅妈招呼她看这儿看那儿，她都机械般地应了，眼睛也跟着看他们所指的景色看去，却什么也没往心里去。她的心思全在彭伯里庄园的某处，就是达西先生所在的地方。她很想知道此刻他在想什么，是怎么看她的，是否仍然不顾一切地爱着她。或许他这么客气是因为已经放下了，可他说起话来又有点不自然。他见到她是痛苦多过快乐，还是快乐多过痛苦，她不知道，但她看得出，他并不平静。

过了一阵，舅舅、舅妈责怪她心不在焉，她这才清醒过来，觉得要表现得像无事发生。

他们暂别小河，走进树林，爬上山坡。从树林的间隙向外望去，可以看到无数曼妙的风景——山谷、对面的山丘、山上遍布的树木，以及间或淌过的溪水。加德纳先生提议把整个庄园都绕一圈，又怕走不完。园丁带着得意的笑容告诉他们，转一圈要走十英里。于是他们只得作罢，走常规的游览路线。走了一阵，他们又沿着一个树木丛生的陡坡来到河边，河水最窄的部分。他们从一座简朴的小桥上过了河，桥的样式和景色也很搭配。这里比之前他们到过的所有地方都更天然，山谷在这里也缩成了一条峡谷，只容得下一条小溪和旁边一条灌木丛生的小径。伊丽莎白很想沿着蜿蜒的小路去探索，可他们刚过了桥，眼见离住宅已经很远，不大能走路的加德纳太太已经走不动了，只想赶快回到马车上去。伊丽莎白也只好随了她，于是他们抄近路朝河对岸的房子走去。他们走得很慢，因为加德纳先生很喜欢钓鱼，却很少能尽兴，眼下他正专注地看着河里偶尔出现的鳟鱼，和园丁聊起这些，便迈不动步了。他们正慢悠悠地走着，却惊讶地看到达西先生从不远处朝他们走来。尤其是伊丽莎白，和刚才一样惊讶。这边的小路不像对面那么隐蔽，所以他们从更远就看到了他。伊丽莎白虽然震惊，但至少比上一次更有准备。她心想，如果他真是来找他们的，那她装也要装得镇定些，讲话沉着些。刚开始，伊丽莎白觉得达西会拐进另一条小路去。后来，一个拐弯挡住了他的身影，更让她以为如此。可等他一转过来，就立刻出现在了他们面前。伊丽莎白一眼就看出达西还和之前一样彬彬有礼。为了效仿同样的礼貌，她称赞起这里优美的景色。可刚说了几句“有趣”“迷人”，她脑子里就涌入了一些不堪的回忆，害怕自己对彭伯里的赞美会被人家误会。她涨红了脸，没有继续说下去。

加德纳夫人就站在他们身后。见伊丽莎白不作声了，达西问伊丽莎白能否有幸认识她的两位朋友。他这么客气周到，让伊丽莎白始料未及。他现在想要结识的，正是当初求婚时傲气地看不上的那些亲友，想到这里，伊丽莎白忍不住要笑出来了。等他知道了他们是谁，她心想，他该多惊讶啊？现在还以为他们是上等人呢。

不过她还是立刻做了介绍。说到他们之间的关系时，她偷偷瞄了一眼达西的反应，心想他也许会拔腿就跑，逃离这些低贱的同伴。他明显吃了一惊，却克制住了，非但没有逃跑，反而转过来和加德纳先生交谈起来。此时，伊丽莎白感到既高兴又得意。她很欣慰，他能认识几个不会让自己丢脸的亲戚。她专心致志地听着他们的对话，他的一言一语都展现出良好的见识和得体的举止，让伊丽莎白感到很得意。

话题很快转向了钓鱼。伊丽莎白听到达西先生万分客气地邀请舅舅，逗留期间随时可以来钓鱼，还主动为他提供了渔具，并给他指出哪里鱼最多。加德纳夫人挽着伊丽莎白走，给了她一个惊诧的眼神。伊丽莎白嘴上没说，心里却很高兴——他如此殷勤，自然都是为了讨好她。不过她还是很震惊，不住地问自己："他为什么变了这么多？这是为什么呢？不可能是因为**我**，他不可能是看在**我**的分上，变得这么平易近人。我在汉斯福德对他那一通指责，不可能造成这样的变化。他不可能还爱着我。"

两位女士在前，两位先生在后，这样走了好一阵。后来，他们下坡到河边去观察了一些奇异的水草，重新上路后次序发生了些变化。加德纳夫人因为走了一天走累了，觉得伊丽莎白的胳膊架不住她，便想让丈夫搀着她走。于是达西先生换到了伊丽莎白身边一起走。两人沉默了一阵，还是女士先开口了。伊丽莎白想让他知道，她是先确认了他不在家才来的，头一句话便说，完全没料到他会回来。"你的管家确定地告诉我们你明天才会回来，"她补充道，"我们离开贝克韦尔之前，听说你不会这么快就回到乡下。"他承认确实如此，他是因为找管家有事才比同行的人提前几个小时回来。"他们明天一早就到，"他说道，"还有你也认识的，彬利先生和他的姐妹。"

伊丽莎白轻轻点了点头作为回答。她一下想到了他们俩上次提到彬利先生名字的情景，从他的表情看来，他也想到了同样的事。

"他们中还有一个人特别想要认识你。"他顿了一下继续说道，"你在兰姆顿逗留期间，我是否有幸把妹妹介绍给你？不知我是否太冒昧了？"

这样的请求自然令伊丽莎白非常惊讶，甚至不知道自己是怎么答应下来的。她立刻意识到，不管达西小姐为什么想要认识自己，一定是做哥哥的在鼓动。想到这儿，她就已经很满意了。她很欣慰，他怨她，却没有真的厌恶她。

说完这些，他们便默默地往前走，两人都陷入了沉思。伊丽莎白并不自在，自在是不可能的，可她心里很高兴，觉得受宠若惊。他想要把妹妹介绍给她，是最高的认可。很快他们就甩开了加德纳夫妇很远。等他们走到马车前，那两位还落在后面一大截。

达西请她进屋坐一会儿，她说自己不累，于是他们就一起站在草坪上。这种时候，本来有很多话可讲，相互沉默着未免太尴尬了。伊丽莎白想说点什么，却又什么都说不出。最后她想到自己正在旅行，于是他们便一个劲地聊马特洛克、达夫河谷。时间和舅妈走得都很慢——他们两个的谈话还没结束，伊丽莎白的耐心和话题就要用光了。等加德纳夫妇来到跟前，达西请他们进屋吃茶点，他们谢绝了，双方极为客气地道了别。达西先生扶两位女士上车，马车开走后，伊丽莎白看着他慢慢走进屋去。

舅舅、舅妈此时开始发表看法了，两人都说达西比他们想象的好太多了。“他举止得体、彬彬有礼，一点架子也没有。”舅舅说。

“他**确实**有点高高在上，”舅妈说，“但那只是气质上，没什么不得体的。我现在赞成女管家说的，也许有些人会说他傲慢，但**我**一点也看不出来。”

“他对我们这么好，是我万万没想到的。不只是客气，还很周到，其实他不用这么上心。他和伊丽莎白也没那么熟。”

“丽兹，他确实没有韦克姆帅气，”舅妈说，“或者说他的面相不如韦克姆讨喜，因为韦克姆的五官实在是标致。但你怎么能把他说得那么讨人厌呢？”

伊丽莎白竭力为自己辩解，说在肯特见面时已经比之前喜欢他了，还说她没见过他像今天这样亲切。

“也许他在待人的礼节上有点心血来潮，”舅舅说，“不过贵族们往往如此。我不会太把他邀请我钓鱼的事当真，说不定他哪天改了主意，就不许我进他的庄园了。”

伊丽莎白觉得舅舅完全误会了他的性格，却没说什么。

“从我们见到他的情况来看，”加德纳夫人继续说，“我真想不到他会对可怜的韦克姆如此残忍。他看起来不是这么坏心眼的人。相反，他说话的时候，嘴巴还有点迷人呢。他脸上有一种高贵的神情，不会让人觉得他会有坏心。不过，带我们参观时那位好心的夫人真是把他夸得天花乱坠！有时候我都忍不住要笑出声了。我猜他一定是个慷慨大方的主人，这在仆人们眼中就等同于一切美德了。”

说到这儿，伊丽莎白觉得自己有必要替达西说几句，证明他没有待韦克姆不公。她尽可能谨慎地告诉他们，根据他在肯特的亲戚所说，他的行为和人们传说的大相径庭。他不像赫特福德人们以为的那么一无是处，韦克姆也不像人们以为的那么亲切可爱。为了证明这一点，她把他们之间在钱上的事都详细地讲了出来。虽然没有明说是谁告诉她的，但声称消息非常可靠。

加德纳夫人听了非常惊讶，也很关切。不过正说着，他们就来到了她曾经度过许多欢乐时光的地方。此时，什么事都要让位给美好的回忆。她忙着指给丈夫看沿途各种有趣的地方，没空想其他的事。她虽然白天走得很累，可一吃完饭就立刻跑去见故交。多年后再和老朋友叙旧，一晚上过得好不快活。

白天发生的事太有趣，让伊丽莎白无心去结识那些新朋友。她忍不住去想达西先生是多么的彬彬有礼，尤其想到他竟然要把妹妹介绍给自己，心里觉得十分惊奇。

第四十四章

伊丽莎白料想，达西先生会在妹妹到达彭伯里的第二天把她带来拜访，于是决定那个白天待在旅店里不出去。结果证明她想错了，到兰姆顿的当天，拜访者们就来了。当时，她和舅舅、舅妈跟几个新朋友在周围溜达了一阵，正准备回旅馆换衣服，再到那几个朋友家吃饭。突然听到马车声，几个人来到窗前，看到一男一女乘着一辆轻便马车开了过来。伊丽莎白立刻认出了仆人的制服，猜到是谁来了，便掩饰不住惊讶告诉舅舅、舅妈有贵客要光临，他们俩听了也感到很惊奇。伊丽莎白说这话时的窘相，加上眼下和前一天的各种情形，让那两人对这事有了新的猜想。他们之前毫无察觉，可现在觉得达西如此关照他们，准是因为喜欢他们的外甥女，没有别的原因可以解释。他们脑子里转着这些新想法时，伊丽莎白越来越心慌意乱。她也没想到自己会这么慌张。她忧心忡忡，但最怕达西因为喜欢她，而在妹妹面前把她吹捧得太高。她现在格外想讨人喜欢，却怕自己根本没这个能力。

她怕被人看到，于是从窗边退了回去。她在房间里踱来踱去，想让自己镇定下来，可一看到舅舅和舅妈惊讶好奇的表情，反而更焦虑了。

达西小姐和哥哥一起进了屋，双方正式地做了介绍。伊丽莎白惊奇地发现，这位新朋友比自己还要尴尬。自从来到兰姆顿，她就听说达西小姐非常傲慢。可是只观察了几分钟，她就确信她只是很害羞而已。她聊天总是用一个字回应，再多说一个字都很困难。

达西小姐长得很高，体格比伊丽莎白高大，虽然只有十六岁，但是已经发育成形，举手投足间非常优雅，也很有女人味。她没有哥哥好看，但看起来聪明亲切，举止谦逊得体。她本以为达西小姐会和哥哥一样尖酸刻薄、毫不留情，如今发现她并不是这样，心里松了一口气。

他们见面不久，达西先生就告诉她彬利也要来见她。她甚至来不及说句不胜荣幸，做点心理准备，就听见彬利快步走上楼梯，进屋来了。伊丽莎白已经不生他的气了。即便有余怒未消，看到他重逢表现出的情真意切，也立刻烟消云散了。他问候了她的家人，虽然问得笼统，但很亲切，举手投足还像以往那样讨人喜欢。

加德纳夫妇和伊丽莎白一样，觉得彬利是个很有趣的人，一直都很想见他。眼前这些人引起了他们浓厚的兴趣，尤其刚才对达西先生和外甥女的关系心生怀疑，两人认真又谨慎地观察起他们俩来。他们很快断定，他们两人中至少有一个陷入了爱情。对于伊丽莎白的态度，他们还不太确定，但达西的钟情已经非常明显了。

伊丽莎白这边很费神。她想要搞清楚每位客人的心思，想要让自己镇定下来，还想要博得所有人的好感。她本来最担心无法讨好所有人，却在这一点上最成功。因为所有她想要讨好的人，本就对她很有好感了——彬利做好准备要喜欢她，乔治亚娜等不及要喜欢上她，达西则下定决心一定要喜欢她。

一见到彬利，伊丽莎白自然就想到了姐姐。唉！她多想知道，彬利心里是否也有类似的想法。她有时觉得彬利比之前话少了，偶尔欣慰地觉得，他看着她的时候，好像在努力寻找她和姐姐相像的地方。也许这是她凭空想象出来的，但他对达西小姐的态度她可没有看走眼。达西小姐虽然被看作简的情敌，可她和彬利互相都没什么感觉。他们之间没有任何事能让彬利小姐愿望成真，这么一想她就心满意足了。临分别的时候，还发生了几件小事，让伊丽莎白一厢情愿地认为彬利对姐姐仍然余情未了。他似乎很想聊聊关于简的事，却最终没好意思开口。中间有一次，趁其他人忙着聊天，彬利用一种非常遗憾的语气对伊丽莎白说："太久没能见到你了"。还没等她回答，他又接着说："已经过了八个多月了。自十一月二十六日，在奈泽斐跳过舞之后，就再没见过了。"

见他记得这么清楚，伊丽莎白非常开心。过了一会儿，他又趁其他人不注意，问伊丽莎白她的姐妹们是否都在朗博恩。他的这个问题，以及之前说的话，都没什么特别的，可是他的表情和态度却耐人寻味。

她很少去看达西，但每瞟一眼，总能看到他表现得非常亲切，他讲话也丝毫没有高高在上瞧不起身边人。这让伊丽莎白确信，她昨天见到他态度的极大改观，就算再怎么短暂也超过了一天。她发现，他正努力结识和讨好那些几个月前他还不屑交往的人。他现在不只是对她，对那些曾被他公开鄙视的亲戚也如此客气。她又想到在汉斯福德的牧师住宅里那个激烈的场面——这前后的变化实在太大了，让她掩饰不住惊讶。不管是在奈泽斐和朋友们一起，还是在罗辛斯亲戚们身边，她从没见过他像现在这样卖力地讨好别人，完全抛弃了自尊自大和冷漠矜持。其实他这么卖力没有任何用处，结交上这些人也只会遭到奈泽斐和罗辛斯夫人、小姐们的嘲讽和斥责。

客人们待了半个多小时，准备起身离开了。这时达西先生叫妹妹一起，邀请加德纳夫妇和班内特小姐赏脸，在离开乡下之前去彭伯里吃晚餐。达西小姐虽然有点害羞，一看就不经常发出这种邀请，但还是欣然照做了。加德纳夫人望向外甥女，知道人家邀请主要是她，想先看看她是否接受，可伊丽莎白却把头转了过去。加德纳夫人觉得，她的刻意回避是一时害羞，不是不愿意去，又看到本就喜欢交际的丈夫一副求之不得的样子，于是大胆地答应了。日期就定在后天。

彬利表示能再见到伊丽莎白真是太开心了，他还有很多话想和她说，还要打听赫特福德朋友们的情况。伊丽莎白觉得他这都是为了要向她打听姐姐的情况，于是非常开心。因为这件事，外加其他种种，在客人们走后，伊丽莎白感到过去半个小时还是很愉快的，虽然当时并不觉得。因为想自己待着，又怕舅舅、舅妈向她打听或者暗示她什么，于是她听他们称赞了彬利几句，就赶快回去换衣服了。

其实她不必为加德纳夫妇的好奇担忧，他们不会逼她聊这事的。她和达西先生显然比他们想象的相熟很多，达西也显然深深爱上了她。这些有意思的事他们看在眼里，却实在不好过问。

他们现在一门心思把达西先生往好处想。根据他们的交往，看不出达西有什么缺点。他们无法对达西那样的殷勤无动于衷。如果不考虑其他人的说法，只凭自己的感觉和仆人们的说法，那赫特福德的人简直认不出这是达西先生了。现在他们很愿意相信女管家的话，因为他们很快意识到，从达西四岁那年她就来到他家，再加上她本人也很值得敬重，这样一个人的话，不能不当回事。从他们在兰姆顿的朋友们那儿了解的情况来看，她的话也没什么值得怀疑的。除了说他傲慢，人们对达西没什么好指摘的。他大概是有些傲慢，即便没有，因为他们家很少住在集镇上，当地的居民也会给他安上这样的罪名。不过，大家都承认他是个非常慷慨的人，做了许多救济穷人的好事。

至于韦克姆，伊丽莎白他们发现他在这里的名声并不好。虽然人们不太了解他和赞助人的儿子之间的过节，但大家都知道他离开德比郡的时候欠了一屁股债，后来还是达西替他还的。

这天晚上，伊丽莎白想彭伯里想得比前一晚还多。夜晚虽然漫长，却不够她想清楚对彭伯里庄园**那个人**究竟怀有怎样的感情。她躺在床上苦思冥想了两个小时，想理出个头绪。她肯定不恨他——不，憎恨的情绪早就消失了。如果说她之前讨厌过达西，那她也已经为此愧疚了很久。他许多高贵的品质让她生出敬意，虽然开始不愿承认，但她早就不反感他了。大家对他的高度评价，以及昨天他表现出那么和蔼可亲的性格，让伊丽莎白在尊敬之上对他又增添了些友善之意。但最重要的是，除了尊敬和欣赏，让她感到亲近还有一个不容忽视的动因——那就是感激。她感激他，不仅因为他爱过她，而是因为他现在依然爱着她。

她之前那样气急败坏、尖酸刻薄地回绝他，无端地指责他，而他因为爱，全部原谅了。她本以为他会把自己当成仇人避而不见，怎料这次偶遇，他却似乎很想维系他们的关系。在他俩的事情上，他既没有粗俗地献殷勤，也没有过度关注她，而是努力博得她亲友们的好感，还要把妹妹介绍给她。一个如此傲慢的男人做了这么大的改变，不只让她惊奇，更让她感动——原因无他，一定是爱，热烈的爱。她说不清自己对这份爱的态度，但绝不反感，而是感觉应该任它发展下去。她现在尊重他、敬重他、感激他、关心他的幸福。她想弄明白，她在多大程度上希望达西的幸福与自己相关。她觉得自己还有本事让达西重新求婚，但问题是，这样做会给他们两个人带来多少快乐。

当天晚上伊丽莎白和舅妈商定，既然达西小姐那样客气，中午才到，却赶着在当天来拜访，那么就算她们不能给予完全对等的回报，至少也应该效仿这种礼貌。她们觉得应该明天一早就去彭伯里拜访她，就这样做了决定。伊丽莎白很高兴，可自问为什么却又说不出来。

第二天吃完早饭，加德纳先生就出去了。头天他和几位先生说好去钓鱼，约定中午在彭伯里见。

第四十五章

伊丽莎白如今明白彬利小姐对她的讨厌，无非是出于嫉妒，因此不由得想，她这次出现在彭伯里该多不受她待见啊。她也很好奇，这次重逢，那位小姐能讲多少礼节。

到了彭伯里庄园，他们被带着穿过大厅，进入了一间大会客室，房间朝北，夏天非常舒适。窗外是一片空地，望出去能看到屋后郁郁葱葱的山丘，中间的草坪上种着美丽的橡树和西班牙栗树，景色宜人。

达西小姐在房间里接待了他们，身旁还坐着赫斯特夫人、彬利小姐，以及和她一起住在伦敦的那位小姐。乔治亚娜待客非常礼貌，不过场面却有些尴尬。虽说这是因为她性格腼腆，害怕失礼，但在自觉地位不如她的人看来，却很容易认为她这是高傲冷漠。不过，加德纳夫人和伊丽莎白却没有错怪她，反而非常体谅她。

赫斯特夫人和彬利小姐只对她们行了个屈膝礼。她们坐下之后，便是一阵沉默，以及沉默总会带来的尴尬。最先打破沉默的是安斯利夫人。她是个文雅而面善的女士，凭她努力打开话题这一点，就足见她比另两位更有教养。她和加德纳夫人攀谈起来，伊丽莎白偶尔插几句，才没有冷场。达西小姐似乎很想鼓起勇气加入进来，偶尔趁着大家听不见的时候，才鼓起勇气说一句。

伊丽莎白很快发现彬利小姐一直在观察自己，自己每说一句都会引起她的注意，尤其是和达西小姐说话的时候。伊丽莎白是不会因为发现了这个情况就不和达西小姐聊天的，只不过她们俩坐得太远，不方便讲话。不过，不必多说，她也不遗憾。她自己还心事重重呢，盼着赶紧进来几位先生。她既盼望又害怕男主人进来，到底是盼望更多还是害怕更多，她自己也说不清。大家就这样坐了一刻钟，彬利小姐一声不吭，然后突然冷冰冰地问候伊丽莎白的家人，把她吓了一跳。她同样冷淡简洁地做了回答，对方也没再说什么。

大家一直干坐着，直到仆人们端来冷盘、蛋糕和其他应季的新鲜水果。为了这个，安斯利夫人不知向达西小姐使了多少眼色，做了多少笑脸，提醒她要尽地主之谊。现在大家都有事做了——虽然不是人人都健谈，但个个都会吃。葡萄、油桃、水蜜桃堆成塔，看起来非常漂亮，很快就把众人吸引到桌前。

正吃东西的时候，达西先生走了进来。这给伊丽莎白提供了一个良机——从自己见到达西的心情，就知道她是期待还是害怕达西出现了。有一瞬间，她以为自己会希望他来的，可等他真进来，她立刻就后悔了。

达西之前和家里的几个人一起陪加德纳先生在河边钓鱼，一听说加德纳太太和伊丽莎白准备当天去拜访乔治亚娜，立刻就回家来了。一见他进来，伊丽莎白就下定决心要表现得从容大方。这决心下得很有必要，只是不容易做到。她发觉，全场都在怀疑他们两个，达西一进屋，所有人的眼睛都盯着他的一举一动。彬利小姐虽然一直笑呵呵地跟大家说话，但看得出，最好奇的就是她了。嫉妒心还没有让她失去理智，而她对达西的好感依旧。达西小姐在哥哥进来之后话多了些。伊丽莎白看得出达西非常希望妹妹能和自己熟络起来，想尽办法让她们两个多多攀谈。这些彬利小姐也同样看在眼里，她气急败坏，一抓住机会就冷冷地说："对了，伊丽莎小姐，某郡民兵团是不是从麦里屯撤走了？对你们家打击不小吧？"

因为达西在场，她不敢提韦克姆的名字，不过伊丽莎白立刻就明白，她这话背后指的就是他。关于他的回忆让她一下子有些难过，不过她还是打起精神，态度冷淡地回击了这番恶毒的攻击。她说话时，不经意间瞥到达西涨红了脸，恳切地望着自己，达西小姐则十分慌张，不敢抬头。

彬利小姐若是知道这番话会给她的宝贝朋友带来多大的伤害，肯定不会这样影射。她之所以这么说，是想用伊丽莎白曾经的心上人扰乱她的方寸，损害她在达西心目中的形象，说不定还能让他想起伊丽莎白家里人和民兵团的那一出出闹剧。关于达西小姐私奔未遂的事，她一点也不知情。除了伊丽莎白，达西从未向任何不必知情的人提过这件事。他尤其不想让彬利的亲戚知道这件事，因为他还希望妹妹以后嫁到他们家去，这一点伊丽莎白早料到了。他虽然有这样的打算，但拆散彬利和班内特小姐倒不是为了这个，更多的还是关心朋友的幸福。

伊丽莎白镇定的表现，很快让达西平静了下来。彬利小姐虽然气恼失望，也不敢再提韦克姆的事了。过了一阵，乔治亚娜恢复了些精神，只是再也不说话了。她害怕和哥哥对视，但哥哥其实并没有想到这事与她的关联。彬利小姐这一波操作原本是为了让达西不再眷恋伊丽莎白，结果反而让他更关注、更倾心于她了。

一问一答之后，加德纳夫人和伊丽莎白很快告辞了。达西先生去送她们上马车时，彬利小姐把伊丽莎白的性格、举止，甚至着装都批评了个遍，不过乔治亚娜没有搭腔。哥哥对伊丽莎白那么欣赏，足够说服她了，他的判断不会错的。他对伊丽莎白的评价那么高，让乔治亚娜也觉得她亲切又可爱。等达西回到会客厅，彬利小姐忍不住把刚对他妹妹说的话又重复了一遍。

“达西先生，伊丽莎白·班内特小姐今早脸色可真难看啊，”她嚷道，“我没见过任何人像她变化那么大，和冬天的时候简直判若两人。皮肤变得又黑又粗糙！我和路易莎都认不出她来了。”

达西先生虽然很不爱听，但只是冷冷地回答说，没见她有什么变化，只是有点晒黑了，夏天旅行在所难免。

彬利小姐继续说：“说实话，我从来也不觉得她长得美。脸太瘦，皮肤没有光泽，五官也不好看。她的鼻子缺乏特征，一点都不挺；牙齿还看得过去，但也只是一般；至于她的眼睛——被人们说得那么美，我完全看不出有什么特别的。她的眼里总露出尖锐、凶狠的神色，我一点也喜欢不起来。她整个人土里土气的，还那么自以为是，真让人受不了。”

彬利小姐既知道达西喜欢伊丽莎白，想用这种话博得他的好感，实属下策。可是在气头上的人，难免会失策。看到他终于有点恼火，彬利小姐自以为计划奏效了。达西还是一言不发，而彬利小姐却打定主意让他开口，于是继续说道：

“我记得第一次在赫特福德见到她的时候，听说她是个有名的美人，我们都很惊奇。尤其有天晚上，他们在奈泽斐吃过晚饭后，你说，‘**她**也算美人！——那她妈妈就是才女。’不过之后你对她的印象有所改观，甚至一度觉得她挺漂亮的吧。”

“没错，”达西终于忍不住了，“但**那**是我刚认识她的时候。最近几个月以来，我已经觉得她是我所认识的最漂亮的女人之一了。”

他说完就走了，留彬利小姐一个人自找没趣。她逼达西说出几句话，对别人毫无影响，只是伤到了自己。

回去的路上，加德纳夫人和伊丽莎白把做客时发生的事聊了个遍，只是没说两人都最感兴趣的那件事。她们把所有人的神态举止都评论了一番，唯独没谈她们最留意的那个人。她们说起了他的妹妹、朋友、房子、水果——样样都谈了，就是避开了他本人。伊丽莎白其实很想知道舅妈对他的看法，而加德纳夫人也希望外甥女能先提起这个话题。

第四十六章

伊丽莎白刚到兰姆顿时，因为没收到简的来信而感到非常失落。这种失望之情每天重复一遍，直到第三天早上，她一下收到了两封信，其中一封注明被误投了。伊丽莎白并不意外，简的地址写得实在潦草。

信送来的时候他们正准备去散步。舅舅、舅妈为了让她能清净地读信先出发了。伊丽莎白自然先读送错的那封。信是五天前写的，开头先讲了一些小规模的聚会和社交活动，以及村里的新闻。后半封信注明是一天后写的，语气十分急切，且包含了许多重要信息。内容如下：

亲爱的丽兹：

写完之前的内容后，发生了一件极其意外、极其严重的事。我怕吓到你——放心，家里人都好。我要说的事有关可怜的莉迪亚。昨晚十二点，我们正要睡觉，收到一封快信，是弗斯特上校寄来的。他告诉我们莉迪亚和一位军官到苏格兰去了。实话说吧，这位军官就是韦克姆！你能想象我们有多震惊。不过，凯蒂似乎并没有很惊讶。我难过到了极点。对他们两个人来说，这个结合太草率了！不过，我还是抱着希望，但愿是我们误解了他的人品。他准是考虑不周，做事轻率，但走到这一步（让我们为此庆幸吧）看起来并非居心不良。至少他对莉迪亚是真心的，因为他肯定知道父亲没钱给他。可怜的妈妈非常伤心。爸爸还算撑得住。幸亏我们没把别人对韦克姆的议论告诉他们，我们自己也最好忘掉。他们大约是星期六午夜离开的，估计昨天早上八点大家才发现两人不见了。弗斯特上校立刻就寄了快信给我们。亲爱的丽兹，他们经过的地方离我们恐怕不到十英里。弗斯特上校说，他很快就会到我们这里来。莉迪亚给他妻子留了几句话，把他们的计划告诉了她。我只能先写到这儿了，可怜的妈妈那儿离不开人。我字写得太潦草，你可能都看不懂，我也不知道自己写了些什么。

看完第一封信，伊丽莎白顾不得思考，也没空咂摸心里是什么滋味，就急不可耐地拆开了第二封信。这一封写在头一封信后半部分的第二天。

亲爱的妹妹：

现在你应该已经收到我那封潦草的信了。我希望这封信写得更清楚些，可虽然时间不紧迫，我的脑袋却糊里糊涂的，不一定写得有条理。亲爱的丽兹，我真不知道该怎么下笔，但我有坏消息要告诉你，而且刻不容缓。虽然韦克姆先生和莉迪亚的婚事非常冒失，我们现在却渴望听到他们结婚的消息，因为很多迹象表明他们并没有去苏格兰。弗斯特上校前天寄出快信之后不久就从布莱顿出发，昨天到了这里。虽然莉迪亚给弗夫人的短信上说他们会去格特纳·格林，但丹尼又说他觉得韦从没想过要去那儿，也没打算娶莉迪亚。弗上校一听这话，非常震惊，连忙从布出发去追他们。他不太费劲就跟着他们到了克拉珀姆，但之后就找不到了。因为到那儿之后，他们打发走了从埃普索姆乘来的轻便马车，改乘出租马车，此后不知所终，只听说继续往伦敦的方向去了。我不知道该怎么想。弗上校在伦敦那个方向多方打听之后，又取道赫特福德，一路上问了所有的公路收费关卡，还有巴尼特和哈特菲尔德的各个旅馆，但一无所获——没人看到他们经过。他极其关切地来到朗博恩，诚恳地表达了内心的担忧。我真替他和弗斯特夫人难过，可谁也不能责怪他们。亲爱的丽兹，我们悲痛至极。父母亲已经做了最坏的打算，但我无法把他想得这么坏。也许出了一些状况，让他们觉得在城里私下结婚比原计划更合适。退一万步说，就算**他**会对莉迪亚这样出身的女孩始乱终弃，难道莉迪亚也完全失去了理智吗？绝不可能！不过弗上校认为他们不会结婚，这让我很难过。当我告诉他我所抱的希望时，他摇了摇头，说恐怕韦不是个值得信赖的人。可怜的妈妈还病得厉害，整天待在房间里。她要是能振作起来就好了，不过也不大可能。至于父亲，我从没见过他这么难过。可怜的凯蒂，因为隐瞒了他们的关系被当成了出气筒。不过事关隐私，也不怪她没说。亲爱的丽兹，你不用经历这些痛苦的状况，我替你高兴。不过现在，最初的震惊已经过去了，我能不能说我很盼着你回来呢？如果不方便的话，我也不会自私地逼你回来。再见。我刚说不会这么做，现在又拿起笔来逼你回来。事已至此，我不得不恳求你们三个人尽快回家来。我了解亲爱的舅舅、舅妈，所以才斗胆提出这个要求，而且我还有一事要请舅舅帮忙。父亲马上要和弗斯特上校一起到伦敦去找莉迪亚了。我不知道他打算怎么找，但他现在太忧心了，办起事来恐怕不会非常稳妥，而且弗斯特上校明天晚上就得回到布莱顿去。情况紧急，非常需要舅舅的建议和帮助。我相信他一定能体谅我的心情，会回来帮忙的。

“噢！舅舅在哪儿？”伊丽莎白看完信，从椅子上跳起来，急忙嚷着要去找舅舅，一刻也不能耽误。她正要出去，仆人打开了门，达西先生站在门口，看到她脸色苍白，慌慌张张的，吓了一跳。伊丽莎白满脑子都是莉迪亚的事，还没等达西定下神来开口，就急忙大声说："实在抱歉，恕我不能奉陪。我现在要去找加德纳先生，有急事，一刻也耽误不起。"

"老天呀！出了什么事？"达西也顾不得礼貌，激动地叫了出来，接着他镇定了一下又说，"我不耽误你了，不过让我或者仆人去找加德纳先生和太太来吧。你现在这样不能自己去。"

伊丽莎白犹豫了一下，不过她的膝盖抖得厉害，感觉自己也没力气找到他们。于是，她把仆人叫了回来，吩咐他去把先生、太太立刻叫回家。她说得上气不接下气，几乎让人听不清楚。

仆人离开后，她支撑不住，坐了下来，脸色非常糟糕，让达西无法留她独自一人待在房里。他忍不住用温柔体贴的语气说："我去把女仆叫来吧。你能喝点什么定定神吗？我给你拿杯红酒来吧？你脸色很不好。"

"不用了，谢谢你，"她努力保持着镇定答道，"我没事，我挺好的，只是刚收到来自朗博恩的一些不幸的消息，让我难受。"

说到这儿，她哭了出来，好一阵说不出话来。达西不知发生了什么，只好含糊地安慰几句，充满爱怜地默默看着她。后来，伊丽莎白终于又开口了。“我刚刚收到简写来的信，告诉了我一个可怕的消息。这事谁也瞒不住。我妹妹抛下了所有亲友——私奔了——栽在了韦克姆先生的手里。他们俩一起从布莱顿逃跑了。你这么了解他，后面的不用说也能猜到。莉迪亚没钱没势，没有任何能吸引他的东西——她这辈子算是完了。”

达西惊呆了。接着，她更气恼地说：“我想到，我本可以阻止这一切的！我知道他的真面目。我只要把一部分真相——我所了解的一部分事情，讲给家里人听就好了！如果他们知道他的为人，这事就不会发生。可现在——一切都太迟了。”

“我真痛心，”达西大声说，“痛心——震惊。可是这消息确凿吗——能完全确定吗？”

“哦，确定！他们周日晚上一起离开了布莱顿，几乎被追踪到了伦敦，然后就追不到了。他们肯定没去苏格兰。”

“有没有想办法去找她呢？”

“父亲已经去伦敦了，简来信恳求舅舅赶快回去帮忙。我希望我们半个小时后就能动身。不过已经无力回天了——我知道我们什么都做不了了。这样一个人，能拿他怎么办？又能怎么找到他们呢？我丝毫不抱希望了。这简直糟糕透顶。”

达西摇摇头，默认了。

"当我认清他真面目的时候——唉！那时候我要是知道该怎么做，大胆做就好了！可是我不知道，我害怕做过头了。真是大错特错！"

达西没有作声。他似乎没怎么听她讲话，而是眉头紧蹙，神情忧郁地在屋里一边踱步，一边冥思苦想。伊丽莎白见他这副样子，立刻明白了他的心思。她对他的吸引力在消退，招来这样的奇耻大辱，证明她的家庭确实有缺陷，怎么能不让人家敬而远之。她既不觉得奇怪，也不想指责谁。可是知道达西最终克制住了自己的感情，既不能给她带来安慰，也不能减轻她的痛苦。这件事反倒让她认清了自己的愿望。她从未如此真切地感到，自己本可以爱上达西的，而如今，所有的爱都是枉然。

她虽然忍不住想到自己的事，却不会只顾自己。莉迪亚——她给家里带来的羞耻和痛苦，很快就吞噬了任何个人的考虑。她用手帕捂住自己的脸，顿时忘记了周遭的一切。过了几分钟，听到身边有人说话，才回过神来。达西用同情却不失克制的语气说："你恐怕早希望我离开了吧，我除了真挚却徒劳的担心，也没有理由留在这里。我多希望能说点什么，或者做点什么，来宽解你的痛苦啊！可我不能拿空话折磨你，好像故意要你感激我。发生了这么不幸的事，我妹妹恐怕没法在彭伯里见到你们了吧。"

"哦，对了。还要烦请你替我们向达西小姐道歉。就说我们有急事立刻就得回家去。尽可能替我们把这桩不幸的事多瞒一阵吧，虽然我知道也瞒不久。”

他立刻保证会保守秘密，并再次表示为她的痛苦感到难过，希望事情能有个好点的结果，不至于像现在看起来这么糟糕。最后，他请她代为问候她的家人，然后意味深长、恋恋不舍地看了她一眼，离开了。

他走了之后，伊丽莎白感到，像这几次在德比郡这样真挚的会面，以后怕是再也不会有了。她回想了一下两人从头到尾的交往，真是矛盾迭出，起起落落。她曾经巴不得与他老死不相往来，如今又希望能继续交往下去。想到自己反复无常的情绪，她叹了口气。

如果说爱情要建立在感激和敬重这样良好的基础之上，那么伊丽莎白感情的变化合情合理，无可非议。可如果说，相比那种不用说话就一见钟情的爱情，这种感激和敬重中生发的爱情不够合理也不够自然，那我们就无法替伊丽莎白辩护了。不过有一条：她在爱上韦克姆的时候已经试过那种一见钟情的爱了，正因为结果那么失败，才去尝试另一种相对乏味的感情。尽管如此，她看着达西离开，心里还是很难过。想着莉迪亚闹出的丑事，又看到她已经造成的后果，伊丽莎白更生气了。自打读完简的第二封信，她就丝毫不指望韦克姆娶莉迪亚了。她心想，也就只有简，还乐意抱着这种幻想。事情发展成这样，完全在她的意料之中。刚读完第一封信的时候，她还非常惊讶——韦克姆怎么会娶一个无利可图的女孩，莉迪亚又是如何让他爱上她的。可现在，这一切都说得通了。这样肤浅的感情，莉迪亚那点魅力也够了。虽然她不认为莉迪亚存心私奔而不打算结婚，可她完全相信，不管从德行上还是头脑上，她妹妹都很容易陷入别人的圈套。

民兵团在赫特福德的时候，她一点也没感觉到莉迪亚喜欢韦克姆。不过她也相信，莉迪亚只要是被人勾搭，不管是谁她都会上钩。她今天喜欢这个军官，明天又爱上那个军官，谁来讨好她，她就喜欢谁。她向来朝三暮四，却从不缺少调情的对象。对于这样一个女孩，疏于管教、宠溺无度的害处——唉！她现在可是深有体会。

她现在等不及要回家了——要亲自去听一听、看一看，也分担一些全压在简身上的重担。现在家里全乱了，父亲不在，母亲打不起精神，还随时要人照料。她虽然觉得对莉迪亚的事已经无能为力，但是舅舅的帮助依然非常必要，因此急切地盼望着他回来。加德纳夫妇慌慌张张地赶回来，听仆人的意思还以为外甥女突然生病了。她立刻打消了他们这方面的担忧，又急忙说明叫他们回来的原因，把简的两封信都读给他们听，特别念了第二封信最后加的那一段，激动得声音都在颤抖。虽然舅舅、舅妈并不特别喜欢莉迪亚，但是也非常担心。这事影响的不是莉迪亚一个，所有人都牵扯其中了。加德纳先生大呼意外之后，保证竭尽所能去帮忙。伊丽莎白虽然料到会是这样，还是对他感激涕零。三个人同心协力，回家的行程很快就安排好了，准备随即动身。“可是彭伯里怎么办？”加德纳夫人嚷道，“约翰告诉我，你去叫我们的时候达西先生也在，是吗？”

“是的，我告诉他我们恐怕无法赴约了。**这事**已经都说好了。”

“什么都说好了？”加德纳夫人冲回房间准备时，重复了一句，“他们的关系已经近到这个地步，伊丽莎白竟然向他吐露了实情？真想知道是怎么一回事！”

可是想也没有用，顶多能在接下来匆忙慌乱的一个钟头里调剂一下心情。伊丽莎白要是有点闲，一定觉得自己如此心慌意乱，什么也做不了。不过她和舅妈一样，都有很多事要处理。她得给兰姆顿的朋友们写几封信，为他们的突然离开编造理由。不过，一个小时之后，一切都处理妥当了。加德纳先生付清了酒店的账单，大家只等出发了。伊丽莎白烦恼了一天，想不到却在这么短的时间里，坐上马车朝朗博恩出发了。

第四十七章

“伊丽莎白，我又把这事想了一遍，”马车离开镇子时，舅舅说道，“说真的，认真思考一下，我现在更同意你姐姐对这件事的看法了。我觉得，哪有年轻人会对莉迪亚这样的女孩居心不良，她也不是无亲无靠，当时还住在上校家里，因此我还是往好处想。他以为莉迪亚的亲友不会挺身而出吗？他这样冒犯了弗斯特上校，难道还会被民兵团接纳吗？为了这点诱惑，不值当冒这么大的风险呀！”

“你真这么觉得？”伊丽莎白嚷道，一时觉得有了希望。

“说实话，”加德纳太太说，“我也开始赞同你舅舅的看法了。如果他真做了这种事，也太不顾体面、不顾尊严了，还会伤害各种利益关系。我觉得韦克姆不会这么坏。丽兹，你难道真的完全对他失去了信心，觉得他会做出这种事来？”

“他恐怕不会不顾自己的利益，但别人的利益，他全不在乎。我真希望事情是你们想的这样！可我不敢抱希望。若真是这样，那他们为什么不去苏格兰呢？”

“首先，”加德纳先生答道，“我们也没有确凿的证据说他们没去。”

“噢！可是他们从轻便马车换成了出租马车，也太明显了吧！再说了，去巴尼特的路上根本没有他们的踪迹。”

“好吧——就算他们是去伦敦了。他们去那儿，可能只是为了避一避，没有别的目的。他们俩恐怕都没什么钱，或许是考虑到在伦敦结婚虽然不及在苏格兰快，却更便宜些。”

“可是为什么要这么偷偷摸摸的呢？为什么怕别人发现？为什么非得秘密结婚？不，不——这不可能。你也听到简说的了，他最好的朋友都觉得他从没打算娶莉迪亚。韦克姆绝不会娶一个没钱的女人。这种婚姻他负担不起。莉迪亚有什么本事——除了年轻、健康、活泼，还有什么魅力能让韦克姆为了她放弃结婚致富的机会呢？至于他会不会担心与她不光彩的私奔会让他在军队里抬不起头来，从而收敛一点，我无从得知，因为我不知道这样做究竟会带来怎样的后果。你说韦克姆不会铤而走险的另一个理由，我觉得站不住脚。莉迪亚没有兄弟为她撑腰，再加上韦克姆看到我父亲对待家事一贯懒于管理、漠不关心，准会认为他在处理此事时，也会像其他父亲那样不多想，也不多管。”

“但你觉得莉迪亚会爱他爱得不顾一切，就算不结婚也愿意和他在一起吗？”

伊丽莎白眼里噙着眼泪回答道：“做姐姐的怀疑妹妹的体面和贞操，确实骇人听闻，但我真不知道该怎么说。也许是我冤枉她了。但她太年轻了，没人教过她遇到大事该如何考虑。而且过去半年，不，过去一年，她只知道寻欢作乐，又爱慕虚荣。家里也不管她，任由她过着游手好闲、轻佻浪荡的日子，而且听到什么都轻信盲从。自打某郡民兵团驻扎在麦里屯，她脑子里就只剩下谈情说爱、勾引军官。她整天想这事、谈论这事，为了让自己——怎么说呢？感情更充沛些。虽说她天生就够多情的了。我们也都知道韦克姆魅力四射、谈吐不凡，很容易迷住一个女人。”

“可你看，简就没把韦克姆看得那么坏，她认为他不会做出这种事。”

“简把谁往坏处想过？无论是什么人，也无论这人之前做过什么事，在拿出确凿证据之前，她相信谁会做出这种事？但简和我一样，了解韦克姆的真面目。我们都知道他是个彻头彻尾的花花公子，他寡廉鲜耻、虚情假意、曲意逢迎。”

“这些事你都了解？”加德纳夫人大声问道，她很好奇伊丽莎白是怎么知道这些的。

“当然了解，”伊丽莎白红着脸答道，“那天我跟你说过他对达西先生做的那些无耻的事情。达西待他那么宽宏大量、慷慨大方，可你上次在朗博恩也听到了，他是怎么说人家的。还有些其他的事情我不便说，也没必要说，可他对彭伯里一家人的诬陷数不胜数。凭他对达西小姐的描述，我以为会见到一个傲慢、高冷、很难相处的女孩子。可他自己也知道，这完全是事实的反面。他一定知道，她就像我们所见的那么和蔼可亲，没有架子。”

“可莉迪亚难道对此一无所知？你和简这么了解，她却什么都不知道？”

“哦，是的！——糟就糟在这里。我自己也是到了肯特，跟达西先生和他的表兄菲茨威廉上校接触多了，才了解到真相的。等我再回到家，某郡民兵团再有一两周就要离开麦里屯了。我把实情都告诉了简，但在那种情况下，我们都认为没必要再把这些事公之于众。毁掉韦克姆在这一片的好口碑，对谁有好处呢？即便决定让莉迪亚和弗斯特夫人一起走的时候，我也没觉得有必要向她揭露韦克姆的面目。我从未想过**她**会受到韦克姆的欺骗。你也可以想见，我绝不会料到**这种**后果。”

“所以说，当他们都到布莱顿去的时候，你完全不知道他们已经相好了吧？”

“一点也不知道。在我的印象里，他们互相都没有流露出好感。你也知道，在我们家，出现了任何的蛛丝马迹，都绝不会被放过的。他刚加入民兵团的时候，莉迪亚就很喜欢他，不过我们全是如此。他刚来的那两个月，麦里屯的女孩们个个都对他着了迷，可他却从没对莉迪亚表现出特别的好感。因此，经过一段时间狂热的迷恋，她就把目标转移到其他更青睐她的军官身上去了。”

不难想象，一路上大家翻来覆去地讨论这件事，除了那些担忧、希望和猜测，也说不出什么新鲜词了。可是别的话题说不了几句，就又回到这事上来。伊丽莎白脑子里摆脱不了这事，止不住地生气、自责，一刻也放松不了，一刻也忘不掉。

他们匆匆赶路，中途住了一夜，第二天晚饭时就回到了朗博恩。伊丽莎白很欣慰，没有让简等得太苦。

加德纳家的孩子们见马车来了，一个个站在门口的台阶上看他们进了围场。马车开到门口时，他们一个个面露喜色，欢呼雀跃，为归来的游客们奉上了第一份热烈的欢迎。

伊丽莎白跳下马车，匆匆给每个孩子一个吻，然后急忙跑进门厅，见到了从母亲的房间跑下来迎接她的简。

她给了简一个亲热的拥抱，两人都泪汪汪的。她急忙问姐姐，有没有两个私奔者的下落。

“还没有，”简答道，“不过现在亲爱的舅舅回来了，我希望一切都会好起来的。”

“父亲在城里吗？”

“是的，他星期二去的，我在信上告诉你了。”

“他常来信吗？”

“就收到一封信。周三他寄来一封短信，说是已经平安到达，并给了我他的地址，这是我特意要求的。除此之外，他只说有重要消息再写信来。”

“妈妈呢，她还好吗？大家都还好吗？”

“我看妈妈还算好，不过精神上受到了严重打击。她在楼上呢，见你回来一定很高兴。她还不肯走出梳妆室。玛丽和凯蒂，谢天谢地，她们都还挺好的。”

“可是你呢，你还好吗？”伊丽莎白嚷道，“你看起来有些疲惫。你一定受了很多苦！”

不过姐姐说自己很好。趁着加德纳夫妇忙着跟孩子们亲热的时候，姐妹俩聊了几句。正说着，大家走了过来，两人的对话就此打住。简跑到舅舅、舅妈面前，向他们表达了欢迎和感谢，一会儿哭一会儿笑的。

大家都来到客厅后，把伊丽莎白刚问过的又问了一次，只发现简这里也没有新消息。不过，她的一副慈悲心肠让她还抱着乐观的希望，仍然期待事情能有个好结局。她盼着每天早上都能收到些信，不是莉迪亚写来的，就是父亲写来的，告知一下他们的动态，甚至宣布他们的婚讯。

随后众人来到班内特太太的房间。大家聊了一会儿之后，班内特太太果然不出所料，开始哭天抹泪，长吁短叹的，痛骂韦克姆的卑鄙行径，抱怨自己受苦受屈。她责怪了所有人，唯独略过了一个——就是那个因为纵容无度，要为她女儿如今酿成的大错负主要责任的人。

她说："当初我要是能坚持己见，带着全家去布莱顿，这事绝不会发生。可怜的莉迪亚，现在无依无靠了。弗斯特两口子怎么没看住她呢？他们准是很不上心。像莉迪亚这样的孩子，要是得到了很好的照顾，绝不会做这样的事。我一直都觉得他们不配照管她，可谁都不听我的，向来如此。我那可怜的孩子！现在班内特老爷也去了，他一找到韦克姆一定会跟他决斗，然后准会被打死，我们这孤儿寡母的可怎么办？怕是他尸骨未寒，柯林斯家就要把我们赶出去。弟弟啊，你要是不帮帮我们，我可真不知道该怎么办了。"

大家一听，急忙叫她不要胡思乱想。加德纳先生保证了一通对她和她家人的关心，说他打算第二天就到伦敦去，竭尽所能帮助班内特先生找到莉迪亚。

"不要过度惊慌，"他说，"虽说应该做好最坏的打算，但也不要急于下结论。他们离开布莱顿还不到一周，再过几天我们可能就会得到他们的消息。在我们确定他们没有结婚，也不打算结婚之前，先不要认为此事毫无希望。我一进城就去找姐夫，把他带回格雷斯丘奇街家里住，然后我们一起想办法。”

“哦！我亲爱的弟弟，”班内特太太答道，“这正说到我心里去了。你到城里，可一定把他们找到。要是他们还没结婚，就逼他们结婚。至于婚礼的礼服，叫他们不要等了。告诉莉迪亚，只要结了婚，礼服花多少钱买都行。还有件最重要的事，千万劝住班内特老爷，不要让他去决斗。告诉他我状况非常糟糕，吓得魂飞魄散——浑身颤抖、抽筋、头疼、心悸，日夜不得安宁。告诉我的莉迪亚宝贝先不要买衣服，等见到我再说，她不知道哪家店最好。我的弟弟，你待我简直太好了！我知道你会有办法的。”

加德纳先生再次向她保证自己会竭尽所能，不过还是建议她不要过度乐观，也不要过度担忧。大家就这样谈到晚饭上桌才离开，留她一个人把牢骚都发给那位女儿们不在时照顾她的女管家。

虽然她弟弟和弟媳觉得她不必和大家分开吃饭，可他们也没反对。他们知道她管不住自己的嘴，与其吐露给那么多侍桌的仆人，还不如留一个他们最信任的，接收她对这件事的所有不安和忧虑。

大家走进餐厅后不久，玛丽和凯蒂也来了。此前她俩在各自房间忙着自己的事，一个沉迷读书，一个梳妆打扮。不过两个人的情绪都还算平静，也没什么变化。只是凯蒂的语气比平常多了几分焦躁，或许是因为失去了最亲的妹妹，又或许是因为她自己在这事上引起了众怒。玛丽倒是端庄大气得很，等大家都坐定，她神色凝重地对伊丽莎白悄声说："此事不幸至极，很可能引发纷纷议论。我们必当阻止恶言的洪流，用姐妹深情疗愈内心的伤痛。"

看伊丽莎白不打算接话，她又说："对莉迪亚此事实属不幸，但我们也可以此为鉴。女人一旦失去贞洁，便不可挽回，一失足便成千古恨。容颜易逝，声誉又何尝容易保持。面对那些轻薄的男人，怎样慎行都不为过。"

伊丽莎白听了这话，惊讶地抬起头来。可是心里太郁闷了，还是说不出话来。玛丽呢，就继续借由这件倒霉事进行道德说教，聊以自慰。

晚饭后，班内特家的两位大小姐终于有了半个小时独处的时间。伊丽莎白急忙利用这个机会向姐姐询问各种事情，简也赶紧一一作答。两人为可怕的后果唉声叹气，伊丽莎白认为绝不会有好结果，简还没有完全放弃希望。接着，伊丽莎白说："还有什么我不知道的事，通通告诉我吧。我想知道所有细节。弗斯特上校是怎么说的？那两个人私奔之前，他们一点也没察觉？他们总该发现他俩总待在一块呀。"

“弗斯特上校说确实怀疑他俩之间是不是有点意思，尤其是莉迪亚这边，但并没有什么事让他引起警惕。我真替他难过！他那样体贴入微，和蔼至极。还不知道他俩没去苏格兰的时候，他就打算来告诉我们他的担忧了。等大家都开始担心他们没去苏格兰时，他便急忙赶过来了。”

“丹尼确定韦克姆不想结婚吗？他知道他们打算私奔吗？弗斯特上校亲自见到了丹尼吗？”

“见了，可是等**他**再问，丹尼又说自己对于他们的计划并不知情，不肯透露真实想法。他并没有重提他们不会结婚的话——**这一点**给了我希望，说不定他之前的话被误解了。”

“我猜想，弗斯特上校来之前，你们毫不怀疑他们会结婚吧？”

“我们怎么会怀疑呢？我是有担心的——我怕妹妹和他结婚不幸福，因为我也知道他有时候不够正派。父母亲对此一无所知，只是觉得这门婚事太冒失了。后来，凯蒂得意扬扬地承认比我们大家更了解内情。她说，莉迪亚在上一封信里说，在为这个计划做准备。她似乎几个星期之前就知道他们相爱了。”

“但他们去布莱顿之前，她并不知道吧？”

“我想是的。”

“那么弗斯特上校对韦克姆这个人评价好吗？他了解他

的真面目吗？”

“我得承认，他对韦克姆的看法不如从前了。他觉得他这个人不管不顾、放荡不羁。事情发生后，还有传言说他离开麦里屯的时候欠了很多债，不过我希望这不是真的。”

“噢，简啊，我们当初要是没有隐瞒，把知道的都说出来，可能这事就不会发生了！”

“也许那样更好，”姐姐回答，“可是，不管对什么人，不了解他当下的情况就揭他的老底，这么做也不公平。我们当初完全是好心。”

“弗斯特上校能复述一下莉迪亚给他妻子写的那封信吗？”

“他把信带来给我们了。”

简从信件袋里把信取出来，递给伊丽莎白。内容如下：

亲爱的哈莉特：

你要是知道我去了哪儿，准会笑的。想到明天一早你发现我不见了会有多惊讶，我自己都忍不住笑了。我要去格雷特纳·格林了，你要是猜不出我跟谁去，那我真要说你是个傻瓜，因为这世上我爱的男人只有一个，他是个天使。离了他我是绝不会快乐的，因此走了也无妨。你要是不愿意，也不要非得把我离开的事告诉朗博恩，等我给他们写信，落款“莉迪亚·韦克姆”的时候，准会让他们更吃惊！那样多好笑啊！想到这儿，我简直笑得写不下去了。请代我向普拉特道歉，今晚不能赴约和他跳舞了。请告诉他，希望他了解了这一切之后能谅解。等我们下次在舞会上见面，我会很高兴与他跳上一曲。我回到朗博恩就派人来取衣服，不过拜托你告诉萨利，我那件手缝的薄纱长袍上开了一条很长的口子，让她收起来之前帮我补好。再见了。代我问候弗斯特上校。希望你祝福我们旅途顺利。

你的挚友，

莉迪亚·班内特

“噢！这个莉迪亚，真没头脑，真糊涂！”伊丽莎白看完信嚷了起来，“都这个时候了，竟然还能写出这样的信。可至少能看出**她**对于出走的目的是认真的。不管他之后是怎样说服她的，至少她没有存心要闹出丑事来。我可怜的父亲！他该多难过呀！”

“我从没见谁这么震惊过！他整整十分钟一个字也说不出。妈妈立刻病倒了，家里全乱套了！”

“噢，简！”伊丽莎白嚷道，“家里的仆人们是不是当天就全知道了？”

“我不知道。但愿不是。但在这种时候不走漏风声很难。妈妈完全歇斯底里了，我虽然尽力照顾她，但恐怕做得还是不够！可是一想到可能发生多么恐怖的事，我简直要吓呆了。”

“你照顾她实在太辛苦，脸色都不好了。唉，我要是在你身边就好了！操心劳神的事全让你自己一个人担着了。”

“玛丽和凯蒂都很好，很愿意帮着分担，可我觉得不该麻烦她们。凯蒂身体弱，玛丽又总是在学习，不好打扰她休息的时间。星期二父亲一走，菲利普姨妈就到朗博恩来了，待到星期四才走。她帮了很大的忙，也给我们很大安慰。卢卡斯夫人也很好心，周三一早跑来安慰我们，说有什么需要帮忙的，她和她女儿都愿意出力。”

“她还是老实待在家里更好，”伊丽莎白嚷道，“也许她是好意，可碰到这种倒霉事，谁愿意见邻居啊。他们帮不上忙，他们的安慰让人无法忍受。在远处幸灾乐祸就好了。”

接下来，她问父亲到城里去，准备用什么办法找莉迪亚。

“我想，”简答道，“他打算到埃普索姆去，就是他们换马车的地方，找找马车夫，看能不能从他们嘴里得到什么消息。他主要是想找到载他们去克拉珀姆的那辆出租马车的号码。那辆车先是拉着人从伦敦来，父亲觉得，一男一女从一辆车换到另一辆，这事可能会引起别人的注意，因此想到克拉珀姆去打听打听。他要是能找到车夫把车停在了哪个房子的门口，就再到那儿去问，也许能查到马车的车号和停放的地点。我不知道他是否还有别的计划，他走的时候非常匆忙，慌慌张张的，我问出这些已经很不容易了。”

第四十八章

第二天早上，全家都盼着收到班内特先生的来信，可结果他连句话也没有捎来。家里人知道，他平常总是懒得写信，拖拖拉拉的。可是在这种节骨眼上，还是希望他能稍微勤快点。结果他们只好判断，没写信来是因为他没有值得汇报的好消息，但即便如此，他们还是希望能来个准信。加德纳先生本来也是想着，等信来了再动身。

加德纳先生去了之后，大家觉得至少可以时时了解到事情的发展了。他走的时候保证，尽快劝班内特先生回到朗博恩来，好让姐姐别再担心丈夫在决斗中死掉了。

加德纳夫人决定和孩子们在赫特福德多待几天，好多帮帮外甥女们。她帮她们倒班照顾班内特太太，在闲暇时间还能安慰安慰她们。另一位姨妈也经常来拜访，不过每次都会带来些关于韦克姆挥霍无度、行为不端的新例证。每次走的时候，都把大家搞得更沮丧了。

如今，整个麦里屯都开始诋毁那个三个月前还被看作天使的人。人们说他在当地的每个商人那儿都欠了债，还使诡计勾引妇女，把每个商人家都祸害了一遍。他成了这世上最可恶的年轻人。一时间，人人都发觉，他们从头就不相信他那副伪善的嘴脸。伊丽莎白虽然对这些话半信半疑，却更确信她妹妹是被毁了。就连更不相信这些传言的简，眼下也感到绝望了。她之前还希望他们是去了苏格兰的。若真是那样，早该收到些消息了。

加德纳先生是星期日离开朗博恩的。到了星期二，妻子收到他的来信。他在信上报了平安，说一进城就找到了姐夫，并把他带回了格雷斯丘奇街。他来之前，班内特先生已经去过了埃普索姆和克拉珀姆，却没有得到任何有用的消息。他现在想把伦敦主要的旅馆都打听一遍，因为觉得他们刚到伦敦，找到房子之前可能会先住旅馆。加德纳先生不觉得这么做有用，可既然姐夫打定主意，他也愿意帮他一块找找。他补充说，班内特先生眼下完全没有离开伦敦的打算，他保证很快再写信来。信上还有一段附言：

我给弗斯特上校写了封信，让他向民兵团里和韦克姆相熟的年轻人打听一下，看他有没有什么熟人亲戚知道他躲在城里的哪一片？要是有人能提供这样的线索会非常有用，现在我们一点头绪也没有。我相信，弗斯特上校会想尽办法在这上头帮助我们。不过，我又想了一下，也许丽兹最知道他有什么亲友。

伊丽莎白很明白舅舅为什么这样说，可她却给不出什么令人满意的信息，实在担不起这样的抬举。

她从未听他提起过什么亲戚，他父母也很多年前就过世了。不过民兵团里的伙伴也许能提供一些线索，虽说她并不抱什么希望，但打听下总没有坏处。

现在在朗博恩的每一天都是在焦虑中度过的，但最焦虑的莫过于等信来的那段时间。每天早上，大家焦急盼望的一等大事，就是来信。信里的消息不管好坏，大家都会互相转告，并期待第二天能收到重要消息。

可是，还没等来加德纳先生的第二封信，却接到了另一封信，是柯林斯先生写来的。简受到托付，父亲不在的这段时间，信件由她代为拆阅，于是她奉命读起了这封信。伊丽莎白知道柯林斯的信总是写得稀奇古怪的，于是挨在旁边一起看。信是这样写的：

尊敬的先生：

昨日接到赫特福德来信，听闻先生正忧心痛苦，在下虑及自身地位及与您的亲戚情分，特来信聊表关切。先生请放心，在下与内人对您和尊府老少深切同情。此等家门不幸，永难洗清，想必令您痛心疾首。在下唯有竭尽所能，多方开解，以宽慰先生。吾知此等状况，于父母最为伤痛欲绝。与其如此，令爱不如早夭为幸。据吾妻夏洛特所言，令爱此等放浪行为，实系平日过度放纵所致，更加令人痛心。然为宽慰您与夫人，在下情愿相信此女必是天性恶劣，否则小小年纪不会铸成这般大错。不论如何，您的遭遇令人悲悯，不但内人有此感，凯瑟琳夫人和女儿听闻后，亦表达同感。夫人、小姐赞同愚见，一位女儿失足，其姐妹必将共同受损。恰如凯瑟琳夫人屈尊所言，谁敢再与这般家庭攀亲？思至此处，不禁想到去年十一月的一件事，倍感庆幸，否则如今在下也要受累蒙羞，不胜哀伤。先生若愿听在下愚见，宜擅自宽慰，与不肖女永绝亲情，任其自食苦果。

您的……

加德纳先生收到弗斯特上校的回信之后，才再写信来，信上也没有好消息汇报。没人知道韦克姆是否还有什么亲戚来往，但可以确定的是，他的至亲都已不在人世。他之前熟人不少，可自从加入民兵团，似乎与朋友们都疏远了，因此没人能提供关于他的任何消息。他竭力隐瞒行踪，除了害怕被莉迪亚的家人发现，还因为他的经济状况十分糟糕。他最近刚刚被揭露，欠下了一大笔赌债。弗斯特上校认为，需要一千多英镑才能还清他在布莱顿的债务。他在城里负债累累，私下的赌债更是一笔大数目。加德纳先生并未打算对朗博恩的一家人隐瞒这些事。简听了大为震惊。“一个赌徒！”她大叫道，“这太令人震惊了！我怎么也想不到。”

加德纳先生在来信中还说，她们的父亲第二天（星期六）便会回家。再三的努力都以失败告终，让他垂头丧气，只好听了小舅子的话打道回府，留他一人在伦敦继续寻找，见机行事。班内特夫人之前生怕他丢了性命，可听了这个消息，却并没有像女儿们期待的那么高兴。

“什么，他还没找到可怜的莉迪亚，就要回来了？”她嚷道，“没找到他们之前，不能离开伦敦啊。他一走，谁去和韦克姆决斗，谁逼他娶莉迪亚呢？”

加德纳夫人也想回家了，于是大家商定，她和孩子们在班内特先生回家的同一天起程去伦敦。马车先把他们送到旅途的第一站，然后把主人接回朗博恩。

自打在德比郡的时候，加德纳夫人就对伊丽莎白和她那位德比郡朋友的事非常困惑，直到离开，这个困惑也没解开。外甥女从未在他们面前主动提起过他的名字。做舅妈的本指望回来后会收到他的来信，结果却毫无音信。伊丽莎白自打从彭伯里回来，就再没收到信了。

眼下家里不幸的状况，让伊丽莎白不必为自己的心情低落再找借口，加德纳夫人从**这上面**也看不出个所以然来。不过，此时的伊丽莎白已经清楚自己的心思了。她知道，要不是因为认识达西，莉迪亚的丑事也不会让她这么难过。至少，能少几个不眠之夜。

班内特先生回到家，还是平常那副满不在乎的样子。他和往常一样沉默寡言，对于这趟奔忙绝口不提，女儿们也好一阵都不敢提。

直到他下午和女儿们一起喝茶，伊丽莎白才壮着胆问起这事。她开口便说："父亲这趟一定受了不少罪。"父亲却回答说："不要说这种话了。除了我，还有谁该受这个罪？我这是自作自受。"

"您也不要太自责了。"伊丽莎白答道。

"你确实可以这样劝我。可人本性就爱自责。算了，丽兹，让我这辈子也体验一次自责的滋味。我倒不怕沉溺其中，过一阵就会好的。"

"你觉得他俩是在伦敦吗？"

"我觉得是，还有哪儿能藏得这么隐蔽？"

"莉迪亚之前就想去伦敦。"凯蒂补充道。

"那她可是如愿了，"父亲冷冷地说，"她恐怕要在那儿住些时日了。"

沉默了一会儿，他又说道："丽兹，去年五月你的建议是对的。通盘考虑起来，我不怪你那样说，证明我还是有远见的。”

班内特小姐下来给妈妈端茶，打断了他们的谈话。

“她可真能装呀，”他嚷道，“倒是也有好处，给倒霉事都增加了几分风雅！下次我也这么干，坐在书房里，戴睡帽穿睡袍，没完没了地折腾别人。也许等凯蒂私奔的时候，我就这么试试。”

“我不会私奔的，爸爸，”凯蒂气恼地说，“等我有机会去布莱顿，一定会比莉迪亚有规矩的。”

“**你**还去布莱顿！你给我五十英镑，伊斯特本那么近的地方也休想让我放你去！不，凯蒂，我这次至少学会了要谨慎行事，你会感受到的。今后哪个军官也不许踏进我家门，从村里经过都不行。你不许去参加舞会了，除非跟你的姐妹们跳。也不许你出门，除非证明你每天能老老实实地在家待十分钟。”

凯蒂把这些威胁都当了真，不由得哭了起来。

“得了，得了，”他说，“别难过了。假如你今后十年都老老实实的，等十年后我就带你去看阅兵。”

第四十九章

班内特先生回来两天后，简和伊丽莎白正在屋后的灌木丛中散步，只见女管家朝她们走来。两人以为是母亲来叫她们，于是迎了上去。可到了跟前，才发现不是母亲找她们。只听女管家对班内特小姐说："小姐，抱歉打扰了，但我想也许你们收到了送来的好消息，所以冒昧来问。"

"希尔太太，你在说什么？我们没收到城里来的任何消息。"

"小姐哟，"希尔太太惊讶地叫道，"你不知道加德纳先生派了个信差来？来了半小时了，给老爷送来一封信。"

两位小姐顾不上回答，赶忙往回跑。她们跑过前厅，先去了早餐室，又去了书房，父亲都不在。两人正要上楼去看他是否和母亲在一起，又遇上了男管家，只听他说："小姐，您是要找老爷吧，他往小树林去了。"

听了这话，她们又赶忙穿出前厅，跑过草坪去追父亲，只见他正优哉游哉地往围场边的小树林走去。

简没有伊丽莎白那么轻盈，也不像她那么爱跑步，很快就被落在了后面。妹妹则气喘吁吁地追上了父亲，急切地叫道："哦，爸爸，是什么？什么消息？舅舅给你来信了吗？"

"是的，邮差送来一封信。"

"信上怎么说，好消息还是坏消息？"

"能有什么好消息？"他从口袋里拿出那封信。"不过也许你想拿去一读。"

伊丽莎白急不可耐地把信拿过来，这时简也赶上来了。

"念出来听听吧，"父亲说，"我也搞不清里面写了些什么。"

格雷斯丘奇街，周一，八月二日

亲爱的姐夫：

我终于能告知你一些外甥女的消息了，希望大体上能令你满意。周六你从我这儿离开后不久，我便侥幸查明他们躲在伦敦的哪个区域。详情留待见面再叙，重要的是我已经找到了他们，两人我都见到了——

"这正是我所期盼的，"简嚷道，"他们结婚了！"

伊丽莎白继续念：

两个人我都见到了。他们没有结婚，我看也没打算要结婚。不过，我冒昧地替你做了决定，你若愿意的话，他们不久便会结婚。你只需订立一份协议，保证在你和我姐姐身后，分给孩子们的五千英镑遗产中，莉迪亚能获得均等的一份。另外，你还要保证，在世时每年再给她一百英镑。通盘考虑，我自认有权替你做主，毫不犹豫地答应了这些条件。我派一个邮差去通知你此事，也请你立刻给我答复。从这些情况来看，韦克姆先生显然没有人们所想的那样山穷水尽。在这方面，是大家误会了。我可以很高兴地告诉你，除了莉迪亚的那些财产，韦克姆把账都还清之后，还能剩下一些钱给莉迪亚。如果你愿意照我料想的那样，让我代你全权处理此事，我将立刻吩咐哈格斯顿拟订一份正式协议。你大可不必再进城来，就安心地待在朗博恩，我必不辞辛劳，谨慎行事。请尽快给我回信，务必言辞明确些。我认为外甥女最好从我家出嫁，希望你赞同。她今天就会到达。若有其他事需要决断，我会尽快再来信。

你的……

爱德华·加德纳

“这是真的吗？”伊丽莎白读完信大声说道，“他会娶她的，这可能吗？”

“韦克姆并不像我们想象的那样不堪，”她姐姐说，“亲爱的爸爸，恭喜你啦。”

“你回信了吗？”伊丽莎白问。

“还没有，但得赶紧回了。”

她一听，急忙敦促父亲赶快回信，不要耽搁。

“哦！亲爱的爸爸呀，”她嚷道，“快回去写信吧。现在的情况一分一秒也耽搁不起呀。”

“你要是不想动笔，让我替你写吧。”简说。

“我确实不想动笔，”他答道，“可不写不行啊。”

这样说着，他和姐妹俩一起转身往家走去。

“我想问，”伊丽莎白说，“那些条件，是得答应下来吧。”

“答应下来！他要得这么少，让我脸上都挂不住。”

“他们**必须**结婚！可他却是**这么**个人！”

“是啊，是啊，他们非结婚不可。没有其他办法。可有两件事我很想知道：一是，你舅舅为了让他们结婚花了多少钱；以及，我怎么才能偿还他。”

“我舅舅！花钱！”简嚷道，“爸爸，你这是什么意思？”

“我是说，我生前每年给一百英镑，死后每年五十英镑，任何一个稍微有头脑的男人，都不会为了这点小钱就娶莉迪亚的。”

“说得很对，”伊丽莎白说，“我之前没想到这一点。他还清了债务，还有结余！哦，这准是舅舅倾囊相助了！他太慷慨了，怕是要苦了自己。这准不是一笔小数目。”

“是呀，”她父亲说，“如果韦克姆没要够一万英镑就答应娶莉迪亚，那他就是一个傻瓜。我可不愿意刚做他的老丈人就把他想得这么没用。”

“一万英镑！老天爷呀！我们连一半的钱也还不起呀？”

班内特先生没答话，三个人一言不发、心事重重地回到家里。父亲到书房去写信，两位小姐走进了早餐室。

“他们真要结婚了！”等旁边再没别人，伊丽莎白立刻叫了起来，“这可真奇怪啊！我们还得为此心怀感恩。不管他们幸福的可能性多小，也不管他多么卑鄙，我们都不得不为他们结婚而高兴。哦，莉迪亚啊！”

“我还是能安慰自己，”简说，“他要不是真喜欢莉迪亚，也不会跟她结婚的。虽然好心的舅舅一定替他还了债，但花的钱不会有一万英镑那么多。他自己也有孩子，可能之后还会生更多，别说一万英镑，就算是五千英镑，他也拿不出呀。”

“我们只有弄清楚韦克姆到底欠了多少钱，又给了莉迪亚多少钱，才能知道加德纳先生给他们花了多少钱，因为韦克姆口袋里一个子儿也没有。”伊丽莎白说，“我们永远无法报答舅舅和舅妈的恩情。他们把莉迪亚带回家、保护她、帮助她，为她的付出，她一辈子也感激不尽！如果这样的善举都不能让她良心有愧，那她也不配拥有幸福！等她再见到舅妈，将是怎样的场面啊！”

“我们应该尽量忘记他们的过去，”简说道，“我希望并相信他们会幸福的。我宁愿相信，韦克姆同意娶她，证明他已经往正道上想了。他们互相之间的感情会让他们安定下来的。我相信，他们会安安稳稳、规规矩矩地过日子，假以时日，我们就能忘掉他们的荒唐行为。”

“他们的行为太荒唐了，”伊丽莎白说，“你、我、任何人都不可能忘掉。说这些没用。”

两姐妹这才想到，她们的母亲恐怕对此仍然一无所知。于是，她们到书房去，请示父亲是否想告诉母亲。他正在写信，头也不抬就冷冷地说：“随你们的便。”

“可以把舅舅的信拿去念给她听吗？”

“爱拿什么拿什么，赶快走开吧。”

伊丽莎白从书桌上把信拿走，然后两人一起上了楼。玛丽和凯蒂都在班内特太太身旁，因此这事说一遍就行了。她们稍微透露是个好消息，然后就念起了信。班内特太太激动不已。一听简读完加德纳先生料想莉迪亚很快会结婚那句，她就心花怒放，之后的每一句都让她欣喜若狂。之前她因为担心、气恼而心神不宁，如今又因为高兴而同样坐立难安。知道女儿能结婚，她就心满意足了。她没有因为女儿可能过得不幸福而担心，也不会因为想到她之前的丑事而觉得丢脸。

“我的心肝宝贝莉迪亚！”她嚷道，“这可真是件大喜事！她要结婚了！我又能见到她了！十六岁就结婚！我那好弟弟呀——我就知道会是这样。我就知道他肯定能摆平所有事！我真想见莉迪亚呀！还有亲爱的韦克姆！不过还有礼服，婚礼礼服呢！我直接给弟媳写信吧。丽兹，亲爱的，下楼去问你爸爸能给她多少钱？不，你别动，我亲自去。凯蒂，摇铃把希尔叫来。我现在就换衣服。我的莉迪亚宝贝啊！再见的时候我们该多开心呀！”

大女儿想让母亲收敛一下自己的激动之情，提醒她想想该如何感激加德纳先生的恩情。

“这皆大欢喜的结局都多亏了舅舅的一片好心。”简说，“我们都认为，舅舅一定是出钱资助了韦克姆先生。”

“这没什么嘛，”她妈妈嚷道，“这种事舅舅不做谁来做？他要是没有老婆孩子，那他的钱都要归我和我的孩子。除了一些小礼物，我们这是头一次让他花钱。好啦！我真高兴！不久就要嫁出去一个闺女了。韦克姆夫人！听着多顺耳啊！而且她去年六月才刚满十六岁。简啊，我现在太激动了没法写信，所以我来说你来写吧。我们回头再去找你父亲谈钱的事，先把该订的东西订了。”

接着她不厌其详地说起印花棉、薄纱、麻纱，还要订各种东西。简好不容易才劝住她，说好等父亲有空先和他商量好再订。简说晚一天没关系的，而班内特太太因为太高兴了，也没像往常那样固执。再说，她脑子里又有了别的计划。

“我穿戴好就要去麦里屯一趟，”她说，“把这个天大的好消息告诉姐姐菲利普太太。回来的路上，还能去见卢卡斯夫人和朗夫人一面。凯蒂，快下楼去叫他们备车。出去兜兜风对我的身体准有好处。姑娘们，在麦里屯有什么事要我替你们办吗？哦，希尔来了！亲爱的希尔，你听到好消息没有？莉迪亚小姐要结婚了，等她婚礼那天，给你们一人一碗潘趣酒，一起高兴高兴。”

希尔太太立刻表示非常高兴。伊丽莎白和大家一起接受了她的祝贺，可实在受够了眼前这出闹剧，于是躲进了自己的房间，好清净地想想事情。

可怜的莉迪亚，这个归宿实在够糟糕，不过没有更惨还要谢天谢地了。她也确实感到庆幸。虽然放眼望去，妹妹既难得到幸福的生活，也享不了什么荣华富贵，可回头想想两个小时前他们的担忧，现在的结果已经算是万幸了。

第五十章

班内特先生很早以前就希望不要花光收入，而是每年存下一笔钱，让孩子们以后吃喝不愁，老婆如果活得比他长，剩下的日子也能有个着落。如今，这个愿望比以往都来得强烈。他若是存下了钱，莉迪亚就不至于要欠舅舅的人情，要舅舅来出钱挽回脸面和名声。逼大英帝国最不成器的男人做她老公这种事，也用不着劳驾舅舅过瘾了。

他觉得，这事对谁都没有好处，实在不应该由小舅子一个人出钱摆平。他决心打听出加德纳先生究竟帮了多大的忙，并尽快还上这份人情债。

班内特先生刚结婚的时候，觉得不必考虑钱的事，因为他们肯定会生个儿子。等儿子一成年，就能获得财产继承权，这样他去世后老婆和孩子们的生活也会有着落。结果五个女儿先后出生，儿子却一个没有。莉迪亚出生好几年之后，班内特太太还笃信会生出儿子。等他们终于死了心，也来不及存钱了。班内特夫人不会精打细算地过日子，好在丈夫很在意经济独立，没有举债，才不至于搞得入不敷出。

夫妇俩结婚的时候婚约上规定，班内特太太和孩子们可获得五千英镑的遗产。可这五千英镑在孩子们中间怎么分配，要看父母遗嘱怎么写。如今，遗产的分配问题，至少莉迪亚的部分，必须决定了。班内特先生毫不犹豫地接受了小舅子的建议。他在言简意赅的回信中，先感谢了加德纳先生慷慨的帮助，然后说完全赞同他的一切安排，并愿意履行他替自己做出的承诺。他之前根本想不到，就算韦克姆能被说服娶他女儿，竟然丝毫不用自己出力，就安排得如此妥当。一年付给他们一百英镑的话，和现在相比也就多花十英镑——莉迪亚在家里吃喝的开销、零花钱，加上母亲不断贴钱给她，算起来也少不了多少。

另外让他喜出望外的是，整件事用不着他费吹灰之力。他现在只希望，这件事引起的麻烦越少越好。他刚开始怒火中烧，亲自跑去找女儿，可如今气已经消了，就又回到了日常那种懒散的状态。信很快送出了，他虽然拖拖拉拉不想写信，可一旦写起来却很快。他请求小舅子告知，他们究竟蒙受了他多大的恩惠。因为太生莉迪亚的气，他一句话也没有问候她。

好消息很快在家里传遍了，又以同样惊人的速度传遍了街坊四邻。对于这个消息，大家都泰然处之——莉迪亚·班内特小姐若是跑到城里过上声色犬马的生活，或是躲进与世隔绝的乡村农舍，准是更好的谈资。不过，她的出嫁也足够人们议论的了。麦里屯那些恶毒的长舌妇，之前祝福莉迪亚能嫁给如意郎君，如今虽情况有变，她们的兴致却并未减损——莉迪亚嫁给这么个人，之后的日子肯定不好过。

班内特太太已经两星期没下楼了，可在这么个高兴的日子，她又坐上了餐桌的首席，且兴致格外高昂。她得意扬扬，丝毫不感到羞耻。从简十六岁开始，嫁女儿就成了她心中的头等大事，如今终于要得偿所愿了。她心里想的，嘴上说的，全离不开讲究的婚礼、精致的纱裙、崭新的马车和仆人。她忙着给女儿在当地找合适的住宅，不知道，也不考虑他们的收入状况，就否决了许多房子，不是嫌面积不够大，就是嫌房子不够气派。

"海耶庄园不错，"她说，"要是古尔丁家愿意搬走的话。斯托克那个大房子也不错，就是客厅小了点。阿什沃思太远了！她要是住得离我超过十英里，我就受不了。至于普维斯小舍，那个阁楼太糟糕了。"

仆人们在场时，班内特先生由着妻子叨叨，没有打断她。可等仆人们一走，他就对她说："班内特太太，在你把某幢或者每幢房子都安在女儿女婿名下之前，咱们先把话说明白。这附近有一幢房子，他们永远不能进——我绝不会在朗博恩接待他们，这只会助长他们的胡作非为。”

这话一出，立刻引发一场漫长的争吵，但班内特先生很坚决。很快，两人又为另一件事吵了起来。班内特夫人又惊又气地发现，丈夫不愿拿一个子儿出来给女儿置办衣服。他说在这件事上莉迪亚休想得到他半点关爱。丈夫的气愤简直到了深仇大恨的程度，不惜让女儿的婚礼不成体统，也要拒绝请求，这让她始料不及，也无法理解。她觉得，女儿婚礼要是穿不上新衣服，比她私奔、婚前与韦克姆同居两星期都更丢人。

此情此景让伊丽莎白格外后悔，当初不该把妹妹的丑事告诉达西先生。只要他们一结婚，就可以彻底结束私奔，那段不体面的开头，本可以瞒住所有的局外人。

她并不担心达西会把这件事传出去。说到保守秘密，简直没人比达西更让她信赖了。可要换作别人知道妹妹的丑事，她也不会这么难过——倒不是担心这事对她本人有什么损害，因为不管怎么说，他们俩之间已经隔着一条无法跨越的鸿沟了。即便莉迪亚的婚事有了最体面的结局，达西先生恐怕也不会再和她们家有什么瓜葛了。在其他的顾虑外，现在还要加上一条，和他最鄙视的人成为至亲。

他在这样一门亲事面前退缩，在伊丽莎白看来也并不稀奇。在德比郡的时候，她确信达西还爱着自己。可如今，理智让她无法奢望，他在经历了这么一场打击之后还能一往情深。她觉得卑微，觉得悲伤，也觉得悔恨，却又不知在悔些什么。如今，她已无法受益于达西的器重，却偏偏想要他器重了；她已经打听不到他的消息，却偏偏又想知道了；他们可能再也不会碰面了，她却又觉得他们俩在一起会幸福的。

她常想，四个月前她高傲地拒绝求婚，如今又求之不得，达西若是知道了该多得意呀！她知道达西是个非常有肚量的男人，可只要是个人，就免不了会得意的。

她现在才明白，无论从性格还是才能上来说，达西都是最适合自己的男人。他的脾气和见解虽然与自己不同，却最称她心意。他们的结合一定会对两人都有益——她的活泼随和会让他性情更温柔，举止也更合宜，而他的决断、指导和见识，也能令她受益匪浅。

可惜这样幸福的婚姻已不复可能，众多的有情人也无法从他们这里学习真正美满的姻缘应该是什么样的了。如今，一门性质完全不同的婚姻就要在她家结成了，同时葬送了另一门亲事。

她无法想象，韦克姆和莉迪亚怎么能独立地生活下去。不过她不难预见，那种只顾一时激情而不顾贞操德行的结合，很难收获长久的幸福。

加德纳先生很快又给姐夫写了信来。对于班内特先生的感激之辞，他简单回复了几句，说自己愿意倾力促成任何一位家人的幸福，最后还恳请他切勿再提此事。他写这封信来，主要是为了告诉他们，韦克姆先生决定退出民兵团了。

我完全同意他婚事一定下来就立刻这么办。我相信你会赞成我的看法，不论是对他自己还是对外甥女，离开那个民兵团都是上策。韦克姆先生想要加入正规军，他的老朋友中还有几位能够且愿意在这事上帮他的忙。某将军有个团驻扎在北方，答应让他去当个少尉。他离这里远一些，倒也是好事。他还是颇有前途的，到了人生地疏的地方，他们还有脸面可以保全，但愿他们能更检点些。我已经写信给弗斯特上校告知他眼下的安排，同时请求他让韦克姆先生在布莱顿一带的债主放心，我很快就会还上他的债务。能否也劳烦你通知一下他在麦里屯的债主们？我按他提供的信息，随信附上了一份名单。他已经交代了全部债务，希望至少在这一点上，他没有骗我们。我已经吩咐了哈格斯顿，他一周内就会全部办妥。他们俩会直接去他所在的部队，除非你邀请他们回朗博恩一趟。听加德纳夫人说，外甥女非常希望在离开南方之前再见你们一面。她很好，并请我代她向你和她的母亲问好。

你的……

E. 加德纳

和加德纳先生一样，班内特先生和女儿们也看得出，韦克姆离开某郡民兵团有诸多好处，可班内特太太却不太高兴。她还没放弃让他们定居赫特福德的计划，正盼着和莉迪亚无比快乐、无比得意地待在一起。听说她要住到北方去，她简直失望至极。更何况，莉迪亚和民兵团的人都混熟了，还有不少喜欢她的人，这么一走实在可惜。

“她那么喜欢弗斯特太太，”班内特夫人说，“把她送走可真糟！还有好几个小伙子，她也很喜欢。某将军部队里的军官们未必会像他们这么可爱。”

女儿要求（可以算作要求吧）起程去北方之前，再回家看看。刚开始，做父亲的断然拒绝。不过，考虑到妹妹的感受和身份，简和伊丽莎白都认为，她的婚姻应该得到父母的认可，于是敦促父亲让妹妹和妹夫一结婚便到朗博恩来拜访。她们请求得十分恳切，合情合理，终于把父亲说动，接受了她们的意见，并按她们希望的那样做了。她们的母亲也很满意，趁着出嫁的女儿被发配到北方之前，还能向左邻右舍炫耀一番。因此，班内特先生又给加德纳先生去了一封信，允许他们到朗博恩来。说定他们婚礼一结束，就立刻前来。伊丽莎白很意外，韦克姆竟然同意了这样的安排。若是只问自己的心意，她可是绝不愿再见到韦克姆。

第五十一章

妹妹的大喜之日到了。伊丽莎白和简都很为她担心，比她自己要担心得更多。家里派马车到某地去接他们，晚饭时便接了回来。两位大小姐很怕他们来，尤其是简。她想着出丑的若是自己，心里该是什么滋味，再想到妹妹经历了什么，就更难过了。

新婚夫妇到了。全家聚在早餐室迎接他们。马车开到门前，班内特夫人满脸堆笑，她丈夫板着脸，女儿们则忧心忡忡、忐忑不安。

莉迪亚的声音从门厅传来，门一下子推开，莉迪亚跑了进来。母亲连忙上前抱住了她，兴高采烈地欢迎她回来，一边露出亲切的笑容，一边把手伸给莉迪亚身后的韦克姆，祝他们幸福。她说得那么轻松，好像坚信他们一定会幸福的。

新人接下来转向了班内特先生，却没有得到同样衷心的祝福。他的表情越发严肃了，几乎一言未发。光是看着这对新人悠然自得的样子，就够他生气了。伊丽莎白看着也觉得恶心，连简都很惊讶。莉迪亚还是原来的莉迪亚——不管不顾、不知羞耻、疯疯癫癫、闹闹腾腾、无知无畏。她走到姐姐们面前，要求她们一个个祝贺自己。等大家终于坐定，她连忙环视了屋子一周，看到一些小变化，然后大笑着说自己真是很久没回来啦。

韦克姆也不带一点窘相。他的举止总是那么讨人喜欢，要是他品行端正，婚事合乎规矩的话，他这样笑容可掬、谈吐自如地来攀亲戚，准会很受欢迎的。伊丽莎白没想到他能这么自在，不过她还是坐了下来，在心里告诉自己，以后对不要脸的人，绝不能低估他不要脸的程度。她涨红了脸，简也涨红了脸，可让她们尴尬的那两位却面不改色。

饭桌上不愁没话聊。新娘和她妈妈两人抢着说话，而韦克姆正好坐在伊丽莎白旁边，于是向她问起当地熟人们的近况。他聊起天来那平和自在的劲儿，伊丽莎白在回话时完全比不了。小两口看起来都拥有最愉快的记忆，回忆起之前发生的事一点也不觉得难过。莉迪亚甚至主动提起了姐姐们绝不愿提及的事情。

“想起来我走了都有三个月啦！”她嚷道，“我感觉也就两周而已，可是中间却又发生了那么多事。老天呀！我走的时候，真没想到回来的时候已经结婚了！不过我倒是想过，要是真结了婚，那该多有趣呀。”

父亲抬起眼看着她。简感到很不安，伊丽莎白则拼命给莉迪亚使眼色。可是她这个人，面对自己不愿理会的事，向来视而不见，充耳不闻。她继续高兴地说：“对了！妈妈，街坊们知道我今天结婚了吗？我真怕他们不知道。来的路上，我们赶上了威廉·古尔丁的轻便马车，我非要他知道我结婚了，放下了靠近他那边的窗子，摘下手套，手放窗框上，好让他看到我的戒指。然后我对他点点头，笑得跟什么似的。”

伊丽莎白忍无可忍了。她起身走出房间，直到听见他们移步餐厅才又回来。一回来就看到莉迪亚急匆匆地走向妈妈的右手边，对大姐说：“哎呀！简，现在我要坐你的位置了，你得坐到下首去，因为我是有夫之妇啦。”

莉迪亚既然从一开始就不知羞耻，现在更不会觉得不好意思，反而更加轻松自在，兴致勃勃。她迫不及待想去见见菲利普夫人、卢卡斯一家，还有其他邻居们，听他们所有人叫她“韦克姆太太”。晚饭之后，她又跑去向希尔夫人和两个女仆显摆她的戒指，炫耀自己结婚了。

“妈妈，我问你，”等再回到早餐厅，她说，“你觉得我先生怎么样？是不是很有魅力？姐姐们肯定都嫉妒我。真希望她们有我一半的好运气。她们都该到布莱顿去，那才是找老公的好地方。妈妈，我们没能一起去真是可惜。”

“没错，要是听我的，我们都应该去。不过莉迪亚宝贝呀，我真不想让你跑到那么远的地方去。非得去吗？”

“哦，老天呀！是的，非去不可。我也愿意去。你和爸爸，还有姐姐们一定要来看我们呀。我们整个冬天都待在纽卡斯尔，那儿肯定会办些舞会，我保证给姐姐们安排好舞伴。”

“这正合我意！”她妈妈说。

“等你们离开的时候，可以留一两个姐姐在那儿。冬天过去之前，我准能给她们找着如意郎君。”

“谢谢你这么惦记我，”伊丽莎白说，“不过我不怎么喜欢你那种找老公的办法。”

这对新人只能待上十天。韦克姆先生在离开伦敦前已经接到了委任，两周后就要进部队了。

只有班内特太太嫌他们待得短。她抓紧时间带着女儿到处走亲访友，还常常在家设宴招待。全家人都很欢迎这些聚会，有头脑的人们比没头脑的更希望避免与某些家人独处。

正如伊丽莎白预料的那样，韦克姆对莉迪亚，远不如莉迪亚对韦克姆爱得那么深。她甚至用不着观察眼前的状况，凭情理就能断定，他们俩私奔，准是因为莉迪亚爱得疯癫，而不是韦克姆。至于韦克姆明明没那么喜欢莉迪亚，为什么会和她私奔，伊丽莎白并不困惑，她认为准是韦克姆负债累累，不得不逃跑。若真是这样，他这人肯定愿意有个伴儿一起。

莉迪亚被韦克姆迷得神魂颠倒。她张口闭口都是“韦克姆宝贝”，他做什么事都是天下第一好，谁也比不上他。她相信到了九月一日[1]，他打到的鸟一定全国最多。

两人到来不久后的一天早上，莉迪亚和两个大姐坐在一起。她对伊丽莎白说：“丽兹，我还没给你讲过我的婚礼吧。我给妈妈和其他人讲的时候你没在。你就不好奇是怎么办的吗？”

“不怎么好奇，”伊丽莎白答道，“这件事还是少说为好。”

“哎哟！你这人真怪！可我非要把整个婚礼讲给你听。你知道吧，我们是在圣克莱门特教堂结的婚，因为韦克姆住的地方就在那个教区。我们定好十一点钟到。我和舅舅、舅妈一起去，其他人跟我们在教堂碰面。到了周一早上，可把我紧张死了！我好怕发生什么事，要推迟婚礼，那我可没法活了。舅妈也是的，我正忙着梳妆的时候，她没完没了地唠叨我，跟念经一样。不过她说十句，我顶多听进去一句。你想也想得到，我满脑子都是韦克姆宝贝。我等不及看他结婚会不会穿那件蓝色大衣。

“我们还是照常十点吃早饭，我感觉这早饭永远也吃

1 九月一日是猎鸟季节开始的第一天。按照当时的法律规定，在九月一日前猎鸟是违法的。

不完似的。顺便告诉你，我在舅舅、舅妈家的时候，他们对我很不怎么样。你能相信吗？我在那儿待了两星期，没有踏出家门半步。没有聚会，没有娱乐，什么都没有。伦敦现在确实冷清，但小剧场[1]还开着呀。等马车正停在门口时，舅舅又被讨厌的斯通先生叫走了，说是有事。他们俩凑到一块，就没完没了啦。我吓坏了，完全不知道怎么办，因为舅舅是要送我出嫁的。如果过了时间，那一整天都结不了婚了。好在他十分钟后就回来了，然后我们就出发了。不过我后来想到，就算他去不了，婚礼其实也不用推迟，因为达西先生也可以送我出嫁。”

“达西先生！”伊丽莎白万分惊讶地重复道。

“哦，对！他跟韦克姆一起去教堂。哎呀天哪！我全给忘了！我原本一个字也不该说的。我好生答应他们了！韦克姆知道了会怎么说呀？我应该保密的！”

“如果要保密，”简说，“那就一个字也不要再多说了。我也绝不会再追问。”

“对！当然，我们不会再问了。”伊丽莎白嘴上说着，心里却按捺不住地好奇。

“谢谢你们了，”莉迪亚说，“你们要是问下去，我就会

1　此处指位于干草市场的小剧院（Little Theatre in the Haymarket），为伦敦三家特许经营的剧场之一，专注于在夏季演出。

全都说出来，那韦克姆要生气的。”

这话分明就是勾着她们继续问，伊丽莎白只好跑开了，省得自己真问出来。

她不可能当作不知道这事，至少得试着打听一下。达西先生参加了她妹妹的婚礼。那个场合，那些人，正是与他最不相干，他也最不想掺和的。这到底意味着什么？各种稀奇古怪的念头飞快涌入她的脑海中，可都不能让她满意。要说这是因为达西心胸宽广，固然让她高兴，却又觉得根本不可能。她实在受不了这么个悬念，急忙抓起一张纸，给舅妈写了一封短信，希望她在不违背保密承诺的情况下，解释一下莉迪亚说漏嘴的事。

“你应该能理解，”她补充道，“这样一个与我们非亲非故，（相对而言）与我们家并不相熟的人，和你们一道参加婚礼，让我多么不得其解。请立刻回信给我，告诉我这是怎么一回事——除非像莉迪亚认为的那样，出于某些重要原因，此事非保密不可，那我不知道也只好认了。”

“可我才不会罢休呢，”写完信，她又自言自语道，“亲爱的舅妈，如果你没法光明正大地告诉我，那我只好不择手段地去打听了。”

简太正直了，不会私下和伊丽莎白讨论莉迪亚说漏嘴的事。伊丽莎白倒是很高兴——不管回信是否会带来令人满意的消息，在收信之前，她最好谁也不要告诉。

第五十二章

伊丽莎白如愿以最快的速度收到了回信。一拿到信，她立刻跑到小树林里，在长凳上坐下，准备清清净净地读个痛快。从信的长度来看，舅妈并没有拒绝她的请求。

格雷斯丘奇街，九月六日

亲爱的外甥女：

刚刚收到你的来信。我准备用一整个白天回信，因为我预料到，我要告诉你的事，三两句可说不完。我得承认，这个请求让我很意外，尤其没想到是**你**提出的。我并没有生气，只是没想到**你**还需要来向我打听。如果你不愿听懂我的意思，那还请原谅我的冒昧。你舅舅和我一样惊讶——正是以为有你牵扯其中，他才会同意按现在的方法处理此事。可你若真是毫不知情，那我可得讲清楚些。我从朗博恩回到家的当天，你舅舅有个意外的访客——达西先生，他们闭门交谈了几个小时。等我到家时，他们已经谈完了。因此我的好奇心倒没有像你那样备受折磨。他来是为了告诉加德纳先生，他已经找到了你妹妹和韦克姆，并且和他们都谈过了。和莉迪亚谈了一次，和韦克姆谈了几次。如果我记得没错的话，他在我们之后一天就离开了德比郡，决意到伦敦寻找他们的下落。他给出的理由是，觉得这件事他负有责任——因为韦克姆卑鄙的品行没有被更多人知道，才导致有正经的女孩子相信了他，爱上了他。他大度地将这件事归咎为自己太傲慢，说之前觉得揭露他的行径有失自己的尊严，觉得他人品如何别人自有公断。因此，他认为自己有责任站出来，设法补救这个由他而起的不幸。如果说他这么做还有其他的原因，也绝没有什么好羞耻的。他到城里后好几天才找到他们，不过他找起来还是有些**我们**没有的门路。也正是因为知道这一点，他才决定跟着我们来。似乎有一位杨女士，之前做过达西小姐的家庭教师，后来因为犯错被解雇了，具体原因他没有细说。后来，这位女士在爱德华街弄了一幢大房子，靠租金维生。达西知道，这位杨女士和韦克姆关系甚密，所以一进城就去找她打听消息。不过他花了两三天才打听到实情。我猜不给点贿赂，她是不会背信弃义的，因为她确实知道朋友的下落。韦克姆一到伦敦就先去找她了，要不是因为她没有空房，他们就会在那里住下。不管怎么说，我们这位好心的朋友终于拿到了两人的住址。他们住在了某某街。他先见了韦克姆，然后又坚持要求见一下莉迪亚。他坦诚，最初想说服她抛弃目前这种有损名誉的处境，等把亲友们一说通，就让她回到他们身边去，他会帮到底的。不过他发现，莉迪亚下定决心哪儿也不去。她全然不在乎自己的亲友，也不要他的帮助。要她离开韦克姆，门儿也没有。她确信两人早晚会结婚的，具体什么时候并不重要。既然莉迪亚决心已定，达西觉得只有逼他们赶快结婚了。从他第一次与韦克姆谈话就知道，**他**可从来没有结婚的打算。韦克姆坦白，自己要离开民兵团是债务所迫，还厚颜无耻地把莉迪亚私奔的后果都归咎为她自己的愚蠢。他打算立刻辞职，至于未来怎么办，他毫无想法。他得逃去别的地方，却又不知道去哪儿，他也知道自己要走投无路了。达西先生问他为什么不赶紧和莉迪亚结婚。虽然班内特先生算不上很有钱，但也能为他提供一些帮助，只要结了婚，情况总会好些的。可是从韦克姆的回答中，他听出这个人仍然希望通过到别处结婚大赚一笔。可在现在的情况之下，如果有救急的办法，他也不是完全不考虑。因为要协商的事情太多，他们见了好几次。韦克姆当然漫天要价，不过最终还是接受了一个合理的价码。他们俩把事情都敲定后，下一步达西先生要让你舅舅熟悉整个安排，所以才在我回家前第一次到格雷斯丘奇街来。当时加德纳先生不在家，达西先生一问才知道你父亲还和他在一起，不过第二天早上会离开伦敦。他觉得你父亲不如你舅舅那么合适商量这件事，于是决定等你父亲走了再来找他。他没有留下姓名，所以直到第二天，我们也只知道有位先生来过，说是有事。星期六他又来了。那时你父亲已经走了，只有你舅舅在家。就像我之前说过的，他们长谈了一次。周日他们又见了一面，这次**我**也见到他了。事情直到周一才完全谈妥，刚一谈妥，你舅舅就立刻派信差到朗博恩去了。不过我们这位客人脾气可真倔。丽兹，我发现，固执才是他性格里真正的弱点。人们对他有诸多指责，可这才是他真正的问题。他凡事一定要亲力亲为，虽然你舅舅很愿意包办整件事（我这么说不是为了要你们的感谢，所以此事也不必再提）。他们俩互相拉扯了很久，尽管当事的男女真不值得他们这么费心。最终你舅舅被迫让步，非但没能为外甥女出力，反而占了所有的功劳，这完全不是他的本意。我想他很高兴你今早来了这封信，给他一个机会解释实情，把功劳还给有功之人，把赞美给予应受赞美的人。不过，丽兹啊，这件事就到你这儿为止，最多告诉简。我想你也知道，他为这两个年轻人做了什么。他替韦克姆付清了债务，加起来超过一千英镑，又在莉迪亚原有的财产上多给了**她**一千英镑，韦克姆的官职也是他给买的。至于为什么这些钱都由他一个人付，我在前面已经说明了原因。他说这事都怪他，怪他保持沉默，考虑欠妥，才导致人们看错了韦克姆的品性，把他当成了好人。**这话**也许有几分道理，可我看，这事恐怕怨不得他或任何人的沉默。不过丽兹啊，你要相信，要不是因为他**另有心思**，话说得再好听，你舅舅也不会依他这样做的。把这些事都办妥之后，他就回到彭伯里的朋友们身边去了。不过大家说定，举行婚礼的时候他还要再来伦敦一次，把钱的事情最后结清。至此，我已经把事情一五一十地讲给你了。整件事，正如你说的，会让你大吃一惊，但我希望至少不会引起你的不快。莉迪亚住在我们这里，韦克姆也常常登门。**他**还和在赫特福德时一个样，可是莉迪亚待在我们这里时，令我非常不快。我本不打算说的，可简周三来信说她回家也是这副样子，因此告诉你也不会让你更难过了。我非常郑重地和她谈了几次，告诉她，她的行为极为不妥，让全家人非常伤心。她要是听进了我的话，那纯属运气，因为她根本就没在听。有时候我真生气，可我又想到亲爱的伊丽莎白和简，看在你们的面子也只好容忍她了。达西先生准时回到了城里，就像莉迪亚告诉你的，来参加了婚礼。他第二天和我们一起吃了饭，周三或是周四要走了。亲爱的丽兹，如果我借机说一句我很喜欢他（我之前一直不敢说），你不会生我的气吧？他对我们的态度和在德比郡时一样，处处都那么讨人喜欢。我很欣赏他的见识和看法，他没什么缺点，只是不太开朗。不过，只要他谨慎地选择伴侣，他的太太会教他克服这一点的。我觉得他蛮有城府的，他从未提过你的名字。不过现在似乎正时兴要有点城府。如果说得冒昧了，还请你原谅我，至少不要让我连彭伯里的门也进不去。我要把整个庄园都绕上一圈才满意。找两匹小马，拉着一辆矮矮的四轮轻便马车，拉着我转转，我就心满意足啦。我只能写到这儿了，孩子们已经嚷了半个小时要找我了。

祝好

M.加德纳

这封信的内容让伊丽莎白的心怦怦乱跳，说不好是高兴更多还是痛苦更多。她隐隐约约觉得，达西先生也许为促成妹妹的婚事做了些什么，可又不敢往这上面多想，觉得他不太可能好心到这个地步。与此同时，她又怕事情真是如此，该怎么报答人家的恩情。可结果这些猜忌完全成真了！他特意紧跟着他们进了城，不辞辛劳、不顾颜面地去找人。他不得不恳求一个他最深恶痛绝、嗤之以鼻的女人，还要委屈自己见一个他最想避开的、连名字都不愿提起的男人。不仅是见，还要见几次，要跟他理论、说服他，最后还要贿赂他。他做这一切，是为了一个他既不喜欢，也看不上的女孩。伊丽莎白心里也悄悄想过，他这么做是不是为了自己。但一考虑其他方面，这个希望就立刻破灭了。她当即想到，作为一个曾经拒绝过他的女人，就算再有虚荣心，也不能指望他还爱着她，甚至克服心中的厌恶，和韦克姆这样的人攀亲戚。当韦克姆的姐夫！但凡有些自尊，也忍不了这样的关系。他已经帮了很大的忙，她甚至不好意思去想，他到底出了多少力。不过他给出了自己插手此事的理由，那并不难理解。他觉得自己有责任，这合情合理。他为人慷慨，也有条件慷慨。虽然她不认为达西这么做主要是为了她，但她或许可以相信，他对自己旧情难忘，才会为了一件让自己牵肠挂肚的事竭尽全力。想到有个人对他们恩重如山，他们却永远也报答不了，这太让人痛苦了。莉迪亚能够回来，还保全了名声，这一切都要归功于他。哦！她以前那样讨厌他，对他出言不逊，现在想来真是后悔。她为自己感到羞愧，却为他感到骄傲——骄傲于他能够宽宏大量，心怀同情，仗义行事。她把舅妈对达西的称赞读了一遍又一遍，她觉得舅妈夸得很不够，但她看了还是很高兴。她发现舅舅和舅妈断定她和达西相互喜欢，且走得很近，心里有些难过又有些得意。

这时，有人朝她走来，她一下回过神来，从座位上站了起来。可刚要往另一条小路上走，韦克姆就赶了上来。

“我打扰了你独自散步吧，姐姐？”他说着走到她身边。

“是啊，”她笑着回答，“不过打扰未必不受欢迎。”

“若真是不受欢迎，那我可要难过了。我们一直都是很要好的朋友，现在关系更近了一层。”

“确实如此。大家都出来了吗？”

“我不知道。班内特夫人和莉迪亚坐车去麦里屯了。对了，亲爱的姐姐，听咱们舅舅、舅妈说，你去过彭伯里了。”

伊丽莎白回答说是的。

“我真要嫉妒你有这样的福气。不过，我可能承受不了，不然去纽卡斯尔时也可以顺路去一趟。你见过老管家了吧？那个老雷诺兹，她一直都很喜欢我。不过她肯定没有在你面前提起我。”

“她提了的。”

“那她怎么说？”

“说你参军了，但恐怕——没走上正道。你也知道，相距那么远，传出的话难免走样。”

“没错。”他咬着嘴唇回答。伊丽莎白希望这能堵住他的嘴，可他又继续说道：“我很惊讶上个月在城里看见了达西。我们碰到好几次，不知道他到城里来干吗。”

“可能是去准备和德·博尔小姐的婚礼吧。”伊丽莎白说，“这个时节进城，肯定是有什么要紧事。”

“准是这样。你在兰姆顿的时候见到他了吗？听加德纳夫妇说你们见面了。”

“是的，他还把妹妹介绍给了我。”

“你喜欢她吗？”

“非常喜欢。”

“我听说她这一两年长进了不少。我上次见到她时，她还不是很有出息。我很高兴你喜欢她，希望她能出落成一个好姑娘。”

“我相信她会的。她已经挨过了最难熬的那段时间了。”

“你去金普顿村了吗？”

“我恐怕没去过。”

“我之所以问，是因为我原本就该在那儿当牧师的。那地方可棒了！那幢牧师住宅也很漂亮。方方面面都很适合我。”

“你当初居然还喜欢布道？”

“非常喜欢。如果当初事成了，我本该把这当作职责的一部分，虽然要花费些力气，但过不多久就能适应了。人不该怨天尤人，可我要是得到这个差事该多好啊！那么恬淡闲适的生活，完全满足我对幸福的设想！可惜事与愿违。你在肯特的时候，有没有听达西提起过此事？”

“我倒是听知情人说过，我觉得也**靠得住**。说那个职位给你是有条件的，并且要由现任资助人决定。”

“你听说了。是的，确实有这么回事。你可能记得，我第一次就是这么告诉你的。”

“我还听说，之前有段时间你不像现在这么乐于布道。你曾经郑重宣布决不当牧师了，因此事情就照你的意思办了。”

“这你也听说了！这话并非全无根据。你也许记得，我们第一次谈这事时，我也告诉你了。”

说到这儿，两人快走到家门口了。伊丽莎白为了甩掉他，一直走得很快。为了妹妹着想，她不愿意惹恼他，于是和颜悦色地笑着回答说：“得啦，韦克姆先生，我们现在是姐弟了，别为过去的事吵啦。希望我们以后都是一条心。”

说完她伸出手来，韦克姆亲热而讨好地亲了一下，眼睛却不知道该看哪里。然后两人便进屋去了。

第五十三章

韦克姆先生对这次谈话非常满意，此后再也没有提过这事，免得自寻烦恼或是惹怒妻子的姐姐伊丽莎白。伊丽莎白也很高兴，终于让他闭上了嘴。

很快就到了他和莉迪亚离开的日子。班内特夫人不得不接受这次分离。由于丈夫坚决不赞成她带全家到纽卡斯尔去的提议，他们至少一年都见不到面。

“哦，我的莉迪亚宝贝呀，”她嚷道，“我们什么时候才能再见？”

“天啊，我也不知道，恐怕两三年都见不到了。”

“亲爱的，要常写信回来呀。”

“我尽量吧。但你也知道的，结了婚的女人没多少时间写信。姐姐们倒是可以写给我。反正她们也没别的事做。”

韦克姆先生的道别比妻子来得有感情。他面带微笑，春风得意，说了许多漂亮话。

“我就没见过他这么棒的小伙子，”他们前脚走出门，班内特先生就说，“会假笑、会傻笑，会讨好我们所有人。他可太令我骄傲了。我打赌即便是威廉·卢卡斯爵士也拿不出一个更宝贝的女婿了。”

女儿走了之后，班内特太太低落了好几天。

“我总是想，”她说，“没有什么比和亲人分离更令人难过了。亲人一走，感觉孤苦伶仃的。”

“妈妈，你看，这就是嫁女儿的后果，”伊丽莎白说，“现在你很庆幸另外四个都还单身吧。”

“没这回事。莉迪亚离开我身边，不是因为结婚了，而是她丈夫的部队偏偏那么远。不然她也用不着走得这么急。”

这种离别愁绪没有持续太久，一条消息的传来让她心中又燃起希望——奈泽斐庄园的管家接到命令，要为迎接主人做好准备。说他这一两天就会过来，在这里打猎几个星期。这让班内特夫人坐立不安。她一会儿看看简，一会儿笑笑，一会儿又摇摇头。

“哎哟，姐姐，看来彬利先生又要来了。”（这个消息最初是菲利普夫人告诉她的）“来了好呀，我倒是并不在意。你知道的，我们才不在乎他，**我**根本不想再见到他。不过，他要是乐意回来奈泽斐，我们还是非常欢迎的。谁知道**会**发生什么呢？不过跟我们没有关系。姐姐，我们不是早就决定再也不提那件事了。这么说，他肯定会来咯？”

“你放心好啦，”菲利普太太说，“昨晚尼科尔斯夫人到麦里屯来了，我见她经过，特意跑过去问是否真有这事。她告诉我确有此事。彬利先生最晚周四到，很可能周三就来了。她说要去肉铺，为周三订些肉，她还准备了三只鸭子，正好到了该宰的时候。”

班内特小姐听说他要来，不禁变了脸色。她有好几个月没和伊丽莎白提过他的名字了，可现在，她一找到机会和伊丽莎白独处便说：

“丽兹，今天姨妈告诉我们这个消息的时候，我看你直盯着我。我知道我看起来很不安，不过你千万别以为我起了什么傻乎乎的念头。我只是有些困惑，觉得自己好像**应该**被盯着看似的。但你放心，我对这个消息既不高兴也不难过。我倒庆幸他是一个人来的，这样我们就不会经常见到他了。我不担心**自己**，但真怕别人的风言风语。”

伊丽莎白琢磨不透这事。若不是因为在德比郡见到了彬利，她可能也会以为他这次来没有其他用心。可她心里仍然觉得彬利还喜欢简，只是不知道他这次过来，是**得到了**朋友的准许，还是擅自跑来的。

“不过，”她有时候想，“回到自己光明正大租下的房子，却要遭受各种猜疑，也怪可怜的。我**一定**不去打扰他。”

对于彬利的到来，虽然姐姐嘴上那么说，心里也真那么想，可伊丽莎白还是一下就看出她情绪受了影响，比往常更心烦意乱、喜怒不定。

父母在一年前激烈争吵过的问题，如今又回来了。

“亲爱的，等彬利先生一到，”班内特夫人说，“你可一定得去拜访他。”

“不，我不去。去年你就逼我去见他，还向我保证，只要我去，他就会娶我们的一个女儿。结果呢，落得个一场空，我决不再去办这种傻事了。”

太太给他讲，彬利先生这一回来，街坊家的男人们都免不了要去拜访。

“我真瞧不上这种规矩，”他说，“他要是想和我们交往，就让他来找我们。他知道我们住哪儿。每次邻居来来去去，就要我追在人家屁股后头，我可没这闲工夫。”

“我只能说，你要是不去拜访就太没礼貌了。不过，这不会妨碍我请他来家吃饭的，我已经决定了。我们得赶紧邀请朗太太和古尔丁一家。算上我们自己，一共十三个人，正好还有个位置留给他。”

她打定了这个主意，心里稍觉安慰，也更能忍受丈夫的无礼了。可是不过，这意味着邻居们都会比**他们家**先见到彬利先生，想到这儿她还是十分痛心。就这样，彬利先生到达的日子临近了。

“我现在真希望他不要来，”简对妹妹说，“虽说这事无关紧要，我见到他心里也毫无波澜，可我真受不了大家没完没了地谈论这件事。妈妈是好意，可她不明白，谁都不明白，她说这些话让我听了多难受。我等不及他离开奈泽斐的那天了！”

“我希望能说句宽慰你的话，”伊丽莎白答道，“可我真不知道说什么，你怕是也感觉到了。我没法像劝别人那样劝你再耐心些，因为你已经很有耐心了。”

彬利先生到了。班内特太太在仆人们的帮助下，最早就得到了消息，因此焦虑的时间也最长。她数着日子，看还得过多少天才能送请柬，以为在那之前都不可能见到他了。可就在他来到赫特福德的第三天，她就从梳妆室的窗子里看到他骑着马穿过围场，往她家走来。

她急忙叫来女儿们，分享这件喜事。简坐在桌前一动没动，伊丽莎白为了让妈妈高兴，便走到窗前——只见达西先生也跟着一起来了，于是她又坐回姐姐身边。

“妈妈，有位先生和他一起来欸，”凯蒂说，“是谁呢？”

“我猜大概是他的朋友吧，宝贝，我是不认识的。”

“哎！”凯蒂答道，“看起来像是之前总和他在一起的那个人。那位先生叫什么来着，高个子、很傲慢的那个。”

“我的老天呀！达西先生！——准是他。只要是彬利先生的朋友，我们肯定都欢迎。不过我得说，我真不乐意见到他。”

简既惊奇又担忧地望向伊丽莎白。她不知道他们在德比郡见面的事，以为这是妹妹在收到他那封解释信之后第一次再见他，觉得她一定很尴尬。两姐妹心里都不好过，互相替对方担忧，也为自己担忧。母亲还继续念叨她多么不喜欢达西先生，说看在他是彬利先生朋友的分上才以礼相待，不过两姐妹都没听她说话。伊丽莎白之所以有些简察觉不到的不安，是因为她一直没勇气给她看加德纳夫人的信，也没有说出自己对达西感情的变化。简只知道，妹妹拒绝了他的求婚，也看不上他那些优点。可伊丽莎白知道更多内情，她知道达西是他们一家的恩人，也知道自己对达西有感情，即便不如简对彬利爱得那么深，但也同样合情合理。看他来到奈泽斐，又跑到朗博恩找她，伊丽莎白内心感到十分惊诧，不亚于在德比郡见到他态度大变的那一次。

约有半分钟的时间，想到达西对她的感情和愿望一如既往，伊丽莎白脸上又有了血色，显得容光焕发，眉开眼笑，炯炯有神。不过她还是不敢确定。

“还是先看看他的态度”，她心里想，“到时候再抱希望也不迟。”

她坐在那儿专心地做着针线活，努力表现得镇定自若，连眼睛也不敢抬起来，直到仆人去开门，她才忍不住好奇瞥了一眼姐姐的脸色。简看起来比平常苍白了点，但比伊丽莎白预料的要镇静。两位先生一露面，她的脸就红了，不过还是从容自如地接待了他们，既没有流露出怨恨，也没有过分殷勤。

伊丽莎白出于礼貌客套了几句，就重新坐下来做针线活，而且显得格外认真。她鼓起勇气朝达西瞟了一眼。他表情还是一如既往的严肃，不像在彭伯里，更像之前在赫特福德时那样。不过，这也许是因为他在她母亲面前不能像在舅舅、舅妈面前那样自在。这种猜测让她难过，却说得通。

她又朝彬利看了一眼，只见他既高兴又尴尬。班内特夫人对他格外殷勤，尤其和她对达西的态度一对比，让两个女儿觉得很丢脸。她向达西行屈膝礼、打招呼时，态度十分冷淡，只是勉强敷衍。

伊丽莎白知道全靠达西先生，她母亲那个宝贝女儿才没有身败名裂，如今见她如此厚此薄彼，觉得格外痛心。

达西先生向她询问加德纳夫妇是否安好，她回答起来却不免慌张。此后，达西几乎没再开口。他没有坐在伊丽莎白身边，也许因此才一直沉默着。可是在德比郡他却不是这样的。当时，即使不便和伊丽莎白讲话，他也会和她的亲友们聊天。可现在，过好几分钟都听不到他说一句。她偶尔抑制不住好奇，抬起头看看他的脸，发现他时而看看简，时而看看自己，更多的时候就盯着地面。和上次见面相比，他显然更加心事重重，却不那么急于取悦自己了。伊丽莎白心里感到失望，又气自己不该感到失望。

“不然呢，我还想期待什么？”她心想，“可是他又为什么要来呢？”

除了达西，她没兴趣和任何人聊天。可是对达西，她又没有勇气开口。

“彬利先生，你这一走，走了好久呀。”班内特太太说。

彬利赶忙表示确实如此。

“我都开始担心你再也不回来了。**确实**有传言说你打算到米迦勒节就把这个房子退掉，可是不过，我希望并非如此。你走了以后，这边也发生了不少变化。卢卡斯小姐结婚了，有了归宿，我有个女儿也出嫁了。你想必已经听说了吧，肯定在报纸上看到了。据我所知，《泰晤士报》和《信使报》都登了，虽然写得不太像样。上面只写了‘近日，乔治·韦克姆先生与莉迪亚·班内特小姐结婚’，只字没提她父亲，也没说她住在哪儿之类的。这是我弟弟加德纳拟的稿，真不知他怎么写得这么差。你看到了吗？”

彬利回答说看到了，并表示恭喜。伊丽莎白不敢抬起头来，因此也不知道达西先生听了这番话是什么反应。

“女儿嫁了个好人家，这当然是喜事，”她母亲继续说，“可是啊，彬利先生，她离开了我身边，又让我非常难受。他们到纽卡斯尔去了，似乎在北边很远的地方，也不知道要在那儿待多久。韦克姆的部队在那儿。你也听说他离开了某郡民兵团加入正规军了吧？谢天谢地！他还算**有些**朋友，虽然本该有更多的。”

伊丽莎白知道，这话是冲着达西先生说的。她羞愧难当，简直坐不住了。不过，这话倒比什么都有用，逼得她不得不开口了。她问彬利是否会在乡下待上一阵。彬利说，会待上几个星期。

“彬利先生，等你把自己庄园里的鸟都打光了，”她母亲说，“请务必到班内特先生的庄园来。这里的鸟，你爱打多少打多少。我想他一定非常乐意你来，会把最好的鹧鸪都留给你。”

见母亲这样多此一举地乱客气，伊丽莎白更难受了！她相信，他们一年前满怀期待的好事，就算如今再次成为可能，还是会落得一个令人懊恼的结局。在那一刻，她觉得对自己和简而言，即便终生过得幸福，也无法弥补当下这种短暂的痛苦。

“我最大的心愿——”她在心里说，“就是再也不要和这两个人来往了。与他们交往再开心，也无法抵偿这样难堪的局面！让我再也不要见到他们中的任何一个了！”

不过这种终生幸福也无法弥补的痛苦，很快就得到了显著的缓解——她看到，姐姐的美貌重新赢得了旧情人的爱慕。彬利刚进来的时候，没怎么和简讲话，但他对简的殷勤与时剧增。他发现她还和一年前一样漂亮、一样温柔、一样真挚，只是没有以前那么爱说话了。简只顾要表现得和以前没有两样，还以为自己和从前一样健谈。可是她心事太重了，有时沉默起来自己都没发觉。

两位先生起身告辞时，班内特太太没忘记早就盘算好的待客计划，邀请他们过几天到朗博恩来吃饭。

“彬利先生，你还欠我一次招待你的机会呢，”她补充道，“去年冬天你进城之前，答应我一回来就到我们这里吃顿便饭。你看，我还记得。而且不瞒你说，你没回来赴约，可真叫我失望。”

彬利听了这话有些尴尬，说是因为有事耽误了之类的，并表达了抱歉，然后他们就离开了。

班内特太太其实当天就很想留他们吃饭。可她又心想，眼前一位是她觊觎的乘龙快婿，一位是口味刁钻、为人傲慢、年入万镑的富豪。她家的饭桌虽然一向丰盛，但招待这两位，少于两道主菜可不行。

第五十四章

两位客人一走，伊丽莎白就走到外面，想恢复一下精神，或者说，清净地思考一下那些只会让她情绪更加低落的事情。达西先生的态度让她又惊又气。

“他如果只想板着个脸，一言不发，拒人于千里之外，”她想，“那他干吗要来？”

她左思右想，也想不出令自己满意的答案。

“他在城里时，对舅舅、舅妈都能表现得亲切又讨人喜欢，为什么对我就不行？他要是怕我，又何必要来？如果他对我没感觉了，为什么要沉默不语？他可真能捉弄人！我再也不要为他费神了。”

这时，姐姐走了过来，让她不知不觉忘记了达西一会儿。姐姐表情很愉快，看得出她比伊丽莎白更欢迎这两位客人。

“第一次见面结束了，”她说，“我觉得非常轻松。我心里有了底，以后再也不会因为他来拜访而感到尴尬了。我挺高兴他周二来吃饭的。到时候大家就能看到，我们两个不过是以一般熟人的身份碰面。”

“是的，可真一般，”伊丽莎白笑着说，“噢，简，你要小心呀。”

“亲爱的丽兹，你不会把我想得这么软弱，以为我现在还会陷入什么危险吧？”

“我看你现在可危险了，让他一如既往地对你如痴如醉。”

她们再见到两位先生，已经是周二了。在此期间，班内特夫人打起了如意算盘。彬利在那半小时的拜访中表现得兴致勃勃、彬彬有礼，让她又燃起了希望。

星期二那天，朗博恩来了许多客人。主人家最翘首以待的两位先生，不愧是严守时间的打猎者，准时来赴宴了。他们移步餐厅时，伊丽莎白赶忙去看彬利先生要坐在哪里。以往的聚会上，他总是坐在简旁边的。她那精明的母亲正怀着同样的心思，并没有邀请他坐在自己身边。他刚进来时似乎有些犹豫，可这时简正好笑着回过头来——这让他拿定主意，在她身边坐下了。

伊丽莎白得意扬扬地望向彬利的朋友，只见他一副若无其事的样子。伊丽莎白本以为彬利事先得到了朋友的恩准，却看到他也慌张地望向达西，想笑又有点不敢笑。

席间，彬利举手投足明显流露出对简的爱慕之情。虽然比之前更克制些，但足以让伊丽莎白相信，如果他自己能做主，那他和简就好事将近了。虽然她不敢抱此奢望，但光是观察他的举动也觉得很高兴。她当时情绪不高，这已经是尽可能地兴奋了。达西坐在了班内特夫人旁边，和伊丽莎白隔着八丈远。伊丽莎白知道，这样的安排让他们两个都觉得别扭、互相看不顺眼。她离得太远，听不到他们之间的对话，但看得出他们很少交谈，偶尔聊几句，也非常拘谨和冷淡。伊丽莎白看着母亲怠慢达西，又想到他对他们家的恩情，感到更痛苦了。她有时真恨不得告诉他，并非全家人都对他的恩义毫不知情，或者都那么不懂感恩。

她本希望晚上能和达西有些交集，多聊几句，不至于一趟拜访下来，两人就只在他进门的时候客套了几句。因为太过焦躁不安，两位先生进来之前，她坐在客厅里烦闷无聊得差点要失礼了。她格外盼望着他们进来，觉得今晚能否愉快地度过，全看他们了。

“他要是不来找我，**到那时——**”她心里说，“我就彻底放弃他。”

两位先生进来了。她一度以为达西要满足她的愿望了。可是，真不巧！小姐、夫人们都围坐在了桌边。班内特小姐沏茶，伊丽莎白斟咖啡，大家挤在一起，她身边连把椅子都挤不下了。两位先生正走过来时，一位小姐朝她凑过来，小声说："决不让男人们把我们分开。男人咱们一个也不要，对吧？"

达西走向了屋子的另一边。她的目光一直跟着他，嫉妒每一个能和他说话的人，连给人倒咖啡的耐心都没有了，然后又气自己怎么这么傻！

"一个被拒绝过的男人！我怎么能这么傻，还希望人家重新爱上我？哪个男人会这么没骨气，向同一个女人求婚两次？他们绝不会忍受这样的耻辱！"

不过，看到他亲自把咖啡杯送了回来，她的情绪又好了一点，于是抓住机会问道："你妹妹还在彭伯里吗？"

"是的，她会在那儿待到圣诞。"

"就她一个人？她的朋友们都离开了吗？"

"安斯利夫人陪着她。其他人三周前都到斯卡伯勒去了。"

她想不到还能说些什么了。如果他想继续聊天的话，总会有办法的。结果他只是一言不发地在她身边站了一会儿，后来见那位年轻的小姐又来找伊丽莎白说悄悄话，便走开了。

收走茶具，摆上牌桌后，夫人、小姐们都站起身来。伊丽莎白本希望达西很快会来到她身边，却看到他不幸被母亲拉去打惠特牌，转眼就和其他人一起坐上了牌桌。她的期待如今都化为了泡影。他们俩一整晚都被困在不同的牌桌上，她死心了，而达西时不时望向她这边，结果两人牌都打得很烂。

班内特夫人本打算留两位奈泽斐的先生吃夜宵，可不巧他们比其他人更早叫了马车来接，她也不好再挽留。

等客人们都走了，班内特夫人便问："姑娘们，你们觉得今天过得如何？在我看来，一切出乎意料地顺利。我没见过烧得这么好的饭菜。鹿肉烤得恰到好处，大家都说没见过这么肥的腿肉；那汤比起我们在卢卡斯家喝的强几十倍；鹧鸪做得连达西先生都说好吃，我估计他至少有两三个法国厨子吧。还有简宝贝，我从没见过你像今天这么美。朗太太也这么说，因为我问她你美不美。你猜她还说了什么？'啊！班内特太太，她最终还是会去奈泽斐的。'她真这么说的。朗太太可真是个顶好的人——她的侄女们都很乖，而且一点也不漂亮，我太喜欢她们了！"

总之，班内特夫人高兴极了。彬利和简的一举一动她看在眼里，确信简最终还是可以被他弄到手。她一高兴，又对这门婚事给家里带来的好处抱起不切实际的幻想，等第二天彬利没来求婚，她就大失所望。

"今天过得很愉快，"班内特小姐对伊丽莎白说，"客人选得好，大家相处得都很融洽。希望以后能经常见到他们。"

伊丽莎白笑了。

“丽兹，你别笑。你可千万不要想歪了，那我就伤心死了。说实话，我现在已经能够把他当作一个聪明和善的年轻人来享受和他聊天了，我不会有任何非分之想。我从他对我的态度中看得出，他也从未想要赢得我的心，这样蛮好的。他不过比其他人讲话更好听，也更乐于取悦别人罢了。”

“你可真狠心，”做妹妹的说，“不让我笑，却又拼命逗我笑。”

“有些事让人相信可真难！”

“也有些事叫人不可能相信！”

“你为什么非要我承认，我没有把全部的感受说出来呢？”

“我不知道怎么回答这个问题。人们总是好为人师，可是指点出的东西其实不值得一听。抱歉，如果你坚持认为你对他没有意思，可休想让我相信。”

第五十五章

这次拜访过后没几天，彬利先生又单独来了一次。他的朋友当天早上回伦敦去了，不过十天后就会回来。彬利在伊丽莎白家坐了一个多钟头，兴致很好。班内特夫人邀请他一起吃饭，不过他一再道歉之后说，已经有约了。

“等你下次上门，”班内特太太说，“希望我们有这个荣幸。”

彬利则回答说随时都乐意登门拜访，只要她同意，一定一有机会就来。

“明天能来吗？”

当然，他明天没有约，于是欣然接受了邀请。

第二天，他来得太早了，小姐们都还没有穿戴好。班内特夫人还穿着便袍，头发才梳了一半，赶忙跑到女儿的房间叫道：“简宝贝啊，快，快下楼去。他来了——彬利先生来了。他真来了。赶紧的，麻利点。萨拉，快到班内特小姐那儿去，帮她穿裙子。别管丽兹小姐的头发了。”

“我们会尽快下去的，”简说，“不过凯蒂肯定比我们俩快，她半小时前就上楼了。”

“噢！别管凯蒂了！有她什么事？快下来，快点！你的腰带呢，宝贝？”

妈妈走后，简怎么也不肯自己下楼去，一定要有个妹妹陪着。

到了晚上，班内特太太又开始着急让他们俩独处。喝完茶，班内特先生照例回到书房去，玛丽也上楼去练琴了，这就移除了五个障碍中的两个。班内特夫人朝伊丽莎白和凯瑟琳挤眉弄眼了半天，可两人都毫无反应。伊丽莎白故意不去看她，而凯蒂好不容易看到了，却十分天真地问：“怎么了妈妈？你总冲我挤眼干吗？要我做什么？”

“没什么，孩子，没事。我没有冲你挤眼。”说完，她老实坐了几分钟，可还是不甘心浪费这大好的机会，于是霍地站起身，对凯蒂说“过来，宝贝，我有话跟你说”，然后就把她拽了出去。简立刻给了伊丽莎白一个眼神，表达她对这种小动作的不爽，恳求她别加入她们的小把戏。过了几分钟，班内特夫人又推门探身进来，喊道：“丽兹，宝贝，我有话跟你说。”

伊丽莎白没办法，只能离开了。

“我们最好让他们单独待一会儿，”她一进走廊，母亲便说道，“我和凯蒂上楼到我的梳妆室去坐坐。”

伊丽莎白懒得和母亲讲理，一声不响地待在走廊，等母亲和凯蒂走远了，便到客厅去了。

那天，班内特夫人的招数并没奏效。彬利表现得处处都好，就是没有向她女儿表白。他活泼大方，为晚上的聚会增色不少。他由着班内特夫人乱献殷勤，还耐着性子，一脸平静地听她胡言乱语，让她女儿非常欣慰。

他几乎不用主人邀请，就留下来吃夜宵了。走之前又和班内特夫人说定，第二天早上来和她丈夫一起去打猎。

这天之后，简再也没说过自己没感觉的话了，姐妹俩之间也没再提起过彬利。不过伊丽莎白上床睡觉时，高兴地觉得他们很快就会有个好结果了，除非达西先生提前回来。不过说真的，她觉得这事已经得到了达西先生的首肯。

彬利准时赴约，并按照事先的约定，和班内特先生共度了一天。班内特先生比他想象中的更为和蔼可亲。彬利没有什么傲慢或者愚蠢的地方能惹他嘲笑，或是烦得他不想说话。他比平常更健谈，脾气也不那么怪了。彬利自然和他一起回家吃晚饭，到了晚上，班内特太太又开始设法把其他人支开，让他和女儿独处。伊丽莎白有封信要写，于是喝了茶就到早餐室去了。更何况，其他人都要坐下打牌，也用不着她防着母亲要花招了。

可等她写完信回到客厅，却无比惊奇地发现，母亲恐怕比她精明太多了——她一开门，正看到姐姐和彬利两人站在壁炉前，好像正聊得火热。如果说这还不够人起疑心，看到他们赶忙转身分开时的神色，便确定无疑了。**这两人**很尴尬，可伊丽莎白觉得**自己**更尴尬。看他们一声不响地坐下了，伊丽莎白正要离开，彬利却又突然站起来，和简耳语了几句后离开了房间。

心里有了高兴事，简从不瞒着伊丽莎白。她立刻抱住妹妹，无比激动地宣布，她是世界上最开心的人了。

“我的天啊！”她说，“我太幸福了。我配不上这样的幸福。噢！为什么不能人人都这么幸福呢？”

伊丽莎白向她道喜，那真诚、热烈、高兴的劲儿，用语言难以形容。她说的每句好话，都让简感到更加幸福了。可简眼下不能和妹妹多待，要说的话连一半也来不及说完。

“我得赶快去找妈妈，”她嚷道，“她那么费心我的事，我决不能怠慢了她，让她从别人那儿听到这个消息。彬利已经去找父亲了。噢！丽兹，家里人听到这件事该多高兴啊！我感觉自己要承受不住这样的幸福了！”

她说完就急忙去找母亲去了。班内特太太诚心散了牌局，现在正和凯蒂在楼上坐着呢。

伊丽莎白一个人待在那里，想着几个月来让他们劳神费心的事，一下就有了结果，不禁笑了。

“这样一来，”她心想，“他朋友的殚精竭虑、妹妹的自欺欺人都能就此打住！这真是最开心、最合理、最完满的结局了！”

过了一会儿，彬利先生回来了。他和简父亲的谈话简短而卓有成效。

“你姐姐去哪儿了？”他一打开门，便急忙问道。

“去楼上找母亲了，应该一会儿就下来了。”

他一听，关上了门，来到未来的小姨子身边，接受了她热情的祝贺。伊丽莎白由衷地表示，她为他们的结合感到高兴。两人亲热地握了手，然后伊丽莎白就听着他讲自己多么幸福，简如何完美，一直到简下楼来。虽然他正在热恋中才说了这些话，但伊丽莎白觉得他对幸福生活的期许是完全合理的——他们能够相互理解，简脾气那么好，两人又情趣相投。

那天晚上，所有人都很高兴。班内特小姐因为心情愉悦，越发地容光焕发，看起来比以往还要漂亮。凯蒂傻笑着，说希望很快就能轮到她了。班内特夫人滔滔不绝地和彬利说了半个钟头，满口赞许之词，还觉得不够尽兴。班内特老爷来和他们一起吃夜宵时，从言谈举止明显看得出，他心里也非常高兴。

不过，直到客人离开，他都对这事只字未提。等彬利一走，他才立刻转向女儿，对她说：“简，祝贺你。你将成为一个非常幸福的女人。”

简马上来到他身边，亲吻他，感谢他的祝福。

“你是个好姑娘，”他说，“你收获如此圆满的姻缘，我想来觉得非常高兴。我相信你们一定会生活得很幸福。你们俩脾气很像，都那么随和，以后什么事也决定不了；都那么好说话，仆人都要欺负到你们头上；还都那么大方，准会入不敷出的。”

“但愿不会如此。我可受不了在钱的问题上随随便便、粗心大意。”

“入不敷出！班内特老爷哟，”他太太嚷道，“你胡说什么呢？那怎么可能，他一年四五千英镑的收入，兴许更多。”然后对女儿说：“噢，简宝贝啊，我太高兴了，今晚都睡不着觉了。我就知道会是这样的结果。我常说，总会有这么一天的。我就知道你不会白白长得这么美！我还记得，去年他刚到赫特福德，我刚一见他就觉得你们俩很可能会在一起。噢！他真是我见过最帅的小伙子了！”

韦克姆和莉迪亚此时都被她抛在脑后了。简一跃成为她最宠爱的孩子。当时，她除了简，谁也不在乎了。两个小妹妹很快就开始恳求姐姐，以后要多想着点她们。

玛丽提出想用奈泽斐的图书馆，凯蒂则拼命请求每年冬天多办几场舞会。

从那时起，彬利自然每天都会到朗博恩来拜访。经常是早饭前就来，待到吃完夜宵才回去。偶尔有没教养的邻居不识趣地邀请他去吃晚饭，他不好拒绝，才会赴约。

伊丽莎白现在能和姐姐聊天的时间不多了。只要彬利在，姐姐就没空儿搭理别人。不过，每当他们不得不分开的时候，她对这两人都很有用处——简不在的时候，彬利总会来跟伊丽莎白聊简；而彬利不在的时候，简也会来找伊丽莎白一吐为快，张口闭口全是彬利。

有天晚上，简说："他告诉我说，去年春天完全不知道我在城里，我听了真开心！我以为这绝不可能。"

"我猜就是这么回事，"伊丽莎白答道，"不过他是怎么解释的？"

"准是他姐姐们搞的鬼。她们不赞成我们交往，这也情有可原，他确实可以找到各方面都比我优秀的人。不过我相信，等看到她们的兄弟和我在一起过得很幸福，就只有接受的份儿了，到时我们会再度友好相处。不过，像原来那么亲近是绝不可能了。"

"这是我从你嘴里听到过的最不饶人的话了，"伊丽莎白说，"说得好！要是看到你再被彬利小姐的虚情假意骗上钩，我肯定要气死了。"

"丽兹，你能相信吗？他去年十一月去伦敦时，真的很爱我，只是因为听信了别人的话，以为我对他没感觉，才没有再回来！"

"他确实犯了个小错误，不过这都是因为他太谦虚了。"

听了这话，简自然又赞美起他的谦逊，说他明明有很多好品质，却从不觉得自己多了不起。伊丽莎白欣慰地发现，彬利并没有透露朋友对此事的干涉。虽然简心胸最为宽广，她要是知道了，也会对达西心怀偏见的。

“我真是这世上最幸运的人了！”简嚷道，“噢！丽兹，家里这么多人，为什么偏偏是我最幸福！但愿你也能同样幸福！再有这样的人给你就好了！”

“就算再给我四十个这样的男人，我也无法像你一样幸福。除非我有你这样的好脾气，心地善良，不然永远无法像你这么幸福。我还是自食其力吧，要是运气好，说不定能再遇到一个柯林斯先生呢。”

朗博恩的喜事瞒都瞒不住。班内特太太得意扬扬地悄悄告诉了菲利普太太，而她则未经许可就贸然告诉了麦里屯的左邻右舍。

一转眼，班内特家公认是世上最幸运的家庭了。区区几周前，莉迪亚刚私奔的时候，人们还觉得他们家倒了大霉。

第五十六章

彬利和简订婚一周后，有天早上，彬利和朗博恩的夫人、小姐们正坐在餐厅里，忽然听到马车的声音，一个个都凑到窗边去看，只见一辆四马大轿车往草坪上驶来。一大清早，照理不该有客人来，再看看马车和随从，并不是他们相熟的邻居。马是租的，马车和仆人的制服他们也不熟悉。不过可以肯定的是，有人来拜访了。彬利马上劝班内特小姐不要被这位不速之客缠住，和她一起逃到小树林里去。他们俩跑了，另外三个还坐在那儿猜测，不过也猜不出个什么。这时，门被一把推开，客人走了进来，原来是凯瑟琳·德·博尔夫人。

大家虽然心里有所准备，但还是大吃一惊。班内特夫人和凯蒂并不认识这位客人，却比伊丽莎白更加诚惶诚恐。

只见这位夫人大摇大摆地走进屋来，伊丽莎白冲她打招呼，她只是稍稍点了一下头，便一言不发地坐下了。她进门时，并没有要自我介绍的意思，不过伊丽莎白还是把她的名字告诉了母亲。

班内特太太虽然惊讶，但这样一位贵客的到访让她受宠若惊，因此分外客气地接待了她。凯瑟琳夫人默默坐了一会儿后，生硬地对伊丽莎白说："班内特小姐，你挺好的吧。我猜那位女士是你母亲。"

伊丽莎白简单说了声是的。

"这位是你妹妹吧？"

"是的，夫人。"班内特太太答道，能和凯瑟琳夫人搭话让她很高兴。"这是我家老四。我最小的女儿最近结婚了，最大的正在园子里跟一个小伙子散步呢，不久之后也要成为我们家人了。"

"你的园子真够小。"沉默了一会儿，凯瑟琳夫人说道。

"这当然比不了罗辛斯，夫人，不过比威廉·卢卡斯爵士的园子还是大多了。"

"夏天晚上坐在这间客厅肯定不舒服，所有窗户都朝西。"

班内特夫人告诉她说，晚饭后从不坐在这里，然后补充道："能否冒昧问夫人一句，您来的时候柯林斯夫妇都好吧？"

"他们很好，我前天晚上还见过他们。"

伊丽莎白以为，她会拿出一封夏洛特的信来，因为想不出她到这儿来还能为什么。可她并没有拿出信来，于是伊丽莎白更不解了。

班内特夫人客客气气地恳请夫人用点小食，但凯瑟琳夫人很不客气地坚决拒绝了。她站起身，对伊丽莎白说："班内特小姐，你们草场的一端有一片荒地，还挺好看的。我很想去走走，不知你可否陪我同去。"

"快去吧，亲爱的，"她母亲嚷道，"带夫人到各条小路去转转。我想她会喜欢上我们这个幽静的地方。"

伊丽莎白只好从命，跑到房间去拿了阳伞，然后陪着贵客下楼去了。经过走廊时，凯瑟琳夫人打开了餐厅和客厅的门，稍微审视了一下，说这几间看着还不错，然后又继续往前走去。

她的马车停在门前，伊丽莎白看到女仆就坐在车里。两人沿着通向树林的石子路走着，谁都没说话。伊丽莎白看着这个格外傲慢无礼的女人，暗下决心，决不主动和她攀谈。

她仔细看了看凯瑟琳夫人的脸，心想："她和她外甥哪儿有一点相像？"

一走进小树林，凯瑟琳夫人便说道："班内特小姐，你不会不知道我为什么到这儿来。摸着你的良心，你一定知道我来的原因。"

伊丽莎白大为惊讶。

“夫人，你实在想错了。我完全不知道怎么有幸在这儿见到您。”

“班内特小姐，”夫人生气地说，“你要知道，谁也糊弄不了我。不管**你**多么不实在，**我**可不会那样。我一向以真诚坦率著称，遇到眼下这样的事，也决不会违背自己的个性。两天前，我收到一个十分惊人的消息。听说不仅你姐姐攀上了高枝，你自己，伊丽莎白·班内特小姐，也马上要攀上我的外甥达西先生了，那可是我的亲外甥。我**知道**这准是谣传，我也不会如此误会达西，以为真有此事。可我还是立刻决定到这儿来，把我的态度知会你。”

“如果你相信此事绝不可能，”伊丽莎白因惊讶和鄙夷涨红了脸，“那何苦要费劲跑到这么远的地方来。您老人家想怎么办？”

“我要你立刻告诉大家这是子虚乌有。”

“如果真有这种传闻，”伊丽莎白冷冷地说，“你跑到朗博恩来找我和我家人，反而弄假成真了。”

“如果！所以你装作毫不知情咯？这难道不是你一个劲儿散播的？你不知道这事现在传得满城风雨？”

“我从未听说过。”

“那你能不能保证，此事**毫无依据**？”

“我不想装作和您老人家一样坦率。您可以尽情地问，我也可以选择不回答。”

“放肆！班内特小姐，我非要知道不可。我外甥是否向你求婚了？”

“您刚刚才说，这是不可能的。”

“照理说是不可能的——只要他还有理智，就不可能。可你若是不择手段地勾引他，也可能让他一时中了邪，忘记了对自己和对家庭的责任。你可能让他陷了进去。”

“即使是这样，我也绝不会告诉你。”

“班内特小姐，你知道我是谁吗？我可听不惯别人这么跟我说话。我差不多是他最亲的人了，他的终身大事我有权过问。”

“可是我的终身大事你却无权知情。你这么做是无法逼我开口的。”

“让我把话说明白。这门亲事你休想高攀。永远不可能。达西先生已经和我的女儿订婚了。现在你还有什么可说？”

“我就要说这个：如果他真的订婚了，那你没有理由认为他会向我求婚。”

凯瑟琳夫人犹豫了片刻，回答说：“他们之间的婚约非同寻常。从他们还是婴儿的时候，就许配给了对方。这既是**男方**母亲最大的心愿，也是女方母亲的心愿。他们还在襁褓里时，我们就给他们定了亲。如今，眼看两姐妹的夙愿就要达成，这两人就要结为夫妻，却冒出一个出身卑微、地位低下，与我们家非亲非故的小女子从中作梗！你难道完全无视他亲人的愿望？无视他与德·博尔小姐默认的婚约？你已经完全不在乎礼义廉耻了吗？你听没听到我说，达西从一出生就和表妹约定终身了？”

“是的，我听到了。可是这和我有什么关系？要是没有别的理由阻止我嫁给你外甥，我决不会因为她母亲和姨妈要他娶德·博尔小姐就放弃。你们俩为筹划这门亲事已经尽力了，最后能否如愿却取决于他人。如果达西先生既没有义务，也没有意愿和表妹结婚，那他为什么不能选择别人？如果他选择了我，我为什么不能接受？”

“因为要维护道义、顾全体面、审慎行事。不，即便是从利害关系上，也不能这么做。没错，班内特小姐，是利害关系的问题。如果你一意孤行，与所有人的意愿相悖，那你休想得到他的家人和朋友的认可。达西身边的所有人都会指责你、鄙视你、讨厌你。你的婚姻会成为耻辱，甚至谁都不愿提起你的名字。”

“那可真是太不幸了，”伊丽莎白回答道，“可是做了达西先生的妻子，一定会享受到无比的幸福，所以总的来说，没什么好抱怨的。”

“顽固不化的死丫头！我都替你害臊！今年春天我那么关照你，你就是这样感激我的？你不觉得欠我点什么吗？

“咱们还是坐下来谈谈吧。你要知道，班内特小姐，我既然到这儿来，不达目的绝不罢休，谁也别想拦住我。我不会受任何人摆布，也绝不容许自己失望而归。”

“**那**只会让您老人家的处境更加可怜，对**我**却造不成任何影响的。”

“不许插嘴，给我老实听着。我女儿和外甥是天造地设的一对——他们俩的母亲出身同一个贵族世家；父亲那边虽然没有爵位，但也都来自名门望族，两家都有巨额的财产。两家人一致认为，他们命中注定要在一起，谁能把他们分开？就凭一个心比天高，家世、门第、财产却一样也不占的小妮子？这像什么话！想都不要想。你要是有点头脑，为了自己好，也不会背弃自己的出身。”

“我不认为嫁给你外甥就是背弃自己的出身。他是绅士，我是绅士的女儿。在这一点上我们是平等的。”

“没错，你**确实**是绅士的女儿。但你母亲是什么人，舅舅和舅妈又是什么人？别以为我不知道你们家的条件。”

“不管我的亲戚是些什么人，”伊丽莎白说，“只要你外甥不介意，这就和**你**没关系。”

“你痛快地回答我，究竟和他订婚了没有？”

为了气一气凯瑟琳夫人，伊丽莎白本不想回答这个问题，不过她思考了片刻，还是回答说：“没有。”

凯瑟琳夫人听了似乎很满意。

“那你能否向我保证，永远不会和他订婚？”

“我不会做这种保证。”

“班内特小姐，你真让我震惊。我本以为你是个明事理的姑娘。可是你别以为我会让步。得不到你的保证，我就不走。”

“我是**决不会**做这个保证的。你别想恐吓我做这种荒谬的事。你老人家想让达西先生娶你闺女，就算我给了你这个保证，**他俩**结婚的可能性就会增加吗？假设他看上了我，就算我拒绝了他，他难道就会去向他表妹求婚？凯瑟琳夫人，恕我直言，你这种异想天开的要求欠考虑，支撑它的论点也愚蠢可笑。你若是以为拿这些话就能说服我，那你可真是看错了人。你外甥是否会让你插手**他**的事，我不知道，但你绝对没有权利插手我的事。因此，请您别再为这件事纠缠我了。”

“你别急，我的话还没说完呢。我之所以反对你们，除了刚才说的那些原因之外还有一条。你小妹私奔的丑事，我一清二楚。那个小伙子后来跟她结婚，全靠你父亲、舅舅、姨夫他们花了钱，才把这事糊弄过去。**这样的**丫头能当我外甥的小姨子吗？还有**她**的丈夫，原来是达西父亲管家的儿子，现在却要做他的妹夫了？老天哪！你想什么呢？彭伯里的祖荫就要这样被玷污了吗？”

“你**现在**说够了吧？”伊丽莎白愤愤地说，“你已经把我侮辱了个遍。我现在要回家了。”

她说着站起身来，凯瑟琳夫人也站了起来，两人转身往回走。老夫人被气坏了。

“你完全不考虑我外甥的名誉！真是个冷酷无情、自私自利的丫头！他要是跟你结了婚，就会被所有人看不起，你难道没想过？”

“凯瑟琳夫人，我没什么好说的了。你知道我是什么态度。”

“所以你打定主意要嫁给他？”

“我从未说过这种话。我只是下定决心，怎样做能让自己幸福，我就怎样做。你管不着，与我无关的人都管不着。”

“好啊。这么说，你拒绝听我的话。你真是不讲道德、不守本分、忘恩负义。你就想让他在亲友们面前身败名裂，让他为天下人所不齿。”

“这件事根本扯不上道德、本分和恩义，”伊丽莎白说，“我和达西先生结婚，没有违背任何这些东西。就算娶了我会让他的亲友怨恨，我也丝毫不会在意。至于让天下人不齿，天下人才不会愚蠢到要耻笑他呢。”

“这就是你的真心话！这就是你最后的决定！很好，那我知道该怎么办了。班内特小姐，别以为你的野心能得逞。我本以为你是个通情达理的人，想来劝劝你。那你等着瞧吧，我是不会罢休的。”

凯瑟琳夫人就这样喋喋不休地一直走到马车门前，又急忙转过身来说："班内特小姐，我不会跟你道别，也不会问候你母亲。你不配得到这样的待遇。你真的让我很不高兴。"

伊丽莎白没有回话，也没有请她回去再坐一会儿，一声不响地进屋去了。正往楼上走时，就听到了马车离开的动静。她母亲急不可耐地在梳妆间门口迎着她，问凯瑟琳夫人怎么没进屋歇歇脚。

"她不想进来，她要走了。"女儿说。

"她长得真好看啊！她来拜访我们，真是太客气了！我想她这趟来，就是为了告诉我们柯林斯夫妇过得很好吧。她准是要到什么地方去，刚好路过麦里屯，顺便来看看你。她没什么特别的话要跟你说吧，丽兹？"

伊丽莎白不得不撒了个小谎，因为她不可能把谈话的内容告诉母亲。

第五十七章

伊丽莎白被这次突如其来的拜访搅得心神不宁，无法一下子恢复平静。接下来的好几个小时都还在思索这件事情。看样子，凯瑟琳夫人不辞辛劳，专程从罗辛斯赶过来，就是为了要搅黄她和达西先生传闻中的婚约。可真是精心计划呀！可他们订婚的传闻是从哪儿来的，伊丽莎白一头雾水。后来她才想起，**他**是彬利的好友，而**自己**又是简的妹妹，人们巴不得好事成双，仅凭这一点就足够引起遐想了。她自己也想到，姐姐的婚事必定会让她和达西有更多见面的机会。本来，她只是期待也许将来会是如此，可卢卡斯小舍的邻居（她断定，准是他们把消息告诉了柯林斯夫妇，后又传到凯瑟琳夫人耳朵里）却认为此事已成定局，而且近在眼前。

不过，一遍遍回想凯瑟琳夫人的话，她又感到一丝不安：如果她一直干涉下去，不知道会发展出什么后果。她说下定决心要阻止他们的婚事，这让伊丽莎白认为，她一定会去劝说自己的外甥。而**他**是否也认为这门婚事有凯瑟琳夫人所说的那些弊端，她不敢说。她不知道达西对姨妈感情如何，也不知道他有多依赖姨妈的看法，但理所当然的，他一定比伊丽莎白更尊敬姨妈。可以确定的是，只要他的姨妈细数和出身低微的人结婚的种种痛苦，就能一下击中他的软肋。这些说法虽然在伊丽莎白看来荒谬、站不住脚，可达西那么要面子的人，大概会觉得非常有道理。

如果说他以前就摇摆不定，那么这位至亲的建议和恳求可以打消他的所有顾虑，让他立刻下定决心，重新享受保有尊严的快乐。如果是这样的话，他绝不会再回来了。凯瑟琳夫人路过城里时可能会去找他。那样一来，他就无法按照约定和彬利再回奈泽斐了。

如果几天后他因故无法陪朋友一同前来，她想，那我就明白了。到时，我将不再抱有任何期望，也不再指望他的感情依旧。如果他现在马上就要赢得我的心，让我接受他求婚的时候，决定只对我感到惋惜，那我连惋惜也不要惋惜太久。

家里的其他人听说了来访的贵客是何许人，都大为震惊。不过他们都用班内特太太的理论满足了好奇心，省得伊丽莎白受他们调侃了。

第二天早上，她正下楼，碰见父亲从书房出来，手里还拿着一封信。

“丽兹，”他说，“我正要去找你，到我房间来一下。”

她跟着父亲进了书房，心里觉得他要说的话准和手里那封信有关，于是就更好奇了。她突然想到，信也许是凯瑟琳夫人写来的，还懊恼地想，这下有得解释了。

她跟着父亲来到壁炉旁坐下。父亲开口说：“今早收到一封信，令我非常震惊。因为来信主要讲的是你的事，所以我觉得你应该知道其中的内容。收到这封信前，我真不知道**两个**女儿都要出嫁了。祝贺你，竟然俘获了这么个大人物的心。”

伊丽莎白一听，断定寄来这封信的不是姨妈，而是外甥，顿时脸就红了。她还在犹豫，自己是该开心他写了信来解释，还是该气他没有先写信给自己。正想着，父亲继续说道：“看来你心里有数，女孩子对这种事的感觉总是很准。但即便你这么聪明，恐怕也想不到这位爱慕者是谁。信是柯林斯先生写来的。”

“柯林斯先生！**他**有什么好说的？”

“当然是很重要的话啦。他先是恭喜我的大女儿喜事将近，看起来是从卢卡斯家某些八卦的好心人那儿听到的。我就不吊你的胃口了，这些吉祥话我直接略过。与你相关的内容如下：‘在下与内人对此等喜事衷心道贺之后，容为另一事略缀数语。吾等从同一信源获悉此事。据信令爱伊丽莎白也将在大姐之后，很快不复以班内特为姓，而她所选如意郎君，实为天下名声赫赫之人。'

"丽兹，你猜得出他说的是谁吗？'此人年轻洪福，占尽凡人梦寐以求之种种——家产雄厚、门第高贵、提携众多。此君虽有诸多诱人之处，且容我提醒阁下和表妹伊丽莎白：彼若向贵府求亲，难免欣然应承，却可引后患无穷。'

"丽兹，现在你知道这位先生是谁了吗？不过，下面就提到了。

"'在下冒昧警醒先生，是因其姨母，凯瑟琳·德·博尔夫人，对此婚事万难恩准。'

"你看，这说的是**达西先生**！丽兹，我**一定**让你吃了一惊吧。他和卢卡斯一家，在那么多人中偏偏挑了他来传谣，这不是太容易被戳穿了吗？那位达西先生，看女人只能瞧见缺点，甚至这辈子都没有正眼看过你！真是有意思！"

伊丽莎白想和父亲一起打趣，最终只勉强挤出一个微笑。他的诙谐幽默从未像今天这样让她厌烦。

"你不觉得好笑吗？"

"噢，当然！快接着读。"

"'昨夜在下向夫人提及这桩可能的婚事，夫人以惯常屈尊之气，言明本人之见。显而易见，表妹家缺陷太多，使夫人万不能准许此等有失体统之婚约。愚以为有责任将此事尽早知会表妹，以便表妹与其高贵的爱慕者明晓情势，切勿未经长辈恩准而草率成婚。’柯林斯先生还补充说，‘见莉迪亚的丑事得以平息，在下甚感欣慰，唯恐两人婚前同居之事已众人皆知。悉听这对男女一经结婚便被先生迎入府中，在下身为神职人员，实感惊骇。此举实为助长邪气，在下若为朗博恩教区牧师，必定坚决反对。先生作为基督教徒，虽应宽恕为怀，然仍应拒见其人，拒闻其名。’这就是他说的宽恕为怀！信里剩下就是说他亲爱的夏洛特的情况，说他快要迎来一个小橄榄枝了。不过，丽兹，你好像并不乐在其中啊。你该不会故作矜持，假装被这种闲言碎语冒犯了吧。人生在世，不就是让别人笑笑，回头再笑笑别人吗？”

“噢！”伊丽莎白嚷道，“我觉得很好笑啊。不过这事真怪！”

“对呀——好笑的正是**这**一点！他们说的要是其他任何一个人，都没什么。可是**他**对你毫无感情，**你**对他又深恶痛绝，才让这件事荒唐可笑！虽然我讨厌写信，可绝不会与柯林斯先生断绝书信往来。每当我看到这样的信，就觉得他比韦克姆还深得我心，虽然我也十分珍视女婿的无耻和虚伪。告诉我，丽兹，凯瑟琳夫人对这事怎么说？她专程过来，是为了表达反对吗？”

女儿听到这话，只是付之一笑。好在班内特先生问的时候也没有真的怀疑，因此并没有重复这个问题让女儿为难。伊丽莎白从未像现在这样隐藏不住自己的情绪。她心里想哭，脸上却又要强颜欢笑。父亲说达西毫不把她放在心上，这话伤透了她的心。她满心困惑，父亲怎么能这么没有眼力见。又或者，不是父亲没眼力，而是自己想太多。

第五十八章

伊丽莎白本以为彬利先生会接到朋友无法赴约的道歉信，可就在凯瑟琳夫人上门之后没几天，他就带着达西一起回到了朗博恩。两位先生来得很早。伊丽莎白坐在那儿担心了好一会儿，怕母亲告诉达西她姨妈来做客的事。可她还没来得及说，彬利就提议大家一起出去散个步，因为他想和简独处。大家都表示同意。班内特太太不爱走路，玛丽永远没时间，所以剩下的五个人出门了。彬利和简立刻让其他人走前面，自己落在后面，留伊丽莎白、凯蒂和达西一起走。三个人都很沉默——凯蒂太害怕达西，不敢开口；伊丽莎白在心里盘算着一个孤注一掷的计划；达西或许也是如此。

他们往卢卡斯家走去，因为凯蒂想去看看玛利亚。伊丽莎白觉得没必要三个人都去，于是在凯蒂离开后，就大着胆子单独和达西往前走。现在正是实施计划的好时机，于是她赶紧鼓起勇气说道：

“达西先生，我是一个非常自私的人。为了让自己心里痛快，也不管会不会伤你的心了。你对我那可怜妹妹的恩情，我实在忍不住，一定要向你道谢。自打知道了这件事，我就急切地想向你表明我的感激之情。如果家里其他人知道，他们也会感激不尽的。”

“我很抱歉，非常抱歉，”达西先生又惊奇又激动地说，“让你知道了这个消息，搞不好就会让你很不安吧。我没想到加德纳夫人的口风这么不严。”

“你千万不要怪舅妈。是莉迪亚不走脑子说漏了嘴，我才知道你也被牵扯到这件事中了。既然知道了，不打听清楚细节我是不会安心的。请允许我代表全家人再次感谢你，感谢你的慷慨和同情，感谢你不惜费尽周折、受尽委屈，就为了找到他们。”

“如果你非要感谢我，”他答道，“那代表你自己就好了。我不能否认，这么做的原因之一，就是想让你开心。你家人并不欠我什么。我虽然很尊敬他们，可我当时心里只想着你一个人。”

伊丽莎白窘得说不出一句话。顿了一下，她的同伴又说道：“你是个善良的人，不会玩弄我。如果你的态度还与去年四月一样，请立刻告诉我。我的感情和心愿依然如故，但只要你发一句话，我从此再不提此事了。”

伊丽莎白感到他格外难堪和焦急，于是不得不开口。虽然说得磕磕绊绊，但立刻让他明白了，从他刚提到的那时以来，自己的态度已经发生了翻天覆地的变化。如今听到他的表白，心中非常愉快和感激。这个回答让达西感到前所未有的幸福。他像一个陷入热恋的男人那样，抓住机会向她倾诉了许多热烈的情话。可惜伊丽莎白不敢直视他的眼睛，不然就会看到他满脸洋溢着内心的喜悦，看起来更帅气了。不过，她虽然看不到，却能听见。达西一个劲向她倾吐爱意，证明她在他心中是多么重要，让她越听越觉得这份感情的珍贵。

两人只顾往前走着，也不知走向哪里。他们有太多事情要思考、要感受、要倾诉，哪顾得上别的东西。伊丽莎白很快明白，他们现在的两情相悦还要感谢达西姨妈的处心积虑。凯瑟琳夫人取道伦敦回家时，**确实**去见了达西，把她去朗博恩的目的和与伊丽莎白的谈话都告诉了他。她故意挑出一些自认为特别能说明伊丽莎白固执和无耻的话，复述给达西听。她想着，伊丽莎白虽然不肯答应放弃这门婚事，但外甥听了这番话一定会答应的。可活该夫人倒霉，结果适得其反。

“这倒给了我希望，”他说，“之前我想都不敢想。我了解你的脾气，如果你真对我深恶痛绝，你我毫无挽回的余地，那你一定会对凯瑟琳夫人坦诚相告的。”

伊丽莎白涨红了脸，笑着说："是啊，你可是很了解我的坦诚，知道我做得出**这种事**。我既然能当着你的面把你痛骂一顿，就更不怕在你的亲戚面前骂你了。"

"你骂我的那些话，哪句不是我应得的？虽然你的指责没什么根据，前提也不正确，可就凭我当时对你的态度，活该受到最严厉的责备。我那时简直不可饶恕，现在想来十分后悔。"

"那天晚上的事主要怪谁，我们不要再争了，"伊丽莎白说，"非要细究的话，我们两个都有错。不过自那之后，我觉得我们的举止都有所改观。"

"我无法如此轻易地原谅自己。这几个月以来，一想起我当时说过的话，我的那些行为举止，我就感到有一种无法言说的痛苦。你当时骂得真好，我永远都记着，'你若是表现得绅士一点。'这是你的原话。你无法想象，这话让我多难受。不过我承认，我也是过了很久才打心里承认你骂得对。"

"我万万想不到，这话有这么大威力。我根本不知道这会让你这么难受。"

"我完全相信你。你当时一定以为，我没有任何情感。当时你说，不论我用什么方式求婚，你都不会答应的，我永远忘不了你说这话时的表情。"

"噢！别再学我当时的话啦，回忆这些有什么意义呢？

说实话，我也早就为这些话感到惭愧了。”

达西又提到那封信。“看完那信，”他说，“你有没有立刻对我有所改观？你看信的时候，是否相信里面说的任何事情？”

伊丽莎白解释了自己是如何受那封信的影响，一步步消除了之前的偏见。

“我知道，”他说，“我写的那些一定会伤你的心，但又非说不可。但愿你已经把那封信毁掉了。信里有些地方，尤其是开头，我真怕你再读。我记得里面有些话，你读了真该恨我。”

“如果你认为要把信烧掉才能确保我的爱，那就烧掉吧。不过，虽然你我都知道，我的想法不会一成不变，可我也不至于为一封信就变卦吧。”

“我下笔写信的时候，”达西说，“还以为自己非常冷静淡定，后来才发现，其实当时一肚子怨气。”

“那信也许开头有些怨气，结尾却并非如此。结语那句简直是慈悲为怀呀。不过，别再想那封信啦。不管是写信的人，还是收信的人，现在的心情都和当时大不相同了，那些不愉快的事就忘了吧。你得学学我的处世哲学，只记得那些能让你开心的事。”

“我才不相信你有这样的处世哲学。你回顾往事，没什么好自责的地方。让你能心安理得的不是什么哲学，而是问心无愧。可我的情况就不同了。那些痛苦的回忆总会钻进我的脑海，不能不想，也不该不想。我原则上反对自私，实际上却自私了一辈子。小时候，我学习了**是非对错**，却没有学习怎么改正自己的脾气。我学了这样那样的规矩，却任由在高傲自负中践行规矩。很不幸，我是个独子（很多年里，还是家里唯一的**孩子**），被父母宠坏了。他们虽然很善良（我父亲尤其慈悲为怀、和蔼可亲），却允许、鼓励甚至教给我要自私自利、专横跋扈，让我除了家人之外，不关心任何人，瞧不起世上的所有人，至少要把他们想得不如自己聪明，不如自己有价值。从八岁到二十八岁，我都是这样过来的。要不是因为你，我最亲爱、最可爱的伊丽莎白，我可能到现在还是这副样子！哪一点不是多亏了你！你给我上了一课，开始真让人有点受不了，但是我受益匪浅。从你这里，我才学会了谦卑。我向你求婚，以为你一定会接受。是你让我明白，遇到一个值得去争取的人，我那套高高在上的追法行不通。”

“你当时以为我一定会接受？”

“当然了。你觉得我太自负了吧？我当时以为你求着、盼着我求婚呢。”

“那准是我的举动让你会错了意，但我向你保证，我不是故意的。我从未想过要骗你，可我往往兴致一来，就会坏事。**那天**晚上过后，你一定很恨我吧？”

“恨你？刚开始或许有点生气吧，但很快我就知道，我真正该生谁的气了。”

“我简直不敢问你，那天在彭伯里见面，你是怎么看我的。你怪我不请自来吧？”

“当然不会，我只是觉得很惊讶。”

“你肯定没我惊讶，我完全想不到你会那么热情。凭良心说，我不配得到那样的礼遇。说实话，我也没期待过能得到那样的招待。”

“我**当时**的用意，”达西回答说，“就是尽我所能表现得客气周到，让你看到我没有那么心胸狭窄，怀恨在心。我也想让你看到我已经改正了你指责的那些问题，以求得到你的原谅，减少你对我的偏见。其他的心思是什么时候蹦出来的，我说不清，但大概就是见到你的半个小时之内吧。”

他随后又告诉伊丽莎白，乔治亚娜很开心认识她，他们的突然离开令她很失落。这自然就谈到了他们离开的原因，伊丽莎白这才明白，他还没离开他们住的旅店，就已经决定要从德比郡出发，跟着她去找她妹妹的下落了。他当时神情凝重、若有所思，也只是为这事发愁。

她再次表达了感谢，但这个话题太沉重了，他们没有继续聊下去。

两人轻松自在地溜达着，光顾着说话，不觉已经走出去几英里了。一看表，才发觉到了该回家的时间。

“彬利先生和简以后该多幸福呀！”随着这声感叹，他们又聊起了**他俩**的事。彬利一订婚就把消息告诉了达西，达西表示很高兴。

“我想问，你是否觉得惊讶？”伊丽莎白说。

“一点也不。我离开的时候，就觉得这事快成了。”

“这么说来，这事还是先得到了你的恩准。我猜也是。”虽然达西极力辩解话不能这么说，但伊丽莎白觉得就是这么回事。

“我去伦敦的前一晚，”达西说，“向彬利坦白了一件事，虽然我早该说了。我把之前如何荒唐冒失地搅黄了他的好事，全都告诉他了。他听了非常惊讶，之前他一点也没有察觉。我还告诉他，我以为你姐姐对他没感觉，也判断错了。我看得出，他对简的感情丝毫不减，所以相信他们在一起会幸福的。”

伊丽莎白看到他又轻而易举地摆布了朋友，禁不住笑了。

“你说我姐姐是爱他的，”她说，“这是你自己观察到的，还是因为春天听我说的？”

“是我自己观察的。我最近两次来你家，仔细地观察了她一番，看得出她是喜欢彬利的。”

“我猜，你一旦相信，彬利也立刻跟着相信了吧？”

“确实。彬利实在太谦虚了。因为缺乏自信，一遇到这样的大事，他就无法相信自己的判断。不过他信任我的判断，事情就好办了。我还向他坦白了另一件事。他听了一时有些不高兴，也难怪他——我瞒不下去了，于是告诉他，你姐姐去年冬天在伦敦待了三个月的事我知道，却成心没有告诉他。他听了很生气。不过我相信，他得知你姐姐对他仍有感情之后，就一下消了气。现在他已经彻底原谅我了。”

伊丽莎白很想说，彬利先生是个非常可爱的朋友，那么容易让人牵着走，真是难能可贵。不过她忍住了。她想起达西还没学会开玩笑，现在说这话为时过早。一路上，达西一直在说彬利将来会有多幸福——虽然比不上他自己幸福。就这样两人走到了屋前，在走廊里分手了。

第五十九章

“丽兹呀，你们走到哪儿去了？”伊丽莎白一进屋，简就问她。等他们坐下来吃饭，大家也都这么问。她只好回答说，他们随便闲逛，不小心就走到了她也不认识的地方。她说着说着，脸就红了。可不管是表情还是别的什么，都没有引起任何人的怀疑。

那天晚上过得很平静，乏善可陈。那对公开的情侣有说有笑，没公开的则很沉默。以达西的性格，本来开心就不会表现在脸上。伊丽莎白则心慌意乱的，她**知道**自己很幸福，可还没有真正**感觉到**。除了一时尴尬，她面前还有其他的难题。她想象着这事公开之后，家里人会怎么看。她知道除了简，没人喜欢达西，甚至担心即便他有这样的身家地位，也没法让家里人喜欢上他。

晚上，她向简敞开了心扉。虽然班内特小姐本性不爱猜疑，这事还是让她难以相信。

“你在开玩笑吧，丽兹。这怎么可能！——和达西先生订婚！不，不，你别骗我。我知道这不可能。”

“一开头就不顺！我可全指望你了，要是连你都不信的话，别人更不会相信了。但我是认真的。我说的都是实话。他还爱着我，我们已经订婚了。”

简满脸疑惑地看着她，说道：“噢，丽兹！这不可能。我知道你有多讨厌他。”

“你并不了解情况。把**那些**都忘了吧。我之前或许确实不像现在这么爱他，但在这种事上，好记性要不得。这次说过之后，我自己也要忘得一干二净。”

班内特小姐仍然一脸惊讶。伊丽莎白只好更认真地又说了一次，这是真的。

“老天呀！真是这样吗！可我现在必须相信你了，”简嚷道，“我最最亲爱的丽兹啊，我会——我会衷心祝贺你的——但你真的确定吗？请原谅，我还得再问一句——你确定和他在一起会幸福吗？”

“一定会的。我们俩都认为，我们会成为最幸福的一对。但你会开心吗，简？你愿意接受这样一个妹夫吗？”

“非常愿意。彬利和我简直再开心不过了。我们之前想过，也谈过这事，可我们俩都认为绝不可能。你真的够爱他吗？噢，丽兹！可千万不能和不爱的人结婚呀。你确定爱他到要嫁给他的程度吗？”

"噢，当然！等我把一切都告诉你，你就只会觉得我嫁给他都不够。"

"什么意思？"

"唉，我必须承认，我爱他超过爱彬利。这么说你会生气吧。"

"我的好妹妹，你正经点，我要和你严肃地谈一谈。赶快把我该知道的都告诉我，你爱上他多久了？"

"我是慢慢爱上他的，也说不准什么时候开始的。不过我想，应该从我第一次见到他在彭伯里那个漂亮的庄园算起。"

姐姐再次要她严肃点，终于达到了效果。她郑重地告诉姐姐，自己真的爱达西。班内特小姐确信了这一点后，再没什么要问的了。

"我现在真高兴，"她说，"因为你会和我一样幸福了。我一向很欣赏他。单凭他对你的爱，我也该永远尊敬他。现在，他既是彬利的朋友，又要做你的丈夫。除了你们两个，他就是我最亲的人了。不过丽兹，你可真有心眼儿，跟我嘴都这么严。彭伯里和兰姆顿的事我几乎什么都不知道，稍微知道的那点，也全是听别人说的，不是你告诉我的。"

伊丽莎白向她解释了不说的原因。之前她不愿提起彬利，再加上自己的心意没有确定下来，也不愿意提起达西。

不过现在，没什么好隐瞒的了，她把达西如何为莉迪亚婚礼出力的事都告诉了姐姐，两人就这样谈到深夜。

“老天爷呀！”第二天早上，班内特太太站在窗边嚷道，“那个讨厌的达西先生，又跟着我们彬利到这儿来了！他怎么这么不识趣，天天往这儿跑？我只希望他能去打猎，或者干点别的什么，只要别来打扰我们就行。该拿他怎么办呢？丽兹，只有你再带他去别处走走，让他别再缠着彬利了。”

这提议正中伊丽莎白下怀，差点让她笑出声。不过母亲总是说他讨厌，又让她不爽。

两人一进屋，彬利就意味深长地看着她，还亲热地和她握手，她一下就明白，彬利已经听说了。过了不久，他大声说道：“班内特夫人，这附近有没有什么小路，能让丽兹再去迷迷路？”

“我建议达西先生、丽兹，还有凯蒂，”班内特太太答道，“去奥克姆山那边转转吧。那条路挺长，也很漂亮，达西先生还没见过那里的景色呢。”

“对达西和丽兹再好不过了，”彬利答道，“不过凯蒂恐怕会吃不消。是吧，凯蒂？”

凯蒂说自己宁愿待在家。达西表示，很愿意到山上去看看风景，伊丽莎白则默默同意了。她正要上楼去做准备，班内特太太也跟了上去，对她说：“丽兹，真不好意思，让你独自面对那个讨厌的人。不过希望你不介意，你知道的，这都是为了简嘛。你偶尔跟他聊两句就行了，也用不着太费心。”

散步的时候，两人决定当晚就去征得班内特先生的同意。母亲那边由伊丽莎白来说。她说不好母亲会作何反应，有时她担心达西的家产和名望都算上，也无法抵消母亲对他的厌恶。但不管她是坚决反对还是大力支持，她的反应都会不成体统，让人看不起。不管是她欣喜若狂地赞成，还是不堪入耳地反对，要是让达西听到了，伊丽莎白都会受不了。

到了晚上，班内特先生刚一回书房，伊丽莎白就看到达西起身跟了进去，顿时感到焦虑万分。她倒不怕父亲反对，但料想他会很不高兴。作为父亲最宠爱的孩子，若是让父亲为她选择的对象难过，为她的出嫁担忧遗憾，那可太不像话了。她坐在那儿，心里十分苦闷，直到看见达西笑着回来，才松了口气。过了一会儿，达西来到她和凯蒂的桌前，假装欣赏她手里的针线活，在她耳边悄声说：“你父亲要你到书房去找他。”她听罢立刻往书房去了。

父亲正在房间里踱步，脸色凝重不安。“丽兹，”他质问道，“你在干什么？你是不是疯了，为什么会答应这个人？你不是一直恨他吗？”

伊丽莎白多希望自己从前的看法更理智些，说法更克制些！那样，她就用不着像现在这样尴尬地解释、坦白了。可眼下，她别无他法，只好心慌意乱地告诉父亲，她是爱着达西先生的。

“换句话说，你是打定主意要嫁给他了。他确实很有钱，你以后会比简有更多漂亮衣服和更气派的马车。但这会让你幸福吗？”

“除了认为我不喜欢他之外，”伊丽莎白说，“你还有什么别的反对意见吗？”

“完全没有。我们都知道他是个傲慢、讨人厌的家伙，不过你要是真喜欢他，这都不是问题。”

“我喜欢他，确实喜欢他，”她眼泪汪汪地说，“我爱他。他完全没有过分傲慢，他其实很可爱。你不知道他究竟是个什么样的人，所以请不要这样说他，我会伤心的。”

“丽兹，”父亲说，“我已经答应他了。以他的身份地位，只要他开口了，我是不敢拒绝的。如果你打定主意嫁给他，我现在也会答应**你**。不过我劝你三思。丽兹，我了解你的性格。我敢说，如果你不是真心欣赏、崇拜你的丈夫，就不会感到幸福和满足。你天资聪慧，如果嫁给一个不般配的人就麻烦了，很难逃脱痛苦和丢脸的结果。孩子，别让我看到你瞧不上自己的人生伴侣，我会伤心的。你可不知道那是个什么滋味。”

伊丽莎白听了这话，更激动了，于是非常郑重认真地回答父亲。她再三保证，达西是自己选中的结婚对象。她向父亲解释自己是如何逐渐改变了对他的看法，说她确信达西对她的爱不是心血来潮，而是经受了很多个月悬而未决的考验，还不厌其烦地细数了他各种优秀的品质。最后终于打消了父亲的疑虑，让他接受了这门婚事。

她说完之后，父亲说：“好孩子，我没什么好说的了。既是这样，那他确实配得上你。我的丽兹啊，哪怕稍差一点的人，我也不会答应的。”

为了赢得父亲的好印象，伊丽莎白又告诉他，达西如何自愿为莉迪亚的事帮了大忙。父亲听了，大为震惊。

“这真是一个惊喜不断的晚上！这么说，一切都是达西的功劳，牵了线，给了钱，还了那家伙的债，还给他找了工作！这样一来就更好了，让我省了多少麻烦、多少钱呀。若是你舅舅帮的忙，我**一定得**还他这份人情。可你们这些陷入热恋的小情侣，做事就是我行我素。明天我就提出要还钱给达西，他则会慷慨激昂地表白对你的爱，这事就这么结了。”

随后他又想起，几天前他读柯林斯先生的信时，伊丽莎白那一脸窘相。他取笑了她一阵之后，终于放她走了，并在她离开房间时说：“还有哪位小伙子要娶玛丽或者凯蒂，让他们进来吧，我现在闲得很。”

伊丽莎白心里的大石头这才算落了地。她在自己的房间里清净了半个小时，才能相对平静地回到大家中间。一切都发生得太快，让她来不及高兴，不过这个夜晚还是风平浪静地过去了。心里没什么要担忧的事了，假以时日，自在和熟悉的感觉自会到来。

晚上母亲回到梳妆室的时候，伊丽莎白也跟了过去，把这个重大消息告诉了她。收到的效果非同凡响——刚听到这个消息，母亲一动不动地坐在那儿，一个字也说不出。一般情况下，凡是对她家有利的事，或是女儿有了追求者，她的反应一点也不迟钝，可这次过了好几分钟，她才明白过来是怎么一回事。不过她还是慢慢清醒起来，在椅子上坐立不安，一会儿起来，一会儿坐下，一会儿惊叹，一会儿又祝贺自己。

“天啊！老天保佑！真没想到！我的天哪！达西先生！这谁能想得到！这是真的吗？哦！我最可爱的宝贝丽兹！你就要大富大贵了！你得有多少零花钱，多少珠宝首饰和豪华马车呀！比起来，简都不值一提了——完全不能比。我真开心——太开心了。多有魅力的一个人呀！那么英俊！那么高大！哦，我的丽兹宝贝！我之前那么讨厌他，请替我道歉，但愿他不会计较。我可爱的丽兹哟。在城里有房！一切荣华富贵应有尽有！三个女儿都出嫁啦！每年一万英镑的收入！老天爷啊！今后我该多幸福呀。我简直高兴得要疯了。”

这些话足够证明，她完全赞成，伊丽莎白很庆幸，这番激情流露只有她一人听到。过了不久，她便离开了。可回到房间还不到三分钟，妈妈就跟着过来了。

“宝贝女儿，”她嚷道，“我现在满脑子都是这件事！一年一万英镑，说不定还能更多！这简直赶上一位王公贵族了！还有特许结婚证[1]！你可一定要用特许结婚证结婚！不过宝贝啊，告诉我达西先生最喜欢吃什么菜，我明天就做。”

这是个不祥之兆，妈妈在达西面前怕是又要出丑了。伊丽莎白发现，虽然她得到了达西热烈的爱，以及家人的准许，可总还是有些不尽如人意的地方。不过第二天的情形比她想象中的好很多，多亏班内特太太对未来的女婿还有些忌惮，不敢跟他说话，只在合适的时机照顾他，或是附和他的观点。

伊丽莎白欣慰地看到，父亲费心要和达西熟络起来。不久他便对女儿说，自己越来越喜欢达西了。

“我对三个女婿都非常欣赏，”他说，“韦克姆恐怕还是我的最爱，不过，你丈夫和简的丈夫一样，也让我喜欢。”

---

1 Special license，由坎特伯雷大主教签发。在英国摄政时期，拥有特许结婚证的情侣可以在任意时间、任意地点结婚。能够获得此等特许证书的人一般非富即贵，因此它也是社会地位的象征。

第六十章

伊丽莎白很快又有心情开玩笑了，她要达西先生说出是怎么爱上她的。“是怎么开始的呢？”她问，“我明白，这种事开了头之后，就能顺利地进行下去。可那个头是怎么开的呢？”

“我也说不出具体是什么时间、什么地点，或是看到你什么表情，听到你说了什么话，让我爱上了你。那是太久之前了。我还没意识到开始，就已经深陷其中了。”

“我的长相你早先瞧不上，至于我的举止——至少我对你的态度一向不太礼貌，每次跟你说话都不想让你好过。你说实话，是不是就喜欢我放肆无礼的样子？”

“我喜欢你那个活泼劲儿。”

“那不还是放肆无礼嘛。反正差不多。其实你就讨厌客客气气、恭恭敬敬、殷勤讨好那一套。你受不了那些说话、打扮、思考都是为了博得你认可的女人。我之所以引起你的注意和兴趣，正是因为我和**她们**太不同了。幸好你是个真正亲切可爱的人，不然肯定会因此恨我。虽然你极力隐藏自己，但你感情始终是高尚而公正的。你在内心深处，最看不起那些拼命向你献媚的人。好了——我替你解释完了。说真的，整体考虑下来，我觉得就是这么回事。其实你根本不了解我有什么真正的优点——不过陷入爱情的人也都不想**那些**。”

“简在奈泽斐生病的时候，你对她那样体贴照顾，这难道不是优点？”

“那是最可爱的简！谁能不关心她呢？不过，就权当这是我的优点吧。我的优点都靠你夸了，尽可能地吹吧。作为报答，我会找机会经常嘲笑你，找碴儿吵架。我这就开始：请问你为什么特别不情愿切入正题？你先前来做客，还有后来来吃饭时，为什么总是躲着我？还有，你来做客的时候为什么一副对我毫不在意的样子？”

“因为你当时板着个脸，一言不发，让我望而却步。”

“那是因为我很尴尬。”

“我也是啊。”

“可你来吃饭总可以跟我多聊几句吧。”

“如果我没那么喜欢你，也许可以。”

“真讨厌，你的回答合情合理，而我偏偏又通情达理地接受了。不过我真想知道，要是全依着你，你**打算**拖到什么时候。我要是不问你，你哪年哪月才**会**开口？我决心要感谢你那样好心地帮莉迪亚的忙，产生了巨大的效果——恐怕又太大了。如果我们是违背了保密的承诺，才获得了如今的幸福，那从道德上怎么说得过去呢？我真不该提那件事的。永远都不该提。”

“你不要这么苛责自己。道义上也完全说得过去。凯瑟琳夫人不讲道理，费尽心机地拆散我们，反而打消了我的所有顾虑。并不是因为你急于表达感激，我才获得如今的幸福。我可等不及让你先开口。姨妈的消息给了我希望，我决心一定要把事情搞清楚。”

“凯瑟琳夫人真是帮了大忙，她那么喜欢多管闲事，知道了一定很高兴吧。不过请你告诉我，你到底为什么来朗博恩？一路骑马过来就为了找不自在？或者你有什么正经事要做？”

“我的目的就是来见你，如果可能的话，判断一下我还有没有希望让你爱上我。不过我对外对己都宣称，我来是为了看看你姐姐是否还喜欢彬利。如果是的话，我就要去向彬利坦白，后来我确实这么做了。”

“你有没有胆量告诉凯瑟琳夫人，有什么事正在前面等着她？”

“伊丽莎白，我不是没胆量，而是没时间。不过这事非说不可。你要是给我张纸，我现在就办。”

“要不是我自己也有信要写，我真想像另一位小姐那样，坐在你身边，欣赏你工整的书法。不过我也有个舅妈，不能再不回信啦。”

之前伊丽莎白不愿承认，自己和达西的关系被舅妈大大高估了，于是迟迟没有回复加德纳夫人的长信。如今，有了这等喜事要宣布，她知道舅舅和舅妈听了一定会很高兴，想到自己过了三天才告诉他们，不由得觉得十分惭愧，于是立即写下这封信：

亲爱的舅妈：

我早该感谢你好心写来这封长信，详述了种种情况，令我非常满意。不过说实话，当时我有点生气，所以没有回信。当时你的猜测有些过了，但现在你可以随便猜测了，就乘着你想象的翅膀任意飞翔吧。只要你别以为我们已经结婚了，怎么猜都不会错到哪儿去。希望你尽快回一封信来夸奖他，要比上一封夸得还好听。我要多谢你没有带我去湖区。我可真傻，怎么会想去湖区！你骑小马游园的想法真有意思，我们可以天天绕着园子转。我真是世界上最幸福的人了。或许别人也这么说过，但谁都没我名副其实。我甚至比简还要开心，她只是微微一笑，我可是哈哈大笑。达西先生用予我之余的爱向你们表达问候。请你们圣诞都来彭伯里做客。

你的……

达西先生写给凯瑟琳夫人的信，语气和这封颇为不同。而班内特先生回给柯林斯先生的信，和这两封的语气就更不同了。

尊敬的先生：

我要烦请你再祝贺我一次。伊丽莎白很快将成为达西先生的夫人。请多多劝慰凯瑟琳夫人。不过，如果我是你，会站在她外甥这一边。毕竟，他能给你的好处更多。

你诚挚的……

随着婚事临近，彬利小姐向哥哥表达了祝贺，虽然语气亲切，却并不真诚。她甚至给简写了一封信，表达喜悦之情，还把之前那套虚情假意又重复了一遍。简并没有受骗，不过还是很感动。虽然不再信赖她，她还是写了一封情真意切、让她受之有愧的回信。

达西小姐收到这个消息，也表达了欢乐之情，而且和哥哥告知喜讯时一样由衷。她足足写了四页纸，还不足以表达她有多么高兴，有多么希望得到嫂子的疼爱。

柯林斯先生还没回信，伊丽莎白也没收到他妻子的祝贺，可朗博恩却听说他们要到卢卡斯小舍来了。他们突然到来，原因很快就弄清楚了——凯瑟琳夫人因为外甥的信大发雷霆，而夏洛特却为这门婚事感到高兴，于是匆匆逃跑了，要等这场风暴平息了再回去。朋友此时的到来让伊丽莎白倍感愉悦。不过，看着朋友的丈夫对达西极尽阿谀奉承，她有时又难免觉得这份快乐来得代价高昂。达西倒是能镇定地忍下来，着实令人钦佩。他甚至能听着威廉·卢卡斯爵士恭维他娶走了全村的掌上明珠，还彬彬有礼地表示，希望以后能在王宫常见。直到威廉爵士消失在视线里，他才会耸耸肩。

菲利普夫人的粗俗，恐怕是对达西忍耐力更大的考验。虽然她和妹妹一样，对达西十分敬畏，不能像和好脾气的彬利那样谈笑风生，不过只要她一张口，就俗不可耐。她对达西的尊敬，让她安静了些，却无法变优雅。伊丽莎白为了不让达西总被这两个人纠缠，总是竭力让他跟自己，以及家里其他几个不会让他受不了的人讲话。虽然这些事让他们有些不爽，减少了热恋的乐趣，但也增添了对未来的希望。她十分期待摆脱这些让两人都感到无趣的应酬，到彭伯里去享受舒适高雅的家庭生活。

第六十一章

班内特夫人把最争气的两个女儿嫁出去的那天，是她做母亲最幸福的一天。她去彬利太太家做客，或是和人谈起达西太太时，有多么骄傲，可想而知。看在她家人的分上，我真希望我能说：她得偿所愿地把几个女儿都嫁得这么好，竟产生了可喜的变化，让她在后半生变成了一个通情达理、和蔼可亲、博学多识的女人。可是，她仍不时有些神经质，还一如既往地愚蠢。这对她丈夫或许倒是件好事，否则他就无法享受那不寻常的家庭乐趣了。

班内特先生非常想念二女儿。以往什么事都很难让他出门，可对女儿的惦念，却让他常常跑去看望她。他很喜欢到彭伯里去，还专挑人家意料不到的时候。

彬利先生和简只在奈泽斐住了一年。即便有**他**的好脾气和**她**的好心肠，也受不了和班内特夫人以及麦里屯的亲戚们住得那么近。这倒是满足了他两个姐妹的心愿——彬利在德比郡旁边的一个郡上购置房产。这给简和伊丽莎白添了一件乐事，如今两人的住处相隔不到三十英里。

凯蒂大部分时间住在两个姐姐家，这对她大有好处。现在她接触的圈子比她所熟悉的更高级，让她自己也有了很大进步。她本来就不像莉迪亚那么难管教，如今摆脱了她的影响，又得到适当的关照和培育，不再像以前那么暴躁、无知和无趣了。家里非常注意让她离莉迪亚远些，省得又学坏。韦克姆太太经常邀请她去住，应许她有许多舞会可以参加，还能结识很多小伙子，可父亲从不让她去。

玛丽成为唯一一个留在家里的孩子。班内特夫人自己坐不住，搅得她无法专心学业。她常被拉出去应酬，但每次做客回来还总能做一番道德说教。如今再被拿来和姐姐们的美貌作比较，她也不会感到难堪了，父亲怀疑，她很轻松地就接受了这些变化。

至于韦克姆和莉迪亚，两人的性格并没有因为姐姐们的婚姻有所改变。韦克姆明白，自己的那些忘恩负义和谎话连篇，伊丽莎白以前不知情，现在准是一清二楚了。可他还能处之泰然，并抱着一丝希望，认为达西也许会被说服再接济接济他。从莉迪亚写来的那封贺信上，伊丽莎白看得出，即便韦克姆本人没有这种指望，他老婆也没有放弃。信上是这样说的：

亲爱的丽兹：

祝你幸福。如果你对达西先生的爱有我对韦克姆宝贝的一半，那你就很幸福了。你变得这么有钱，我很欣慰。希望你闲来无事时可以想到我们。我相信韦克姆很愿意在宫里找份差事。要是没人能帮帮忙，我们手里这些钱实在难以维持生计。什么工作都行，每年能有三四百英镑进账就行。不过，如果你不愿意和达西先生提这事，也就算了。

你的……

伊丽莎白当然很不愿意提，于是在回信中尽可能回绝了她的请求，劝她别抱期待。不过，她还是尽量从自己的开支中省出一些，不时接济妹妹。她一向看得明白，他们俩这样挥霍无度，只顾眼前，那点收入自然不够维持生活。他们一搬家，简或伊丽莎白就会收到请求，要她们帮着还一些欠款。后来天下太平，韦克姆退伍回家，他们的日子还是过得非常不安定。他们为了找便宜的房子时常搬迁，却还总是开销过度。韦克姆对莉迪亚的爱很快变淡，莉迪亚对他的感情持续得稍久一点。虽然年纪很轻，举止也有欠检点，但她好歹保住了为人妇应有的声誉。

达西坚决不许韦克姆踏入彭伯里的大门，但看在伊丽莎白的面子上，他还是又帮他找了一份差事。丈夫去伦敦或者巴斯寻欢作乐时，莉迪亚偶尔会来彭伯里做客。这两个人还经常一起到彬利家去，待起来没完。就连彬利这么好脾气的人，也会忍不住**说起**，要给他们点暗示让他们赶快走。

彬利小姐因为达西的婚事万分痛心，可又想保住到彭伯里做客的权利，于是只得放下所有怨恨。她比之前更喜欢乔治亚娜，一如既往地体贴达西，还弥补起之前对伊丽莎白失礼的地方。

彭伯里现在也是乔治亚娜的家。姑嫂之间的关系非常亲近，不但如达西所愿，也完全符合她们自己的期待。乔治亚娜对伊丽莎白的崇拜无以复加，不过最初看到她和哥哥说话时那活泼调皮的样子，还是感到非常惊讶，甚至有些惊慌。哥哥在她心中一直很有威严，威严甚至盖过了兄妹间的亲情。如今他成为公开调侃的对象，真让妹妹见识了一些之前闻所未闻的事情。经过伊丽莎白的指点，乔治亚娜开始明白，做哥哥的可能不允许小他十几岁的妹妹在他面前放肆，妻子却可以开开丈夫的玩笑。

凯瑟琳夫人被外甥的婚事气得够呛。外甥写信来给她报喜，她却把直言不讳的那一面全暴露出来，在回信中恶言相向，尤其对伊丽莎白口不择言。很长一段时间里，他们完全断绝了往来。最终，还是在伊丽莎白的劝说之下，达西决定不计前嫌，和姨妈缓和了关系。或许是出于对外甥的疼爱，或许是出于好奇，想看看他妻子如何持家，凯瑟琳夫人稍加拒绝后还是放下了心中的怨恨。虽然彭伯里的祖荫已经被这位女主人和她城里来的舅舅、舅妈玷污了，她还是屈尊来拜访了他们。

达西和伊丽莎白一直与加德纳夫妇走得很近。他们是真心喜欢这对夫妇。此外，他们也一直心怀感激。要多亏他们当初把伊丽莎白带到德比郡，才成全了这段姻缘。